JEFF MADISON

ET LA

MALEDICTION DE DRAKWOOD · TOME 2

Titre original: *Jeff Madison and the Curse of Drakwood Forest*

Traduction: Laure Valentin

Première édition 2015

Jeff Madison et la malédiction de Drakwood

ISBN 978-1-945709-02-9

Édité par James Thayer et Maya Fowler-Sutherland
Illustration de couverture par Darko Tomic – paganus

LIMITATION DE RESPONSABILITÉ

D'aucuns racontent que l'on peut toujours
percevoir une aventure qui s'en vient.
Il suffit pour cela d'être attentif aux murmures de la magie
et au crépitement de l'air,
de prendre une grande inspiration
et de poursuivre ses rêves.

Remerciements

Merci à…

Darko Tomic - paganus pour cette couverture exceptionnelle, digne d'un véritable artiste. Angie te remercie de l'avoir représentée aussi charmante et… généreuse.

James Thayer et Maya Fowler-Sutherland, pour votre expertise en relecture et correction, merci d'avoir amélioré et perfectionné ce roman jusqu'à ce qu'il brille, dans le respect de ma plume.

Chantelle Krotz et Lauren de Vos, l'équipe magique qui m'a offert son soutien sans réserve.

André, qui a pris part à mon monde fantastique, m'a jeté des poignées d'inspiration et m'a aidée à rester concentrée.

Angie, qui m'accompagne depuis le début de cette aventure. Nous en sommes à mi-chemin, mais nous savons que le voyage est loin d'être fini. Terminé.

1

J'ignore ce que c'est, mais ça avance rapidement, songea Jeff.

Il jeta un œil par-dessus son épaule et perçut le mouvement, vif comme l'éclair, de l'ombre qui le poursuivait. Il était à bout de souffle et ses jambes moulinaient fébrilement. Les murs de la ruelle devenaient flous tandis qu'il dévalait l'étroit passage à vélo.

L'ombre progressait telle une araignée le long des murs de l'immeuble, comme si la pesanteur n'avait aucun effet sur elle. Jeff baissa la tête et projeta son corps en décollant du trottoir, presque debout au-dessus de sa selle. Ses dents claquèrent lorsque ses roues atterrirent sur le bitume. Quittant l'abri que lui offraient les bâtiments, il fit irruption dans les grands espaces à ciel ouvert du parc. Il n'y avait pas âme qui vive, personne à appeler à la rescousse. Toujours debout, il pédalait péniblement. Son vélo faisait de violentes embardées à gauche et à droite tandis qu'il filait sur la pelouse. Il devait atteindre la rangée d'arbres. Jeff fronça les sourcils en balayant du regard la forêt droit devant. Les taches obscures semblaient se fondre les unes avec les autres, étouffant la lumière qui disparaissait malgré elle.

Je dois tenir jusqu'au bois, atteindre les arbres. Peut-être me protègeront-ils comme ils l'ont fait la dernière fois que la brume de cauchemar m'a attaqué, se dit Jeff.

Il ne parvenait pas à distinguer l'ombre dans son dos, mais il savait que ce n'était pas une brume de cauchemar. La brume de cauchemar qui les avait poursuivis dans la forêt des mois plus tôt ressemblait à une boule de brouillard grise. Et elle était rapide. Elle avait réussi à rattraper le frère cadet de Jeff, Matt, et à l'ensorceler, le plongeant dans une transe lunaire. Peu de temps après, le jeune garçon avait été enlevé par enchantement au royaume de Drakmere.

Jeff gardait les yeux rivés sur les arbres. Les branches se balançaient malgré l'absence de vent, et les feuilles s'agitaient frénétiquement, comme pour encourager Jeff à accélérer.

Jeff se mordit la lèvre. *Oh, bon sang, quelle galère*, pensa-t-il.

Il savait mieux que quiconque qu'être pris en chasse par une entité flottante et insaisissable, loin de chez soi et à la tombée de la nuit, était une situation à éviter.

Plissant les yeux dans les ténèbres, Jeff se tourna de nouveau pour voir si l'ombre avait gagné du terrain. La roue avant de son vélo percuta une pierre enfouie sous les herbes. Le guidon pivota brutalement et lui échappa des mains. Il sentit ses yeux s'écarquiller en voyant le sol se précipiter vers lui lorsqu'il bascula par-dessus le guidon. Il poussa un grognement sourd et ses dents s'entrechoquèrent lors de l'impact. Son sac s'enfonça dans la peau de son dos et l'air fut violemment expulsé de ses poumons.

L'herbe amortit sa chute et, emporté par son élan, il glissa sur le sol. Son vélo le frôla, le cadre métallique passant à quelques centimètres de son visage.

Jeff se hissa sur ses genoux et se releva avec peine. Faisant volte-face, il prit une inspiration tremblante ; la silhouette sombre s'arrêta à quelques pas de lui. Jeff regardait fixement la forme noire sans oser cligner des paupières. Il recula d'un pas en direction de la forêt. Mais il avait beau essayer de garder ses distances avec elle, la silhouette s'avançait toujours. Jeff ne comprenait toujours pas à quel ennemi il avait affaire. Ce n'était pas une brume de cauchemar comme la dernière fois. Ni une ombre frémissante, car dans ce cas il serait face à un nuage noir, doté de dizaines d'yeux rouges luisants dépassant du brouillard comme des protubérances à peine masquées par les volutes – et il avait une grande expérience en la matière. Il avait déjà été attaqué par une ombre frémissante, secoué comme une poupée de chiffon tandis que des dents invisibles, mais affûtées comme des lames de rasoir, s'enfonçaient dans sa chair. La douleur avait été insoutenable et il ne pouvait pas riposter, car ses coups étaient amortis comme s'il frappait un bloc de gélatine.

— Oh, non... chuchota-t-il en progressant lentement à reculons.

— Jeeeeeff !

Sa bouche s'ouvrit et il suspendit son geste. La chose murmurait d'une voix grave et rauque, une voix si effroyable que son dos fut parcouru de frissons.

— Viiieeens avec moiii, mon garçooon, tu ne peux paaas m'échappeeer.

La chose balançait la tête d'un côté et de l'autre. Ses mots étaient mal articulés, comme si elle peinait à les formuler en une langue qui lui était étrangère.

Jeff jeta un œil derrière lui. Il plissa les paupières pour évaluer la distance qui le séparait de la forêt. Il n'avait aucun espoir d'atteindre les arbres avant que cette chose, dont il ignorait la nature, ne le rattrape, mais il devait essayer.

Il était convaincu qu'il s'agissait d'un petit cadeau de Wiedzma, la méchante sorcière de Drakmere, cette même sorcière qui avait orchestré l'enlèvement de son frère Matt, un mois plus tôt. Mais Jeff avait contrecarré les plans de la sorcière, qui consistaient à capturer le jeune attrapeur de rêves pour pouvoir infiltrer, grâce à lui, les rêves de tous les enfants du monde, entraînant une vague de cauchemars. La dernière fois que Jeff l'avait vue, elle était attachée à un arbre et elle s'égosillait. C'était juste avant qu'il ne s'échappe avec Matt. Même si c'était elle qui avait envoyé cette créature, il ne comptait pas s'attarder pour prendre de ses nouvelles.

La chose était couverte de couches noires et légères, semblables à des bandages qui se déroulaient lentement. Les bandelettes de tissu cotonneux formaient comme une barbe à papa sombre qui flottait tout autour de sa silhouette, la rendant encore plus menaçante et sinistre. C'était une créature sortie tout droit d'un film d'horreur, qui n'avait pas sa place au parc de Little Falls. Penchée, les épaules voûtées et le dos excessivement courbé, elle se rapprochait de Jeff tout en humant l'air du parc et de la forêt derrière lui. Le garçon réprima un cri. Où étaient donc les yeux de la créature ? Des bandages masquaient leur emplacement. La chose le suivait à l'odeur – si toutefois elle était pourvue d'un nez. Difficile à dire sous les couches de bandelettes.

Elle ne peut pas me voir, mais elle me sent, se dit-il.

Jeff se mit à genoux : un plan diabolique prenait forme dans son esprit. Il garda les yeux rivés sur la chose qui se balançait toujours, tête baissée pour mieux capter son odeur. À la recherche d'un objet qu'il pourrait agiter pour se défendre, Jeff tâtonna l'herbe alentour. Dans son malheur, la chance lui souriait : le vélo l'avait manqué de peu en passant près de lui et il avait évité la crotte de chien à côté de laquelle il avait atterri. Jeff attrapa un bâton et chercha d'un regard désespéré le gros tas d'excréments qu'il avait réussi à esquiver.

Il faillit vomir en enfonçant le bâton dans la substance molle, qu'il projeta au visage de la créature. Raté. Nerveux, il tenta plusieurs lancers successifs jusqu'à ce que des éclaboussures atteignent enfin leur cible, s'étalant en une pluie de gouttelettes sur le côté de sa tête.

Jeff avait mal visé, mais son tir était assez bon pour troubler l'odorat de son assaillant.

La chose se tourna vers le ciel et poussa un hurlement tout en secouant violemment la tête à gauche et à droite, ses sens agressés par la puanteur du projectile. Tel un chien qui s'ébroue en sortant de l'eau, elle faisait gicler des gouttes brunes tout autour d'elle.

Jeff eut un haut-le-cœur et retint son souffle, essuyant

machinalement sa main sur la pelouse. Sans attendre de voir ce qui allait se produire, il bondit sur ses pieds et s'élança vers la forêt. Il avait quelques secondes d'avance, mais il savait que la course poursuite avait repris, car des cris furieux et déchirants s'élevaient dans son dos. Jeff sentit une bourrasque de vent soulever ses cheveux. Il s'attendait à être empoigné et projeté au sol d'un instant à l'autre, mais gardait les yeux fixés sur le bois, craignant de découvrir la créature sur ses talons s'il regardait derrière lui.

Les arbres s'agitaient frénétiquement, comme s'ils hurlaient à Jeff de courir... de courir plus vite. Un buisson devant lui s'ouvrit en deux et un homme bondit en travers de sa route. Jeff poussa un cri en se jetant par terre vers la silhouette. L'homme sauta sans effort pour éviter Jeff lorsque ce dernier passa sous ses pieds. On aurait dit que la scène se déroulait au ralenti, et en glissant à côté de l'homme qui flottait presque au-dessus de lui, Jeff aperçut l'éclat étincelant de son regard violet. Il tressaillit et son cœur s'emballa lorsqu'une pensée fulgurante lui traversa l'esprit.

Un guerrier ! Seuls les guerriers sandustiens avaient des yeux violets. Lors de sa visite à Drakmere, des guerriers sandustiens avaient volé à son secours et ils avaient traversé ensemble ce territoire dangereux à la recherche de son frère. Leurs yeux étaient violets et, quand ils étaient en situation de combat comme c'était le cas, ils brillaient de mille feux.

L'élan de Jeff l'emporta dans les buissons qui marquaient la lisière de la forêt. Enfin, il se retourna sur le ventre et écarta les fourrés pour observer le guerrier, de dos, qui s'était placé en position défensive, son épée étincelant dans ses mains. Le guerrier avait compris que Jeff s'était arrêté pour le regarder, car il gronda sans se retourner.

— Continue ta course, mon garçon ! Enfonce-toi aussi loin que possible dans la forêt, je te rattraperai !

Jeff resta bouche bée ; ce guerrier était différent de Madgwick et de Rig, les deux Sandustiens qu'il avait rejoints à Drakmere. Certes, il avait les mêmes yeux qui pétillaient d'une intense lueur violette, mais son crâne était chauve et brillant. Sur tout le côté de son visage, de son front jusqu'à son menton, était tatouée une dague noire, avec une poignée aux motifs intriqués. Le bout de la lame se terminait sur la pointe de son menton. Ce guerrier avait l'air méchant et intimidant, il était vêtu de cuir noir et portait un débardeur moulant. Les muscles de ses bras saillaient, soulignés sur toute leur longueur par des tatouages complexes. Il avait les bras pliés et lançait son épée d'une main à l'autre.

Jetant un dernier regard à la créature noire qui s'approchait du guerrier, Jeff se hissa sur ses jambes et détala dans la forêt. Même si c'était la première fois qu'il le rencontrait, il n'avait pas l'intention de discuter les ordres d'un guerrier sandustien, surtout avec une créature aux trousses. Tout en courant, Jeff entendit des hurlements retentissants déchirer le silence, suivis du bruit caractéristique de la poussière magique qui crépitait et grésillait dans les airs. Le guerrier avait engagé le combat pour permettre à Jeff de s'enfuir. Il remonta à toutes jambes le chemin menant au belvédère en bois érigé par les habitants de Little Falls, qui offrait une vue imprenable sur la forêt.

Jeff aperçut la structure blanche à travers les arbres et manqua de trébucher de surprise lorsqu'il reconnut son meilleur ami Rhed en compagnie de... Phoebe. Ils discutaient en riant. Phoebe rejeta ses cheveux bruns sur ses épaules lorsqu'ils regardèrent dans sa direction. Leur rire mourut aussitôt sur leurs lèvres et ils écarquillèrent les yeux en voyant Jeff accourir sur le chemin.

À bout de souffle, Jeff était incapable de parler. Il faisait de grands gestes dans l'espoir que Rhed comprendrait son message silencieux: *fuyez*. Rhed se tourna vers lui et le dévisagea, la mine si perplexe que ses sourcils se rencontraient au milieu de son front. Si Jeff avait encore un peu d'air dans les poumons, il aurait poussé un soupir de soulagement en voyant enfin le front de Rhed s'aplanir et ses yeux s'ouvrir en grand. Il avait compris.

Rhed fit volte-face.

— Phoebe, cours !

Il attrapa la main de la fille.

— Que se passe-t-il ? demanda Phoebe.

Ses cheveux se balancèrent d'un côté et de l'autre lorsqu'elle essaya d'apercevoir à son tour ce que Rhed avait vu.

— Saute ! hurla Rhed.

Serrant la main de Phoebe dans la sienne, il la força à dévaler les marches avec lui.

Ils couraient à en perdre haleine. Rhed entraînait Phoebe sur le chemin qui disparaissait dans les bois. Les yeux de la jeune fille étaient hagards et sa bouche semblait former une question qu'elle ne posait pas. À présent, elle cherchait à se dégager de la poigne de Rhed devenu fou.

Un hurlement déchirant s'éleva dans la forêt. S'il n'avait rien d'humain, il ne ressemblait pas non plus aux cris des animaux qui peuplaient les bois autour de Little Falls. Phoebe ouvrit des yeux ronds comme des billes. Un danger menaçait de surgir entre les arbres, et à sa mine, il était clair qu'elle venait de le comprendre. S'agrippant à la main de Rhed, elle redoubla de vitesse. Jeff se demandait qui tirait qui, mais il était ravi de les voir avancer dans la bonne direction. Ils le devançaient de quelques enjambées.

En entendant des bruits de pas rythmés dans son dos, Jeff accéléra. Il se retourna à plusieurs reprises pour s'assurer qu'il s'agissait bien du guerrier. Ce dernier les suivait et s'était joint à leur course folle à travers bois. Il fermait le groupe, sautant par-dessus les racines et les pierres, écartant les fougères sur son passage. Jeff n'avait pas besoin de regarder derrière lui pour savoir que la créature gagnait du terrain.

Il plissa les yeux en regardant droit devant ; le sol semblait s'être affaissé un peu plus loin, créant un fossé trop large pour être franchi. Du coin de l'œil, il vit le guerrier décrire des moulinets au-dessus de sa tête en libérant un jet de poudre argentée. La poudre fusa avec une telle force qu'elle semblait jaillir d'une lance d'incendie. La poussière scintillante se déposa au-dessus du gouffre pour former un pont argenté reliant les deux bords. Jeff connaissait ce genre de poudre ; c'était ce qui lui avait sauvé la vie lorsqu'il était parti au secours de son frère et s'était retrouvé coincé à Drakmere.

Phoebe poussa un cri en apercevant la poudre sur le chemin et elle ralentit son allure. Jeff les rattrapa et la bouscula pour la forcer à s'engager sur le pont transparent et argenté qui scintillait devant eux.

— Allez-y, c'est stable. Rhed, dépêche-toi ! hurla Jeff.

— Je fais ce que je peux, haleta le garçon, dont la course était entravée par la raideur de ses mouvements.

Jeff sentit ses cheveux se soulever lorsqu'un vent chaud le poussa sur le pont. Il tourna la tête à gauche et à droite sans rien apercevoir d'autre que la poussière d'argent. Elle l'enveloppa et tournoya autour de lui, si bien qu'il eut l'impression d'étinceler à son tour. Une fois qu'ils eurent franchi le pont, la poudre revint entre les mains du guerrier, qui maintenait sa position de l'autre côté du ravin. Il agita un doigt pour leur faire signe de continuer.

Jeff, Rhed et Phoebe coururent un moment sur le chemin forestier, avant de s'arrêter dans une clairière. Phoebe s'appuya contre un arbre pour reprendre son souffle, la main pressée sur son flanc comme si elle avait un point de côté, tandis que Jeff s'adossait à son tour contre un tronc. Quant à Rhed, il haletait, les mains sur ses genoux. Rhed était victime de phénomènes étranges depuis qu'ils étaient rentrés de Drakmere, un mois plus tôt. Ses articulations étaient de plus en plus raides et il se surprenait souvent à regarder fixement les arbres. Il passait beaucoup de temps à la lisière de la forêt et, parfois, Jeff le retrouvait en train de fredonner.

— Bon, les garçons, qu'est-ce qu'on fuyait, au juste ?

En temps normal, Phoebe avait une voix mélodieuse, mais en cet instant elle était tremblante et essoufflée.

Rhed dévisagea Jeff, qui se contenta de secouer la tête.

— Je n'en sais rien, c'était un monstre flippant, comme une momie. Elle me poursuit depuis la ville, je viens juste de lui échapper.

Rhed se renfrogna.

— Tu crois qu'elle vient de Drakmere ?

— Tu as vu ce guerrier ?

— Quel guerrier ? demanda Phoebe en haussant les sourcils, son regard alternant entre Jeff et Rhed.

Jeff regarda Phoebe. Il trouvait ses grands yeux marron fascinants. D'une intense couleur chocolat, ils étaient mouchetés de taches dorées qui étincelaient quand elle parlait avec enthousiasme… ce qui arrivait très souvent.

Jeff secoua sa torpeur et répondit :

— Je ne l'avais encore jamais vu. Mais il était aussi effrayant que cette momie. Je ne savais pas qui fuir en priorité, lui ou la momie. Pourtant, je suis certain que c'était un guerrier sandustien. Tu as vu ses yeux ? Ils luisaient.

— Un guerrier sandustien ? demanda Phoebe.

— On s'en fiche de ses yeux, tu as vu ses tatouages ? s'exclama Rhed.

— Continuons, dit Jeff sans relever la question de Phoebe.

Il s'écarta de l'arbre et reprit sa progression sur le chemin.

Jeff regarda Rhed et Phoebe en passant près d'eux. Une fois de plus, Rhed et lui étaient amoureux de la même fille. Soit ils étaient trop pathétiques pour choisir chacun la sienne, soit ils avaient simplement très bon goût tous les deux. Quoi qu'il en soit, être en compétition avec son meilleur ami n'était pas très réjouissant. Avant, ils aimaient tous les deux une fille qui s'appelait Jessica. Jeff s'était effacé pour laisser le champ libre à Rhed, mais ce dernier avait surpris Jessica dans le placard à balais de l'école avec un certain Harold, en train de faire Dieu sait quoi, et il avait aussitôt tiré un trait sur elle.

— Dites-moi, fit-il en essayant de paraître aussi nonchalant que possible, qu'est-ce que vous faisiez tous les deux au belvédère ?

Rhed pinça les lèvres en levant les yeux au ciel. Il fronça son large nez et remonta ses grosses lunettes noires.

Les joues de Phoebe se teintèrent d'un rose délicat et elle détourna le regard. Ses cheveux bruns bouclés rebondirent derrière ses épaules. Elle sourit, mais ne répondit pas.

Jeff jeta un œil dans son dos et se figea en percevant un mouvement entre les troncs. Visiblement, ils n'étaient pas sortis de l'auberge.

Rhed et Phoebe suivirent la direction de son regard et scrutèrent à leur tour la forêt. Phoebe recula péniblement en voyant quelque chose bouger entre les arbres. Jeff se mordit la lèvre : ils étaient encore loin de chez lui, ils n'y arriveraient jamais, surtout avec Rhed qui semblait avoir de plus en plus de difficultés à se déplacer au fil des jours. Il jeta un regard circulaire et pencha la tête vers la cime des arbres à la recherche d'une solution, d'un plan, n'importe quoi susceptible de les aider.

Nous devons nous en aller, nous devons nous en aller, se répétait-il, les yeux tournés vers le ciel.

— Jeff ! Il revient… Bon sang, mais qu'est-ce que c'est ? Qu'est-ce qu'on fait ? hurlait Rhed, ses dreadlocks virevoltant frénétiquement sur ses épaules.

À Drakmere, quand Jeff avait découvert qu'il était un attrapeur de rêves, les guerriers lui avaient appris à se servir de son pouvoir. Ce n'était pas facile, et cela requérait beaucoup d'entraînement. Quand les anciens sandustiens lui avaient expliqué qu'il n'avait pas le droit de pratiquer ou d'utiliser les pouvoirs magiques qu'il venait juste de découvrir, il n'en avait pas cru ses oreilles.

Dans la forêt, Jeff visualisa ce qu'il appelait sa salle de simulation ou sa pièce à rêves, bien content de ne pas avoir obéi aux anciens et de s'être secrètement exercé. Il puisa dans son esprit l'image dont il avait rêvé au cours de ces dernières semaines.

L'air ondula et tremblota, jusqu'à ce qu'apparaisse la forme ovale d'une porte ornée d'un élégant motif floral. D'abord, seule sa silhouette luit, jusqu'à ce que la porte tout entière se mette à irradier. Lorsqu'elle s'ouvrit, ses contours brillaient d'une lumière blanche si éclatante qu'ils étaient incapables de distinguer l'autre côté du passage.

— Il faut traverser, dit Jeff.

— Jusqu'où ? Comment as-tu fait ? demanda Rhed.

Il se mordait la lèvre et se frottait les bras, ce qui ne l'empêcha pas de s'approcher du portail, Phoebe sur les talons.

— Qu'est-ce que c'est ? demanda-t-elle.

— Un passage… c'est un passage qui nous emmènera loin d'ici, loin de ce qui nous pourchasse, répondit Jeff.

— C'est toi qui as fait ça ? murmura Phoebe.

Derrière eux, une explosion suivie d'une pluie de paillettes les fit sursauter et Phoebe poussa un hurlement de terreur en se baissant à terre. Tandis que la poudre retombait lentement, le guerrier que Jeff avait rencontré un peu plus tôt fit son apparition. Il était grand, sévère, et ses biceps saillirent lorsqu'il croisa les bras.

Jeff déglutit avec peine, mais essaya de garder son calme. Il devait faire bonne figure devant Phoebe.

2

— Ne franchissez pas cette porte.

Le guerrier inconnu les fusillait du regard.

— Qui êtes-vous, où sont Madgwick et Rig ? demanda Rhed.

— Je suis Horrigan, un guerrier sandustien. Nous sommes sans nouvelles de Madgwick et de Rig. Nous n'avons aucun moyen de les contacter tant qu'ils sont toujours à Drakmere.

— Toujours à Drakmere ? fit Rhed en frissonnant.

— C'était quoi, cette chose qui nous poursuivait ? demanda Jeff.

— On appelle ça une *criature*. C'est une bête dangereuse envoyée par Wiedzma. Elle n'a pas renoncé à ta capture, apparemment. Je suis ici pour te protéger, toi et ton frère, Matt. Maintenant éloigne-toi de cette porte et referme-la, s'il te plaît.

— Mais cette chose… cette criature est toujours dans le coin, objecta Jeff.

— D'autres guerriers sont arrivés et ils sont en train de terrasser la criature en cet instant même. Elle ne te fera aucun mal. Maintenant, ferme ce portail.

Jeff se tourna vers le portail en fronçant les sourcils. Serait-il capable de contacter Madgwick s'il pénétrait lui aussi à Drakmere ? Il jeta un œil en direction de Rhed et plissa les paupières. Son ami s'était de nouveau tourné vers les arbres et n'écoutait pas un mot de leur conversation.

Horrigan prit une profonde inspiration, comme si sa patience était mise à rude épreuve. Jeff devina au regard noir qu'il lui lançait que le guerrier essayait de lire ses pensées. Il scrutait attentivement le visage de Jeff, tout en lissant ses cheveux qu'il supposait ébouriffés et emmêlés par le vent.

— Nous trouverons un remède pour Rhed, si c'est ce qui te préoccupe.

Jeff tourna la tête vers Horrigan. La porte se referma dans un éclair aveuglant et il fut aussitôt tiré de ses pensées.

— Pardon ?

Rhed perdit à son tour son air rêveur et il tourna les yeux vers Jeff et Horrigan.

— Quel remède ?

Phoebe tapa du pied et brandit un doigt sous le nez de Rhed.

— Je te l'avais dit, Rhed. Je savais que quelque chose clochait chez toi.

— Qu'est-ce qui cloche chez Rhed ? demanda Jeff en haussant les sourcils face au doigt agaçant que Phoebe agitait toujours devant le visage de son ami.

Les lèvres d'Horrigan s'étirèrent. Sans doute tentait-il d'esquisser un sourire, mais il ne parvint à afficher qu'un rictus crispé.

— Des guerriers seront bientôt choisis pour se rendre à Drakmere afin de trouver le remède, avant que Rhed soit définitivement perdu. Les tisserands de sortilèges pourront alors créer leur magie et lui administrer l'antidote. Tout ira bien.

— Le remède se trouve à Drakmere ? Qu'est-ce qu'il a, au juste ? Que voulez-vous dire par « définitivement perdu » ou « tout ira bien » ? Et combien de temps vont mettre les tisserands de sortilèges pour réaliser leur magie ?

La bouche d'Horrigan demeurait grande ouverte, comme si les questions dont le bombardait Jeff le laissaient sans voix.

De son côté, Jeff le dévisageait d'un air intransigeant. Cela faisait déjà quelques semaines que Rhed n'était pas dans son état normal. Tout avait commencé par de petites bizarreries, dont ils avaient même ri au début.

Comme ces feuilles vertes qui ne cessaient de pousser dans les dreadlocks de Rhed. Puis ses ongles, qui ressemblaient de plus en plus à de l'écorce. Rhed devait constamment les enduire de crème.

D'autres signes s'avérèrent plus difficiles à ignorer, comme ces raideurs que Rhed éprouvait au niveau des bras et des jambes, à tel point qu'il ne pouvait même plus diriger correctement son vélo. Enfin, il avait le regard perdu dans le vague dès qu'il se trouvait à proximité de la forêt ou d'un arbre, comme s'il baignait alors dans son élément. Le tirer de ses rêveries était de plus en plus laborieux.

— J'ai besoin d'un remède ? Que m'arrive-t-il ?

Rhed était toujours bouche bée. Il regarda Horrigan, puis Jeff. Phoebe lui tenait le bras comme s'il avait besoin de soutien pour rester debout. Rhed essaya de dégager son bras, sans succès.

— Je ne sais pas précisément ce que t'a dit Thirza avant de partir étudier les traditions magiques sandustiennes…

Jeff hocha la tête. Non, son grand-père n'avait pas abordé ce sujet avec lui. Mais il pouvait toujours faire semblant et voir où ça le mènerait.

— Thirza ? Oui, il m'a tout expliqué.

Il employait un ton neutre pour tenter de pousser Horrigan à lui faire des révélations.

— Vraiment ? grommela Rhed en se tournant vers son ami.

— Vous avez identifié le remède ? demanda Jeff sans tenir compte de sa remarque.

Depuis qu'il avait retrouvé son grand-père à Drakmere et l'avait ramené à la maison, il ne l'avait pas beaucoup vu. Le vieil homme passait la majeure partie de son temps à Sandustian.

Horrigan pinça les lèvres.

— Pas encore. Il se trouve sans doute dans la forêt de Drakwood, où vit l'arbre qui a adopté Rhed, mais c'est tout ce que nous savons. Il faudra lui administrer l'antidote avant la prochaine pleine lune.

Jeff secoua la tête.

— La prochaine pleine lune n'est que dans quelques jours, et je suppose que les anciens n'ont pas encore réuni leur conseil pour choisir le guerrier qui sera envoyé en mission.

— Qui… ? commença Phoebe en avançant le menton, regardant tour à tour Jeff, puis Horrigan.

Horrigan poussa un profond soupir et se tourna vers Phoebe. Il parla rapidement, comme s'il n'avait pas de temps à perdre en explications :

— Quand Rhed était à Drakmere, il a été adopté par un arbre, et cet arbre veut le récupérer. Les anciens sont les dirigeants des terres de Sandustian, où vit le marchand de sable : c'est l'endroit où commencent les rêves et la magie.

Jeff agita la main avec impatience.

— Alors ces guerriers vont devoir trouver les ingrédients de l'antidote et les rapporter à temps pour sa préparation ? Ça peut durer une éternité !

Jeff sombra dans le mutisme, assailli de pensées. Rhed ne pouvait pas se permettre d'attendre une éternité. Peut-être y avait-il un moyen plus rapide de trouver ce remède ? Il pouvait retourner auprès de l'arbre, obtenir les ingrédients et retrouver Madgwick et Rig, les guerriers qui l'avaient aidé à s'échapper de Drakmere quelques semaines plutôt sans parvenir à mener à bien leur propre évasion. Ensuite, il serait peut-être en mesure d'ouvrir un passage qui le ramènerait hors de Drakmere. Et puis d'abord, Rhed ne serait jamais tombé malade s'il n'avait pas suivi Jeff à travers la porte, ce soir-là.

Jeff se tourna vers Horrigan et demanda :

— C'est grave ? Jusqu'où sa maladie peut-elle le conduire ?

Horrigan frotta son crâne luisant, comme s'il se demandait ce qu'il avait le droit de dévoiler au garçon.

— Plutôt grave, avoua-t-il enfin avec un bref hochement de tête. Sans remède, Rhed se changera en arbre à la prochaine pleine lune, et une fois que le processus aura eu lieu, il sera impossible de revenir en arrière.

Jeff cligna des yeux devant la mine atterrée de Rhed.

— Et le vomi de grenouille ou la morve d'escargot qui m'ont guéri la dernière fois ? demanda Rhed.

— Pouah, fit Phoebe en tirant la langue.

— C'était infect, mais efficace, insista Rhed sans détacher ses yeux d'Horrigan.

Ce dernier s'était détourné pour échapper à son regard. Une fois de plus, il secoua la tête.

Jeff se tourna vers l'emplacement où la porte brillait encore quelques instants plus tôt. Il réfléchissait à plein régime, tout en s'efforçant de garder une mine impassible afin qu'Horrigan ne devine pas ce qu'il était en train de mettre au point. Il était capable d'ouvrir un portail par la force de sa pensée, ce qui signifiait qu'il était en mesure de se rendre à Drakmere à n'importe quel moment. Il savait plus ou moins où se trouvait l'arbre… enfin, dans les grandes lignes. Bon, d'accord, il n'avait pas la moindre idée de l'endroit où ils l'avaient rencontré, mais les guerriers qui seraient envoyés à sa recherche ne seraient pas plus avancés. Il pourrait essayer de retrouver Madgwick et Rig : ces derniers l'aideraient sans hésiter s'ils savaient que quelque chose de grave était en train d'arriver à Rhed. Rig se souviendrait de l'endroit où se trouvait l'arbre. Il lui avait même parlé. Enfin, l'arbre lui dirait où trouver le remède.

Jeff jeta un coup d'œil à Horrigan.

— Vous êtes ici pour protéger ma mère et mon petit frère, Matt, c'est bien ça ? Est-ce que cette protection inclut Rhed ?

— Et moi ! ajouta Phoebe en regardant la forêt derrière elle.

— Bien sûr. Nous sommes des protecteurs. Où veux-tu en venir, Jeff ? demanda Horrigan.

Jeff se dirigea vers Rhed, tournant le dos à Horrigan, et se mit à chuchoter. Il ne voulait pas perdre plus de temps et il ne souhaitait pas qu'Horrigan comprenne ce qu'il s'apprêtait à faire.

— J'y vais. Je trouverai cet arbre, récupérerai le remède et te le ramènerai.

Rhed détacha enfin les yeux d'Horrigan, qui se dévissait le cou pour tenter d'entendre ce que disait le garçon.

— Tu es complètement fou ? Tu as perdu la tête ou quoi ? Tu ne peux pas retourner à Drakmere ! Tu ne retrouveras jamais cet arbre. Et tu oublies les ombres frémissantes ! Elles sont partout, là-bas…

— C'est quoi, les ombres frémissantes ? s'enquit Phoebe.

— C'est le seul choix que nous ayons, Rhed. Et puis, je m'entraîne en secret à pratiquer mes dons d'attrapeur de rêves, et je suis devenu plutôt doué.

Jeff ignora Phoebe et garda les yeux plantés dans ceux de Rhed.

La bouche de Rhed s'ouvrit toute grande.

— Comment ça, tu pratiques tes dons d'attrapeur de rêves ? demanda-t-il.

Jeff prit une profonde inspiration.

— Je me concentre sur cette salle obscure jusqu'à m'imaginer à l'intérieur. Ensuite, par la pensée, je retrouve le meuble de classement, celui qui contient tous les rêves de tous les enfants du monde entier. Alors que les rêves défilent comme un film, je pense très fort à ce que je cherche et le rêve correspondant apparaît, comme sur un écran de télé.

Jeff jeta un coup d'œil à Phoebe et constata qu'elle avait les yeux comme des soucoupes, mais il poursuivit.

— Puis je m'efforce de m'accrocher à ce rêve et quand j'ouvre les yeux, ça y est. J'ai ce que je cherchais. Bon, ça ne marche pas tout le temps, mais j'ai réussi à faire apparaître des passages et d'autres trucs inutiles. C'est très facile.

Rhed ajusta ses lunettes, qui menaçaient de dégringoler tant sa bouche s'était ouverte en grand pendant le discours de Jeff, mais il ne l'interrompit pas.

— Et tiens-toi bien… j'ai même trouvé un nom super cool pour cette pièce dans ma tête. J'appelle ça la salle de simulation, comme dans un film de science-fiction.

Les cheveux de Phoebe fouettaient son visage tandis qu'elle tournait alternativement la tête entre Jeff et Rhed.

— Où allons-nous ? Attrape-quoi ?

— Attrapeur de rêves, lui expliqua Rhed. Et *nous* n'allons nulle part. Les guerriers trouveront le remède, Jeff.

— Il n'y a pas de temps à perdre, Rhed. Tu ne l'as pas entendu ? Ils n'ont même pas encore désigné de guerriers pour cette mission.

Phoebe afficha un grand sourire. Son appareil dentaire brilla d'une lueur argentée.

— Il faut y aller, Rhed. Je t'ai dit que tu te comportais un peu bizarrement ces derniers temps. Euh… tes sourcils viennent de virer au vert.

— Pourquoi vert ? demanda Rhed en essayant de s'arracher un poil de sourcil pour vérifier lui-même.

— C'est joli, mais une teinte plus sombre aurait été mieux. Où allons-nous ? reprit-elle avant de se tourner vers Jeff.

C'était à son tour de rester bouche bée.

— Tu ne vas nulle part, Phoebe.

Jeff cligna des paupières.

— Écoutez, restez ici vous deux. Je serai de retour aussi vite que possible. Les ombres frémissantes nous attendaient la dernière fois parce qu'elles savaient exactement où nous atterririons. Cette fois, c'est un nouveau portail ; je parie que personne ne connaît son existence. Je ferai l'aller-retour avant qu'elles s'en rendent compte. Et je pourrai peut-être aider Madgwick en créant une porte de sortie hors de Drakmere. Nous n'avons que quelques jours, mais le temps s'écoule différemment à Drakmere, alors je disposerai de plusieurs jours supplémentaires avant la pleine lune.

Jeff marqua une pause, avant de poursuivre :

— Tu es mon meilleur ami, Rhed, et je ne permettrai pas qu'il t'arrive quoi que ce soit, pas si je peux l'empêcher.

— Je me sens déjà mieux. C'est tellement sentimental, Jeff.

Le sarcasme de Rhef arracha à Jeff un petit sourire en coin.

— Comment peux-tu seulement envisager d'y retourner ? Nous n'avons fait que courir pour échapper aux monstres qui nous poursuivaient. C'était affreux.

Rhed secoua la tête en plissant le front.

— Les ombres frémissantes, c'est un joli nom, dit Phoebe en examinant ses ongles.

— Elles n'ont *rien* de joli ! Les ombres frémissantes sont des nuages noirs avec des yeux rouges, on dirait de la fumée de cendres sortie tout droit d'un volcan, et leur seul but est de dévorer ce qu'elles attrapent, dit Rhed en expirant tout l'air qu'il retenait dans ses poumons.

— Mais tu n'as pas trouvé ça un peu excitant aussi ? demanda Jeff. Un monde magique rempli de créatures et de choses étranges… un monde que nous sommes les seuls à connaître ?

Jeff se tourna vers Horrigan et recula de plusieurs pas jusqu'à rejoindre l'emplacement exact où la porte s'était ouverte quelques instants plus tôt.

— Alors voilà. Je crois savoir où est cet arbre, et je peux me rendre à Drakmere.

— Comment ça, tu peux te rendre à Drakmere ? fit Horrigan en haussant les sourcils, qui atteignirent presque le sommet de son large front.

De toute évidence, il n'avait pas entendu leur conversation.

— Avec mes capacités spéciales d'attrapeur de rêves, je peux ouvrir ces portes magiques, comme des hublots entre ce monde et Drakmere. Je trouverai le remède. Surveillez mon frère, Rhed et Phoebe.

— Pas si vite, mon jeune ami ! commença Horrigan d'une voix grave.

Mais Jeff n'attendit pas qu'il continue. Il baissa la tête et ferma les yeux de toutes ses forces. Il eut tôt fait de retrouver la salle de simulation dans son esprit et de ramener à nouveau la porte vers lui. D'une torsion du poignet, il illumina le portail qui s'était reformé. Sa lumière présentait un contraste saisissant avec la forêt obscure, presque noire.

Les yeux violets d'Horrigan étincelèrent lorsqu'il comprit ce que Jeff avait l'intention de faire.

— Je te défends de franchir cette porte, mon garçon. Je te l'interdis ! Reviens ici tout de suite. Ne me provoque pas. Je ne serai pas aussi indulgent que Madgwick l'a été avec toi quand tu lui as désobéi. Madgwick t'a ordonné de ne pas entrer à Drakmere, mais tu l'as ignoré et tu y es allé quand même. Tu ne feras pas…

Jeff sourit à Horrigan, lui adressa un signe de paix et s'avança à travers le portail. Dans un éclair de lumière, il disparut.

— Il l'a fait, il est passé. Il ne m'a même pas écouté, fulmina Horrigan.

— C'est tout lui, reconnut Rhed en levant la tête, en réaction à la mine outragée d'Horrigan.

Horrigan poussa un hurlement de rage et ses veines enflèrent dans son cou. Sa poudre explosa autour de lui comme un feu d'artifice. Il entendit Phoebe chuchoter une remarque à Rhed à propos de l'éclat pourpre de ses yeux. Lorsqu'il prit conscience de son air ébahi, il referma la mâchoire.

Rhed se campa devant Phoebe et la regarda droit dans les yeux.

— Jeff ne peut pas y aller seul ; il ne retrouvera jamais cet arbre. Il sera perdu avant que la nuit tombe.

Il marqua un temps d'arrêt, puis ajouta d'un air contrit :

— Je déteste Drakmere.

Il s'avança d'un pas mal assuré vers la porte dont la luminosité commençait à décliner faiblement, tout en parlant à Phoebe :

— Rentre chez toi, Phoebe, tu seras à l'abri. Tu peux faire confiance à cet homme. Il va te ramener.

Horrigan s'écria :

— Nooooon !

Rhed entra dans le passage et disparut à son tour dans une vive lumière.

Phoebe sursauta et se tourna vers Horrigan en hurlant. Ce dernier bondissait vers elle et semblait suspendu dans les airs. Sa poudre argentée s'était déployée pour former un vaste filet qui scintillait sous les rayons du soleil couchant, illuminant les arbres d'une myriade de touches colorées qui dansaient en cercle comme une boule à facettes.

Phoebe poussa un cri en voyant la poussière d'argent miroiter au-dessus de sa tête. Elle s'élança à travers la porte que Jeff et Rhed avaient traversée quelques secondes plus tôt. Le passage irradia une dernière fois avant de disparaître.

La forêt redevint aussi silencieuse et verte que d'habitude, comme si la porte n'avait jamais existé. Les oiseaux gazouillaient dans les arbres en se préparant pour la nuit.

Horrigan atterrit dans un grognement et son filet de poudre retomba sur le sol, vide. Le portail s'était volatilisé, et les trois enfants avec lui. Une fois de plus, les enfants étaient à Drakmere. Sa poussière d'argent rejoignit ses paumes. En pensée, il pouvait voir son propre visage, dur comme de la pierre, les yeux brillant de cette lueur pourpre sombre qui exprimait toute sa colère.

Il allait devoir rentrer à Sandustian et annoncer aux anciens qu'il avait sauvé les enfants des griffes de la criatura. Puis, il allait devoir ajouter qu'ils étaient accessoirement retournés se perdre à Drakmere.

Il lança sa poudre dans les airs et la regarda se déposer sur lui comme une pluie argentée.

— Moi aussi, je déteste Drakmere, dit-il alors.

3

La lumière fut aussitôt étouffée comme la flamme d'une allumette éteinte par un souffle de vent. Jeff cligna rapidement des yeux pour adapter sa vue à l'obscurité dans laquelle l'avait plongé ce brusque changement. La dernière fois qu'il était arrivé à Drakmere, il était passé par la porte au clair de lune cachée dans sa propre chambre. Et il avait franchi une enfilade de pièces vides avant d'atteindre enfin la dernière porte, celle qui menait à Drakmere. Cette fois, c'était différent. Il était parti de la forêt et, l'instant d'après, il était là – mais il ignorait où ce *là* en question se situait.

Il déglutit et se gratta la tête. Et si « là » ne se trouvait même pas à Drakmere ? Sous ses pieds, une étroite saillie de pierre descendait vers des marches grossièrement taillées. Les marches étaient gris anthracite et couvertes de mousse d'un vert éclatant. Bizarre, étant donné que la lumière était insuffisante pour donner à la mousse un éclat si vif. Jeff se tenait sur la marche supérieure et scrutait les environs, plissant les paupières pour distinguer ce qui l'entourait à travers l'épais brouillard, mais il ne voyait pas plus loin qu'à quelques mètres autour et au-dessus de lui. Impossible de savoir où il était.

D'énormes plantes vertes aux larges feuilles et aux tiges solides, semblables à des fougères, l'effleuraient sur les côtés. Elles le surplombaient et leurs pointes disparaissaient dans la brume. Il n'avait pas le choix quant à la direction à prendre, il ne pouvait que descendre. Lorsqu'il avança d'un pas hésitant, les plantes ondoyèrent et frémirent comme un rideau, se balançant sous l'effet d'une brise imaginaire.

Jeff poussa un cri aigu en voyant de larges fleurs roses, dont les pétales ressemblaient étrangement à des lambeaux de peau, tomber près de son visage. Il fit la grimace. Il avait la sensation que les fleurs le toisaient. Leurs pétales avaient une affreuse teinte rose, à l'exception d'un liseré rouge cerise qui lui faisait penser à un trait de rouge à lèvres. Les fleurs semblaient se plisser comme si elles s'apprêtaient à lui planter des baisers pâteux sur le visage. Il pinça les lèvres, franchement inquiet. Sans attendre d'être « embrassé », il dévala les marches en repoussant sans ménagement les fleurs envahissantes. Lorsqu'il atteignit le bas de l'escalier, il se permit enfin de souffler de soulagement. Rien n'avait encore essayé de le manger… ou pire, de l'embrasser.

Les marches disparaissaient dans un marais boueux. L'eau y était sombre et épaisse, trop tranquille pour être honnête, comme le reflet d'un miroir. Des volutes de brume s'étiraient en spirales paresseuses. Jeff percevait le pépiement distant d'un oiseau et le coassement étrange d'un crapaud. Il entendait le gargouillis d'un torrent, mais il avait beau chercher, l'eau était aussi paisible qu'une mare solitaire figée dans les limbes du temps. Il remarqua des dalles devant lui. Sans doute menaient-elles de l'autre côté, se dit-il. Jeff plissa les paupières pour essayer de voir si les pierres conduisaient vers l'autre rive. Son instinct lui criait de ne pas toucher l'eau. C'est alors qu'un mouvement attira son attention. Il n'aperçut qu'une vague, qui prenait de l'ampleur en se rapprochant de la berge.

Oh oh, ce n'est pas bon du tout, songea-t-il.

Cette onde mettait Jeff très mal à l'aise. Il regarda fixement l'endroit où il croyait avoir perçu le mouvement et entendit une légère éclaboussure, comme si l'on avait donné un coup dans l'eau du plat de la main. Jeff pivota sur ses pieds et poussa un cri. Il était certain d'avoir aperçu un œil dans l'eau. Il regarda plus attentivement, mais la chose avait disparu, remplacée par une autre vaguelette.

Jeff fit volte-face et se ramassa sur lui-même lorsqu'un éclair aveuglant étincela en haut des marches. Rhed fit alors son apparition et dévala les marches en titubant, se frayant un chemin entre les plantes et les fleurs plissées.

— Rhed ! appela Jeff. Qu'est-ce que tu fais ? J'ai failli avoir une crise cardiaque !

Rhed attrapa Jeff par le bras.

— Tu as vu ces fleurs aux lèvres charnues ? J'ai bien cru qu'elles voulaient m'embrasser ! C'est dégoûtant.

— Qu'est-ce que tu fais ici, mon vieux ? Rentre tout de suite.

— Tu ne retrouveras jamais cet arbre tout seul. Je crois que je me souviens du chemin, nous allons y aller ensemble. Comme la dernière fois.

Il s'apprêtait à ajouter quelque chose lorsqu'un autre éclat de lumière déchira les ténèbres de la forêt, suivi d'un hurlement perçant.

— Phoebe… s'exclama Jeff en se frottant les tempes à deux doigts comme s'il avait brusquement la migraine. S'il te plaît, ne me dis pas qu'elle t'a suivi ici.

Rhed secoua la tête et regarda entre les feuilles, vers le haut des marches. Il était sur le point de remonter lorsque Phoebe apparut. Ses yeux marron foncé étaient grands ouverts et son visage était rouge – d'excitation ou de peur, difficile à dire.

— Vous avez vu ces superbes fleurs, les garçons ? Elles étaient si délicates… et roses. Elles sentaient tellement bon, un mélange de jasmin et de lilas.

Les fleurs pendaient au-dessus de sa tête et rebondissaient comme si elles approuvaient ses paroles. Une fleur lui effleura le crâne, déposant un pétale dans ses cheveux, derrière son oreille.

— C'est adorable, merci ! s'extasia Phoebe.

Un grand sourire aux lèvres, elle se tourna vers Jeff et Rhed, qui la dévisageaient.

— Rentre, Phoebe. Tu n'as pas idée de l'endroit où tu as mis les pieds, déclara Jeff.

Il serrait et desserrait la mâchoire, comme s'il mâchait du chewing-gum.

— Tu plaisantes ? Cet homme s'est jeté sur moi et a essayé de me lancer un filet dessus, ou quelque chose de ce genre. Et je suis sûre que sa poussière argentée m'a touchée. C'est sympa de m'avoir laissée seule avec un inconnu tatoué et habillé en cuir… vraiment sympa. Je viens avec vous.

— Cette poussière argentée, c'est de la poudre magique, et c'est l'arme des guerriers. Elle les aide à combattre. Ils peuvent même s'en servir pour façonner des motos, des bateaux, et tout un tas de trucs cool. Ça ne t'aurait fait aucun mal, Phoebe.

Jeff avait les mains sur les hanches.

— Comment voulais-tu que je le sache ? répondit Phoebe en reniflant.

Tout en parlant, elle passait ses doigts dans ses cheveux pour s'assurer que rien ne s'y était accroché. Quelques particules de poudre d'argent se soulevèrent au-dessus de sa tête et retombèrent mollement en formant un halo. Soudain, elles se regroupèrent en une boule compacte et fusèrent à travers la brume avant de disparaître…

Jeff se tourna vers Rhed et gronda :

— Ramène-la chez elle, Rhed, tout de suite !

Rhed haussa les épaules.

— Pourquoi elle ne resterait pas ?

— D'abord, sa famille la cherchera, répliqua Jeff.

— Non, dit-elle. J'habite à l'orphelinat de Little Falls, tu sais.

Jeff sentit sa mâchoire se décrocher. Il ignorait cette information.

Phoebe poursuivit :

— Ils sont très gentils, bien sûr, mais il y a tellement d'enfants qu'ils ne se mettront pas à ma recherche avant au moins mardi.

Elle affichait un grand sourire. Jeff haussa les épaules, secoua la tête et bouscula Rhed et Phoebe pour passer, disparaissant entre les massifs de fleurs qui tendaient toujours leurs pétales roses en le suivant. Il revint quelques secondes plus tard.

— La porte s'est refermée, vous êtes coincés ici, dit Jeff en donnant une chiquenaude à une fleur trop entreprenante pour l'empêcher de déposer un baiser sur sa joue.

— Du calme, dit Rhed. Tu peux toujours rêver à une autre porte. Je veux dire, tu maîtrises ce truc des rêves maintenant, non ?

— C'était la première fois que j'ouvrais un portail à travers lequel passer, et je ne sais pas si je saurais le refaire depuis ce côté-ci. J'espérais que Madgwick ou Rig pourraient m'aider…

Jeff s'interrompit devant la mine abasourdie de Rhed.

— Tu es venu ici sans plan d'évasion ?

— Je ne me rappelle pas vous avoir invités, il me semble, répondit Jeff sèchement.

Il ne servait à rien de se disputer avec Rhed et, pour être honnête, Jeff était content que son ami soit avec lui. Phoebe, en revanche, c'était une autre histoire. Reportant son attention sur les vagues, Jeff se tourna vers le marais.

— Et maintenant ? demanda Rhed.

— Si tu regardes attentivement, tu verras qu'on peut traverser sur les dalles de pierre. Mais j'ai un mauvais pressentiment à ce sujet. Je crois qu'il y a quelque chose d'inquiétant, tapi dans l'eau.

— Nous ne pouvons pas traverser sans troubler la surface, les dalles se trouvent juste en dessous du niveau de l'eau, remarqua Rhed.

— Je crois que je viens de voir quelque chose.

— Quoi ? dit Phoebe en se penchant brusquement entre leurs têtes.

Leur frayeur fut telle qu'ils durent battre des bras pour ne pas tomber dans l'eau.

— Bon sang, Phoebe !

Jeff gonfla ses joues et souffla pour essayer de garder son calme. Il fronça les sourcils tout en cherchant comment leur exposer la situation.

— Soit nous nous trouvons dans un endroit entre notre monde et Drakmere, soit nous avons directement atterri en plein Drakmere.

— Et si ce chemin ne nous mène pas à Drakmere ? demanda Rhed.

— Si, il le faut, répondit calmement Jeff, la mine pincée.

Il prit une grande inspiration avant de poursuivre ses explications.

— À Drakmere, rien n'est exactement comme il y paraît, il va falloir être prudent. Tout peut être dangereux. Restons silencieux et essayons de ne pas déranger ce qui se trouve dans l'eau, ou dans la forêt, ou n'importe où ailleurs. Il faut que notre présence soit aussi discrète que possible.

Phoebe hocha la tête. Ses yeux chocolat pétillèrent d'enthousiasme lorsqu'elle examina les marécages à la recherche d'une menace invisible.

— C'est tellement amusant. J'ai du mal à croire que je vais aller à Drakmere, murmura-t-elle à l'oreille de Rhed.

Rhed émit un grognement et leva les yeux au ciel en voyant le regard noir que lui lançait Jeff.

— Tu lui as déjà parlé de Drakmere ? Génial, Rhed.

Jeff ne comptait pas perdre plus de temps en disputes inutiles. Après tout, ils n'avaient jamais décidé que leur récente aventure à Drakmere serait un secret. Pour Jeff, cependant, il était évident depuis le début qu'ils ne devaient en parler à personne.

— Qu'est-ce que tu as vu ? demanda Rhed.

— J'ai vu des vagues et j'ai cru voir… un œil, dit Jeff.

— Comme si quelqu'un te regardait ? fit Rhed en essayant de percer le brouillard.

— Ce n'était qu'un œil, un globe oculaire, et c'était dans l'eau.

— Beurk, dit Phoebe.

Rhed regarda Jeff.

— S'il te plaît, ne me dis pas que tu as vu un globe oculaire. C'est flippant.

— Essayons de traverser en faisant le moins de bruit possible. Rhed,

Phoebe, marchez dans mes pas. Surtout, ne troublez pas l'eau.

— Tu l'as déjà dit, c'est bon, on a compris, chuchota Phoebe.

Jeff se retourna et montra les dents. La présence de Phoebe allait prodigieusement l'agacer. Il ouvrit la marche, posant lentement le pied sur les pierres à peine immergées. Ils avaient beau faire de leur mieux, ils ne pouvaient s'empêcher de brouiller la surface lorsque les pierres bougeaient légèrement sous leur poids, envoyant des rides sur l'eau. Ils avaient traversé la moitié du chemin lorsqu'un hurlement déchira l'air. Jeff se retourna vivement sans bouger les pieds et jeta un œil à Phoebe.

— Ce n'est pas moi, dit-elle en levant les mains.

Elle se retourna à son tour en prenant soin de ne pas faire pivoter ses pieds, tout comme Jeff, et elle regarda Rhed.

Rhed était penché sur l'eau, la bouche ouverte comme un poisson. Il tendait le doigt. En bas, un globe oculaire les fixait sans ciller. Il avait un gros iris bleu, entouré d'un imposant globe blanc dépourvu de cils. Il cligna et d'autres yeux jaillirent de l'eau : *plop, plop, plop*. Une infinité de couleurs d'iris apparurent : bleu ciel, vert océan, beige sable, gris... Il y avait tant de teintes qu'on ne pouvait pas toutes les nommer. Tous les yeux étaient de tailles différentes, gros et petits, ovales et ronds. Phoebe tressaillit et pressa les jointures de ses doigts contre sa bouche pour étouffer un cri.

Plus Jeff regardait, plus il apercevait de couleurs, de formes et de tailles, et plus il serrait les poings pour dissimuler le tremblement de ses mains. Il pinça les lèvres et secoua la tête devant cette mer de globes oculaires. Ils les fixaient sans ciller, leurs iris bougeant de gauche à droite lorsque les yeux se posaient tour à tour sur Jeff, Phoebe et Rhed.

— Je n'aime pas ça, dit Jeff.

Après une joute visuelle de quelques secondes, Jeff fit signe aux deux autres de reprendre la marche, tout en surveillant les yeux pour anticiper une éventuelle attaque.

Au fur et à mesure qu'ils avançaient, ils étaient suivis par les innombrables regards qui les accompagnaient telle une vague, comme si les yeux n'étaient reliés à rien et se contentaient de flotter au gré de l'eau. Au début il n'y en avait que quelques-uns, mais ils étaient à présent plusieurs centaines, tous différents les uns des autres, de tailles et de formes variables.

— On dirait que cet œil est saoul, il est plein de minuscules veines rouges, et celui-ci semble terrorisé.

Jeff examinait les yeux tout en progressant à pas lents pour s'assurer de ne pas déraper.

— Moi, je les aime bien, fit Phoebe en soupirant. Dommage que certains aient l'air si inquiets, et l'iris de celui-ci tourne en rond comme une balle de ping-pong.

— C'est angoissant. Regarde celui-là, on dirait qu'il est tout mou... Pouah, il vient de s'enfoncer comme s'il était parti dormir. Un gros œil blanc, c'est répugnant, dit Rhed.

La plupart des yeux étaient sur le qui-vive, visiblement très intrigués par les trois enfants qui progressaient à travers les marécages.

Soudain, Jeff s'arrêta. Il tendit le bras pour empêcher Phoebe de se cogner contre lui et perdre l'équilibre.

— Nous avons un problème.

Le chemin faisait une fourche, les deux directions offrant un sentier pavé qui disparaissait dans le brouillard sinistre.

Jeff ignorait lequel emprunter.

— À gauche ou à droite ?

— Aucun des deux ne me plaît, de toute façon, donc je ne pense pas que ça fasse une grande différence.

— Moi, je choisirais la droite, déclara Phoebe.

Le mouvement rapide que décrivaient les yeux attira l'attention de Jeff. Ils le regardèrent fixement, puis ils se tournèrent tous d'un bloc vers la gauche. Jeff cligna lentement des paupières, certain d'avoir rêvé.

Ensemble, les yeux revinrent vers lui avant de désigner de nouveau le chemin de gauche.

— Ils veulent qu'on tourne à gauche.

— Pourquoi nous aident-ils ? C'est peut-être un piège…

Quelques yeux roulèrent dans leurs orbites, comme si cette idée était ridicule. D'autres se fermèrent à demi, l'air amusé.

— Décidément, je les aime beaucoup, dit Phoebe en leur souriant. S'ils nous disent d'aller à gauche, nous ferions mieux d'aller à gauche.

Quelques globes lui adressèrent un clin d'œil.

— On dirait qu'ils nous lancent : « par ici, par ici », remarqua Rhed.

— Vous voulez nous orienter de ce côté ? leur demanda alors Jeff.

D'un seul mouvement fluide, tous se tournèrent vers la gauche, à l'exception d'un œil erratique qui bougeait dans tous les sens. L'un de ses camarades le frappa et, à son tour, il se tourna vers la direction indiquée.

— Par ici, confirma Jeff.

Il s'engagea sur le chemin de gauche, suivi en silence par la masse d'yeux qui se mouvait comme un tapis ondulant.

Bientôt, Jeff arriva sur la berge et aperçut quelques marches qui montaient, s'éloignant du marécage.

Il se tourna vers la mer de globes oculaires.

— Merci, leur dit-il en hochant la tête.

— Merci, reprirent Rhed et Phoebe.

Les yeux clignèrent avant de s'enfoncer sous la surface. Au bout de quelques secondes, ils avaient disparu et l'eau était redevenue aussi paisible qu'avant.

Jeff, Rhed et Phoebe gravirent les marches. Au sommet, la silhouette sombre d'une porte, aux contours éclatants, les attendait.

4

Dans la forêt profonde, Rig serrait les dents. Il leva les mains au ciel.

— Fais quelque chose. Nous devons avancer, sinon je pars tout seul, dit-il à Madgwick d'un ton sec.

Il sentait sa bouche se tordre férocement et il imaginait sans peine ses grands yeux violets étinceler de rage. Il rejeta sa queue de cheval par-dessus son épaule et se dressa, les jambes tendues et les bras croisés sur son large torse. Sa cape flottait au-dessus du sol.

Madgwick passa les doigts dans ses cheveux noirs en bataille. Il fixait Angie qui était assise en tailleur. Ses grands pieds dépassaient de chaque côté de ses genoux et ses cheveux noisette méchés de rouge flamboyant tombaient en cascade sur ses épaules. Sa bouche aux lèvres rebondies bougeait comme si elle récitait un sort, sans toutefois produire le moindre son.

— Je me demande pourquoi elle est toujours en transe. Peut-être qu'il se passe quelque chose. J'ai essayé toutes les potions de ma sacoche, mais rien n'y fait, dit Madgwick.

Il glissa l'ourlet de sa chemise blanche dans son pantalon brun roux et noua la fine cordelette bleue de son gilet. Puis il plia sa cape mauve de guerrier et la rangea dans sa sacoche en cuir, qu'il suspendit à son épaule.

— Elle doit être en train de tisser un sortilège complexe. Nous allons devoir attendre qu'elle termine ou qu'elle sorte de sa transe cette fois, dit Rig en se retournant pour scruter la forêt.

Soudain, elle cessa de marmonner et bâilla.

— Angie… commença Rig.

Madgwick tendit la main pour intimer le silence à Rig. Ses yeux violets, d'une nuance plus sombre que le lilas, étaient grands ouverts.

— Attention, Rig, ce n'est pas une bonne idée d'exprimer sa frustration devant une sorcière, surtout une sorcière comme Angie. Je ne sais pas pour toi, mais moi je n'ai pas envie de savoir quel effet ça fait de vivre dans la peau d'un crapaud. Crois-moi, Angie a le chic pour transformer les gens en crapauds quand elle se fâche, et les guerriers autant que les autres.

— Elle n'est pas en colère. Elle est juste désespérée d'avoir perdu son balai, et c'est très agaçant. Nous traînons dans cette forêt depuis des semaines, *des semaines*, Madgwick ! À attendre pendant des heures, parfois des jours, qu'elle se réveille de sa transe, à chercher ce foutu balai, vociféra Rig.

Angie se massa les tempes et poussa un profond soupir.

— Je ne le trouve pas. Tout ce que je perçois, c'est un bourdonnement, comme s'il dormait. Je m'efforce d'entrer en transe pour voir si je peux le réveiller.

— Pouvons-nous nous mettre à la recherche de Gwyndion, s'il vous plaît ? Avez-vous oublié que vous nous aviez promis de nous aider à la chercher quand Wiedzma l'a capturée ? demanda Rig.

Gwyndion était une guerrière sandustienne, et c'était aussi le grand amour de Rig. Elle avait disparu lors d'une mission de sauvetage à Drakmere, il y avait de cela plusieurs années. Lors de la récente visite de Rig à Drakmere, qui durait à présent depuis plusieurs semaines, ils avaient découvert que Gwyndion était en vie et qu'elle était gardée prisonnière au château de Drakmere. Mais ils n'avaient pas pu la retrouver, car à leur arrivée, la cruelle sorcière Wiedzma l'avait déjà emmenée dans un endroit secret. Depuis, ils étaient pris au piège dans ce sombre royaume.

— Je n'ai pas oublié. Mais j'ignore où se trouve son château, répondit

Angie.

Ses lèvres étaient pincées au point de ne former qu'une fine ligne droite.

— Vous êtes une sorcière, dit Rig.

Il grinçait des dents.

— Bien vu, répondit Angie en le dévisageant de ses grands yeux vert émeraude.

— Comment pouvez-vous ignorer où se trouve le château de Wiedzma ? Gwyndion est dans ce château, nous devons le trouver, s'exclama Rig en levant les mains.

— Et alors ? souffla Angie en avançant sa lèvre inférieure.

— Personne ne sait où se situe le château et nous espérions que vous seriez capable, étant donné que vous êtes une sorcière puissante dotée de pouvoirs magiques, de nous aider à le trouver et à sauver Gwyndion, dit Madgwick.

Il essayait de faire régner la paix entre Angie et Rig, avant que ce dernier ne soit changé en crapaud.

— Je ne peux aller nulle part sans mon balai, déclara Angie en croisant les bras.

Elle avait perdu son balai lorsque, en compagnie des guerriers et du grand-père de Jeff, elle avait porté secours au garçon, son ami Rhed et son petit frère Matt, les aidant à s'évader de Drakmere. Au cours de la bataille, une sorcière maléfique du nom de Wiedzma avait ordonné que le dragon Azghar soit tué. Une foule d'ombres frémissantes avaient alors foncé sur Azghar et le balai d'Angie s'était changé en fusée lorsqu'elle avait pris la défense du dragon. Mais quand le balai était entré en collision avec les ombres frémissantes, il s'était produit un éclair violet aveuglant et une explosion si retentissante qu'on aurait cru que le ciel s'était fendu en deux. Sous la force de la détonation, le balai avait été séparé d'Angie et, une fois passé le contrecoup du choc, Azghar et le balai s'étaient volatilisés.

Angie s'était accrochée à la cime d'un arbre en hurlant, le nez contre l'écorce :

— Balaaaaai, où es-tu ?

Madgwick fit une nouvelle tentative.

— Angie, nous allons essayer de retrouver votre balai, mais nous devons y aller, nous mettre en route, à la recherche de nouveaux endroits.

Son raisonnement lui paraissait d'une logique implacable.

Angie leva la tête et le fusilla du regard.

— Es-tu en train de dire que je suis coincée sur place ?

Il se gratta la tête et bascula son poids sur l'autre jambe.

— Eh bien, euh…

— Bien sûr que je suis coincée sur place, Madgwick, mon balai a disparu… J'ai besoin de mon balai. Je n'ai pas l'habitude de marcher. Mes beaux pieds sont trop larges pour la marche. C'est pour ça que j'attends depuis si longtemps, en espérant le retrouver ! Mais je ne perçois que ce ronronnement, comme s'il était en train de dormir.

— Pouvez-vous fabriquer un autre balai, Angie ? demanda Rig.

— Tu as de la poudre dans le cerveau ? Ne me mets pas en colère ! lui lança Angie avant de regarder Madgwick d'un air agacé.

— Votre balai peut-il vous retrouver ?

Angie tourna la tête comme si elle réfléchissait, puis elle hocha la tête.

— S'il le peut, alors oui, il me trouvera.

— Il existe d'autres moyens de voyager sans vous servir de vos pieds, Angie.

Rig essayait de parler d'une voix plus douce, à présent qu'Angie semblait disposée à se laisser convaincre de continuer.

Madgwick dit :

— Nous pourrions fabriquer quelque chose à partir de notre poudre magique, ça nous permettrait même de chercher votre balai avec encore plus d'efficacité.

Angie leva la tête et plissa les paupières.

— Rig et moi avons sillonné cette forêt pendant que vous étiez plongée dans votre transe, et le balai ne s'y trouve pas. Il a dû atterrir dans une prairie, mais nous ne le retrouverons jamais si nous n'avançons pas, reprit Madgwick.

Du coin de l'œil, il vit Rig hocher la tête.

Soulagés qu'Angie ne soit pas fermée à l'idée qu'ils continuent leur route, Madgwick et Rig passèrent en revue les différents moyens de transport qu'ils pouvaient proposer à la sorcière.

— Un vélo ? suggéra Rig.

— Trop rapide.

— Un cheval ?

— Trop grand.

Rig soupira.

— Angie, à quoi pensez-vous ?

— Je veux être sur un balai. Je n'insulterai pas mon balai en employant une autre méthode, s'entêta Angie en faisant la moue.

— C'est une blague, s'exclama Rig en se rappelant qu'elle venait juste de rejeter l'idée d'un nouveau balai.

— Sérieusement ? demanda Madgwick, qui baissa la tête pour regarder fixement ses chaussures noires, tout élimées.

— Je veux un balai, sinon j'attends que mon propre balai me retrouve.

Angie rejeta ses boucles par-dessus ses épaules d'un air boudeur. Elle croisa les bras et les pieds, si bien que Madgwick se demanda comment elle tenait en équilibre.

Rig souffla, impatient.

— Madgwick, fais-le, s'il te plaît, fais-le.

Madgwick ferma les yeux. La journée s'annonçait longue, très longue. Il lança sa poudre argentée dans les airs et le balai scintillant prit forme. Il ressemblait beaucoup à celui d'Angie, avec des brins de paille qui dépassaient, mais il était assez grand pour deux.

Madgwick regarda Rig, qui observait le balai, et dit :

— Ne t'imagine pas que tu iras plus vite.

Rig jeta sa poudre et un skateboard brillant apparut.

— J'ai vu des gamins jouer avec ce truc, un jour, et ça m'a paru amusant, répondit-il, sur la défensive.

Madgwick arqua les sourcils et afficha un sourire en coin. Puis il soupira, monta sur le balai et regarda Angie, dans l'expectative.

— Ça ne m'a pas l'air confortable du tout, mais ça fera l'affaire jusqu'à ce que je retrouve mon balai, dit-elle.

***

Jeff franchit le portail et déboucha en plein soleil. Il cligna plusieurs fois des paupières, la rétine brûlée par la lumière vive. Ils se trouvaient dans une prairie avec de hautes herbes vertes et des pâquerettes blanches et jaunes à longues tiges qui dodelinaient de la tête dans la brise légère. Le contraste était saisissant entre les marais sombres et brumeux et le vaste champ fleuri.

Phoebe tournait en rond, les bras tendus de chaque côté. Elle souriait gaiement dans ce paysage coloré et cueillit quelques pâquerettes pour les piquer dans sa chevelure.

Rhed jeta un regard nerveux autour de lui, à la recherche des ombres frémissantes, mais il ne semblait y en avoir aucune. La dernière fois qu'ils étaient entrés à Drakmere, ils s'étaient fait attaquer dès l'instant où ils avaient franchi la porte.

— Apparemment, tu avais raison, aucun comité d'accueil en vue. Les ombres frémissantes ne semblent pas avoir prévu notre arrivée.

— Tu vois ? Je te l'avais dit.

Ils s'imprégnèrent de soleil, se délectant du ciel bleu et du vent taquin en cette belle journée d'été.

— Bon, Twigwig, par où devrions-nous aller, d'après toi ? demanda

Jeff à son ami en souriant.

Rhed fit la grimace et fronça les sourcils.

— Je t'ai dit de ne pas m'appeler comme ça.

Il agita ses bras et ses jambes.

— On dirait que je bouge mieux ici, à Drakmere. Les raideurs ne sont pas si terribles.

Il sourit et tourna la tête en direction de la forêt.

— Je crois que c'est par là… j'entends le bourdonnement. Il est plus fort dans cette direction.

— Pourquoi l'appelles-tu Twigwig ? demanda Phoebe.

— C'est son nom d'arbre. Il l'a reçu quand il a été adopté.

— Tu as été adopté ? Tu ne me l'avais jamais dit, Rhed !

— Eh bien, adopté par un arbre… ici, à Drakmere.

Rhed se frottait la nuque.

— Et donc le, euh, l'arbre qui t'a adopté veut que Twigwig lui revienne ?

Rhed les conduisait à travers la prairie en direction de la forêt.

— Je n'ai pas envie d'en parler.

— C'est si mignon comme nom, Twigwig, dit Phoebe à voix basse.

— Et arrêtez de m'appeler Twigwig ! s'écria Rhed en prenant la tête du groupe.

Jeff et Phoebe échangèrent un sourire et suivirent Rhed. Ils avaient presque atteint la lisière des bois lorsque Rhed décrivit un virage sur le côté, comme s'il cherchait quelque chose dans les hautes herbes.

— Qu'est-ce que tu fais, Rhed ?

Aucune réponse. Il semblait concentré, la tête ailleurs.

— C'est par ici… Je peux l'entendre, mais où ?

— De quoi parles-tu ?

Rhed s'était retourné et progressait maintenant dans la direction opposée, d'un pas mal assuré. Il remonta ses lunettes sur son nez en passant près de Jeff, qui levait les bras en un geste interrogateur. Phoebe s'élança à la suite de Rhed, courant à gauche, puis à droite, selon les zigzags que décrivait le garçon à travers champs.

— Que cherchons-nous ?

— Un balai, dit Rhed.

Phoebe se tourna vers Jeff.

— Est-ce que la folie fait partie des symptômes ?

Rhed s'arrêta et tomba à genoux en regardant fixement le sol. Jeff et Phoebe le rattrapèrent et se penchèrent derrière lui.

— Est-ce que c'est… ?

— Je crois bien.

— Les garçons, des phrases complètes s'il vous plaît.

— Je crois que c'est le balai d'Angie, dit Rhed. Il ronronne doucement, comme s'il dormait. Tu crois qu'on devrait le laisser là ?

Jeff caressa le manche. Les bandes colorées que formait le grain du bois étaient ternes et difficiles à distinguer. La queue était hirsute et tout ébouriffée, comme si le balai avait subi une explosion.

— Angie doit sûrement le chercher. Elle ne resterait pas sans son balai, ils avaient l'air très proches tous les deux, dit Jeff.

— Angie, c'est cette sorcière foldingue dont le balai est capable de tout faire et de prendre toutes les formes qu'on lui demande ? demanda Phoebe.

Jeff lança à Rhed un regard noir.

— Tu lui as tout raconté, dans les moindres détails ?

— Exact, confirma Rhed en jetant un coup d'œil à Phoebe. Elle est au courant de tout.

— Sauf du nom Twigwig… comme c'est pratique d'avoir oublié cette partie, répliqua Phoebe.

— C'est curieux de trouver ce balai tout seul. Il a dû être séparé d'Angie. Je me demande où elle est…

Rhed scruta les environs à la recherche de la sorcière.

Jeff tourna sur lui-même. La main devant les yeux pour se protéger du soleil, il balaya la prairie du regard.

Rhed se tourna vers Phoebe, qui le dévisageait en haussant les sourcils, comme si elle attendait une explication.

Ce fut Jeff qui prit la parole, sans quitter la forêt des yeux.

— La dernière fois que j'ai vu Angie et son balai, c'était quand nous essayions de nous échapper de Drakmere. Angie a volé au secours d'Azghar, le dragon attaqué et cerné par les ombres frémissantes. Je crois que nous devrions fouiller la prairie à la recherche d'Angie, au cas où elle soit quelque part dans l'herbe, blessée. Mais ça fait des semaines et je doute qu'on la trouve dans le coin. Séparons-nous ! Rendez-vous devant cet arbre, ajouta-t-il en désignant un chêne vert majestueux en bordure de forêt. Ne nous perdons pas de vue, d'accord, Phoebe ?

Phoebe leva le pouce en signe d'assentiment et s'éloigna. Elle frôla les pâquerettes du bout des doigts en traversant la prairie, jetant des coups d'œil à gauche et à droite tout en avançant.

Rhed se dirigea de l'autre côté, tandis que Jeff ramassait le balai et s'élançait vers la portion la plus étendue du champ. Il était le plus rapide à la course et pourrait facilement rattraper les deux autres au besoin.

Quelques instants plus tard, ils se retrouvèrent devant l'arbre, bredouilles.

— Je pense que nous ne devrions pas rester dans les parages. Rejoignons ton arbre. C'est de quel côté, Rhed ?

— Oh, je vais rencontrer ton père d'adoption, Rhed, le taquina Phoebe.

— Ah, la ferme. Je suis content que ça vous fasse marrer, s'exclama Rhed.

Phoebe et Jeff ricanèrent en lui emboîtant le pas sur un étroit sentier forestier. Rhed grommelait dans sa barbe. Il était vermoulu depuis des semaines et la perspective de se changer en arbre ne l'amusait pas le moins du monde.

Jeff se sentait mal. Ils se moquaient gentiment de son ami, mais la situation n'avait rien de drôle et le danger de sa transformation était bien réel. Il se demandait si la présence de Rhed à Drakmere empirait les choses. La transformation serait-elle plus rapide maintenant qu'il était ici ?

Ils marchèrent pendant longtemps avant de s'arrêter près d'un ruisseau d'un bleu étincelant, qui coulait à torrents sur de petits galets blancs. Ils se désaltérèrent et laissèrent l'eau rafraîchissante filer entre leurs pieds.

— Oh, zut, nous n'avons pas pensé aux repas, dit Rhed. Qu'est-ce que tu as dans ce sac à dos ?

— Ça ? C'est un sac de farces et attrapes que j'ai récupéré chez les frères Quinn. Dès que je l'ai eu, je me suis précipité chez toi pour te le montrer, mais tu n'y étais pas.

Il lança à Phoebe un regard en coin.

Rhed ignora les dernières paroles de Jeff et s'empara du sac pour regarder à l'intérieur en s'exclamant d'une voix forte :

— Un sac de chez les Quinn ! Bon sang, ces types sont complètement tarés. C'est génial ! Regarde, Phoebe, de la peinture en spray et du papier alu. Je me demande à quoi tout cela pourrait nous servir.

Il continua sa fouille.

— Il y a de tout là-dedans, même de la super glu. Mais rien à manger.

— Non, en ce qui concerne la nourriture, j'espérais retrouver Madgwick et Rig pour qu'ils nous aident.

Jeff regarda autour de lui.

— Je suis certain qu'on peut trouver des fruits et des baies sauvages. Rig en dénichait toujours.

— Continuons pour l'instant, dit Phoebe. C'est encore loin, Rhed ?

Elle aida Rhed à se relever en lui tirant le bras.

— Je n'en ai aucune idée. Je me contente de suivre une intuition, comme un ronronnement de plus en plus fort au fur et à mesure que nous approchons. D'ailleurs, ce bruit de fond commence à m'agacer.

Ils arrivèrent au pied d'un rocher qui ressemblait à une haute paroi de pierre tout en longueur, sorte de falaise escarpée. Des touffes d'herbes sèches poussaient dans des fissures rocailleuses qui donnaient l'impression que le rocher avait été frappé par la foudre. Des fougères se dressaient au pied de la falaise, étalant leurs feuilles pointues en une explosion de verdure. Des pans entiers de la paroi rocheuse étaient envahis par du lierre foncé si entremêlé et entortillé qu'il était impossible d'apercevoir la roche grise sous le feuillage. Ils marchèrent le long de la falaise en essayant de trouver un moyen de la contourner, une brèche où s'engouffrer dans la roche.

— C'est long ? demanda Phoebe.

— Je ne me souviens pas d'avoir rencontré ce mur la dernière fois que nous sommes venus à Drakmere, dit Rhed.

— Moi non plus. Mais à ce moment-là, tu avais perdu connaissance, et moi, je devais courir pour suivre Rig et Madgwick. C'était difficile de rester à leur niveau, nous n'avions pas le temps d'admirer le paysage.

La paroi rocheuse semblait interminable. Jeff commençait tout juste à se demander s'ils avaient bien fait d'emprunter ce chemin lorsqu'ils s'arrêtèrent devant une fissure sombre dans la falaise. La cavité était béante et plongée dans l'obscurité totale, comme l'entrée d'une grotte.

Un passage vers le néant, songea Jeff en tentant de percer les ténèbres. Il se renfrogna en se rapprochant pour humer l'air qui s'en échappait.

— Il y a une curieuse odeur que j'ai du mal à identifier.

Il prit un instant pour renifler plus fort.

— C'est moi ou ça sent l'huile ?

— Une vieille huile rance, acquiesça Rhed en reculant, l'avant-bras devant son nez pour le protéger.

Jeff s'éloigna de l'odeur nauséabonde et fronça les narines.

— Nous ne devrions pas entrer. Ça sent trop mauvais.

Phoebe s'approcha de l'ouverture. Elle prit une profonde inspiration, ferma les yeux et pencha la tête en arrière, un sourire aux lèvres.

— Je sens la fraîcheur de la mer, c'est salé et merveilleux. Je crois que c'est un tunnel sous l'océan. Vous êtes vraiment paranos, tous les deux.

Rhed retroussa les lèvres pour essayer de respirer par la bouche.

— Je crois que Jeff a raison. Si nous percevons une odeur différente, alors ça veut dire qu'il y a quelque chose qui rôde dans cette caverne. C'est peut-être un piège.

Jeff s'engagea de nouveau sur le chemin qui s'écartait de la brèche dans le mur et dit :

— Et d'abord, je ne pense pas que nous soyons au bord de la mer. Je me souviens d'un immense lac, mais je ne me rappelle pas avoir vu l'océan.

Aucune réponse.

— Pheebs ?

Jeff jeta un œil par-dessus l'épaule de Rhed. Phoebe n'était plus avec eux.

— Phoebe ? s'écria Jeff en bousculant son ami pour revenir au pas de course vers l'entrée de la grotte.

— Phoebe ! lança Rhed dans l'obscurité.

Seul un silence assourdissant lui répondit.

— Elle n'a pas pu aller bien loin, dit Jeff. Peu importe ce qui se passe, toi, tu n'entres pas. Compris ?

Jeff posa le balai par terre et se glissa dans la caverne béante et noire. Quelques secondes plus tard, la lumière de l'entrée s'était éteinte.

5

Angie insistait pour voler au ras du sol, dans l'espoir de retrouver son cher balai. Elle craignait de blesser ses sentiments s'il la surprenait à califourchon sur une autre monture et volait le plus bas possible. Les poils du balai traînaient derrière elle sur les herbes de la forêt et Madgwick se cognait les genoux contre chaque pierre qui dépassait. Il pestait et vociférait tous les dix mètres.

— S'il vous plaît, Angie, pouvons-nous voler un tout petit peu plus haut ? Juste un chouia. Votre balai ne vous verra pas, je vous le promets.

— Non, c'est déjà bien assez haut, répondit Angie avec humeur. Arrête de te plaindre. Tu es un guerrier, oui ou non ?

Madgwick étouffa un cri lorsque son genou heurta une autre pierre avant de broyer des champignons qui poussaient là. Le problème, c'était qu'en faisant du rase-mottes, ils avançaient trop lentement. Ils contournèrent un buisson fourni et Angie poussa un hurlement si perçant que Madgwick fut saisi d'effroi. Aussitôt, le balai de poudre disparut et Madgwick roula sur le sol.

Rig s'arrêta souplement et s'accroupit en position d'attaque. Sa poussière magique prit la forme d'un fouet argenté dans une main, et forma une épée dans l'autre.

— Qu'y a-t-il ? Qu'avez-vous vu ? murmura-t-il.

— Je crois avoir vu mon balai, répondit Angie à mi-voix tout en scrutant la forêt obscure.

Rig se redressa.

— Angie ! Ce n'est vraiment pas drôle.

— Drôle ? fit Angie. Il n'y a pas de quoi rire. Mon balai ne me le pardonnera jamais s'il me voit avec un autre ! Sérieusement, Rig.

Madgwick grommela et se dirigea vers Rig en boitillant.

— Je ne veux plus monter sur ce balai. C'est trop douloureux. À ton tour.

Rig ricana, mais n'émit aucune objection. Ils devaient poursuivre leur route.

Rig façonna un nouveau balai en poussière magique et fit signe à Angie de s'asseoir derrière lui. Bientôt, ils étaient repartis, suspendus une fois encore à quelques centimètres au-dessus du sol. Rig ne hurlait pas comme Madgwick, mais il poussait de petits grognements étouffés. Madgwick les accompagnait en filant jambes tendues sur son skateboard, au grand dam de son compagnon.

Ils avaient parcouru une longue distance lorsqu'Angie poussa un cri strident. Elle se laissa tomber du balai et alla rouler dans les broussailles.

Madgwick se baissa et sonda attentivement la forêt devant eux.

— Où ça ?

— C'est mon balai, j'en suis certaine !

Elle avait le bout des doigts dans sa bouche comme pour se ronger les ongles.

— Je crois bien qu'il ne m'a pas vue.

Rig lui lança un regard noir tout en essayant de se dégourdir les jambes, percluses de crampes. Ses rotules produisirent un craquement.

Madgwick s'élança dans la direction qu'indiquait la main d'Angie, dont seul le doigt dépassait sous le buisson où elle s'était cachée.

— Ce n'est pas votre balai, Angie. C'est une branche d'arbre. Même en voyant flou et avec une imagination débordante, elle ne ressemblerait toujours pas à un balai.

— Tu en es sûr, Madgwick ? Ma vision est parfaite, après tout. Vérifie encore.

Madgwick soupira. Il se tourna vers Rig et s'interrompit aussitôt. Rig le regardait fixement en serrant son skateboard si fort dans sa main que les jointures de ses doigts étaient presque aussi blanches que la poudre scintillante.

D'un geste lent et précis, il brandit le pouce, l'index et le majeur.

— J'ai trois mots pour toi, gronda-t-il. Mal. Aux. Fesses.

Madgwick pinça les lèvres et, à contrecœur, lança une poignée de poudre, résigné à former à son tour le redouté balai.

6

Plongé dans le noir, Jeff gardait les mains sur les parois de la caverne et avançait à tâtons, en prenant soin de ne pas poser le pied dans un trou. La puanteur qui régnait dans la grotte lui agressait les narines.

— Phoebe ! souffla-t-il.

Il pencha la tête en plissant les yeux, mais l'obscurité ne lui renvoya aucune réponse. Il aperçut une faible lueur, comme la flamme d'une bougie solitaire. Il se mordit la lèvre, mais il n'avait pas le choix, il devait rejoindre l'éclat lumineux. Pour la énième fois, il regretta que Madgwick ne soit pas avec lui, ou Rig, ou n'importe lequel des guerriers sandustiens. Jeff savait que cette lueur n'annonçait rien qui vaille et il n'avait aucune arme pour se protéger, lui et Phoebe.

Il se frappa la tête du plat de la main. *Des armes*, se dit-il, *mais tu as des armes, tu es un attrapeur de rêves, espèce d'idiot !*

En pensée, il se rendit dans sa salle de simulation et se rua vers ce qu'il appelait le placard à rêves. Il passa frénétiquement les songes en revue jusqu'à y trouver des armes maniables. Puis il rouvrit les yeux pour constater qu'il avait une lampe torche dans une main et un lance-flammes dans l'autre.

Un lance-flammes ? Eh bien, songea-t-il, *est-ce si difficile à utiliser ?*

Il alluma la lampe de poche et regarda autour de lui. Il se trouvait dans un tunnel, dont sa lumière n'atteignait même pas le plafond. Les murs étaient éloignés d'un mètre l'un de l'autre, et le sol sablonneux conduisait vers une pièce où la lueur isolée vacillait toujours. Il distinguait vaguement la silhouette de Phoebe. Brandissant sa lampe dans sa direction, il la découvrit bouche bée, pétrifiée dans un cri silencieux. Il suivit alors son regard et sursauta en manquant de lâcher sa torche.

Il allait avoir besoin d'une arme plus puissante qu'un lance-flammes.

Dans les ténèbres, il y avait une vieille femme. La vieille femme la plus épouvantable qu'il ait jamais vue. Elle devait être vêtue de noir, car Jeff ne distinguait que son visage blafard, ses cheveux gris et ses deux mains pâles, de part et d'autre de son corps. Ses cheveux étaient longs, raides et pendaient des deux côtés de son visage, devant ses épaules et le long de son dos. Son visage était si fripé qu'il ressemblait à un sac en papier froissé impossible à lisser, même au fer à repasser. Ses yeux étaient terrifiants, on aurait dit deux trous noirs infinis prêts à aspirer tout l'air de l'univers. Mais le pire, c'était sa bouche. Ses lèvres étaient d'un rouge saisissant, soulignant ses dents taillées en pointe comme autant de clous acérés et brillants.

On aurait dit qu'un filet de sang dégoulinait sur son menton. Sa bouche était ouverte en un rire incrédule, comme si elle était stupéfaite de voir que quelqu'un avait osé pénétrer dans son antre.

— Tiens donc, qu'avons-nous là ? Deux jeunots, frais et délicats, le sang bouillonnant dans les veines. Avec moi, venez vous asseoir par ici.

Elle avait la voix grave et rauque, comme si elle n'avait pas parlé depuis fort longtemps.

— Qui êtes-vous ? bredouilla Jeff.

— Je suis celle qui voit l'invisible, entend l'inaudible et connaît l'inconnu. Je suis celle aux nombreux noms, mais pour vous, je serai Zorka la sorcière louve.

Elle leva le bras et les bougies accrochées au mur s'illuminèrent. La caverne baignait dans une douce lueur orangée qui vacillait et dansait avec la pénombre des murs. La vieille femme avait l'air encore plus effrayante à la lumière des bougies. Les ombres jouaient avec son visage, déformant ses traits grotesques.

À présent, l'alarme interne de Jeff ne se contentait plus de l'avertir par un léger tintement, mais elle carillonnait comme s'il avait deux immenses gongs en bronze sous le crâne. Cette vieille femme était maléfique et ils devaient s'enfuir au plus vite.

Sans détacher les yeux de la vieille harpie, il tâtonna dans l'air vicié pour trouver le bras de Phoebe. Elle sursauta à son contact, avant d'attraper à deux mains le bras que lui tendait Jeff. Il l'attira derrière lui.

— Nous ne voulons pas vous déranger, nous sommes désolés d'avoir fait irruption chez vous.

Jeff essaya de déglutir, mais il avait la gorge sèche.

— Restez ! Cela fait si longtemps que Zorka n'a pas eu d'invités à qui parler. Asseyez-vous à côté de moi.

Elle balaya la pièce d'un geste de la main et les bougies redoublèrent d'éclat.

Jeff sentait la terreur remonter le long de son dos pour aller se nicher à la racine de ses cheveux, bien trop effrayés pour oser se dresser sur sa tête.

— Nous devons y aller.

Jeff poussa Phoebe derrière lui et commença à reculer pour rebrousser chemin.

— Toi, qui as délivré Zorka des ténèbres, tu peux partir.

Jeff plissa le front et se mordit la lèvre.

— Que voulez-vous dire ? Quand vous ai-je délivrée ?

Zorka gloussa et son visage se fripa encore un peu plus.

— Oh, tu l'ignorais ? J'étais prise au piège dans une prison magique, condamnée à perpétuité, quand toi, l'attrapeur de rêves, tu m'as libérée. Maintenant je vais rester ici, dans la Caverne des Rêves perdus, jusqu'à redevenir assez forte pour reprendre mes pérégrinations. Je t'autorise à t'en aller, mais la fille reste avec moi. Alors si tu désires partir, fais donc, je ne te retiens pas.

Elle pencha la tête pour dévisager Phoebe, qui la regardait timidement par-dessus l'épaule de Jeff.

— Elle vient avec moi.

La voix de Jeff était éraillée, mais il s'efforçait de parler avec fermeté.

— Partir ? Pourquoi crois-tu que je la laisserais partir ? Cela fait trop longtemps que je n'ai pas goûté de chair fraîche et cette jeune fille a le sang le plus délicat que j'aie jamais humé. J'ai besoin de sang pour me revitaliser, recouvrer mes forces et ma beauté. Elle m'appartient, car elle a entendu mon chant et t'a conduit dans ma grotte.

Zorka siffla à travers ses dents effilées. Apparemment, elle était impatiente de sucer le sang de Phoebe.

Jeff en avait assez entendu. Cette vieille bique voulait boire le sang de son amie et il devait la faire évader immédiatement. Certes, il se demandait pourquoi la sorcière prétendait qu'il l'avait délivrée des ténèbres, mais il se poserait la question une prochaine fois.

Il brandit son lance-flammes et appuya sur la détente, implorant les cieux que l'arme qu'il venait de piocher au hasard dans un rêve fonctionne correctement. La machine crachota et une flamme jaillit du canon avec une telle puissance qu'elle repoussa les bras de Jeff vers le haut et alla rôtir le plafond.

Zorka poussa un hurlement à la vue du feu incandescent et elle se recroquevilla pour échapper aux flammes. Son cri était aussi strident qu'une sirène et résonnait contre les parois de la caverne. Jeff sentit ses bras s'alourdir lorsque le chant de la sirène attaqua ses muscles. Il ne parvenait plus à retenir le rêve dans sa réalité. Ses armes de songe s'estompèrent, au fur et à mesure qu'il perdait sa concentration. La dernière chose que Jeff aperçut fut la dentition que la sorcière louve dévoilait dans un sourire diabolique. Phoebe hurla, les lumières s'éteignirent et ce fut le noir complet.

Rhed attendait à l'entrée de la grotte. Il avait un mauvais pressentiment et se rongeait la lèvre. Jeff n'était parti que depuis quelques minutes et cela lui paraissait déjà trop long. Les mains sur les hanches, il se penchait dans l'obscurité lorsque l'écho d'une sirène le projeta en arrière.

— Mais qu'est-ce que... s'exclama Rhed en volant dans la clairière devant la caverne.

L'air fut expulsé de ses poumons quand il atterrit rudement sur le dos. Il agita les bras et les jambes, mais ses membres lourds semblaient plaqués au sol par la gravité. Il se tourna vers la brèche dans la falaise et ses yeux balayèrent la paroi, mais rien n'était sorti de la grotte à l'exception de ce son tonitruant.

Il ramassa le balai et le brandit comme une batte de baseball, prêt à frapper la première chose qui sortirait de la caverne. Rhed glapit en sentant le balai vibrer et se réchauffer dans ses mains. Stupéfait, il le lâcha instantanément.

— Oh bon sang, mais que se passe-t-il ici ? s'exclama-t-il en regardant le balai.

Parcouru de secousses, il se dressait à la verticale comme pour examiner les environs. Enfin, il se retourna et Rhed aurait juré qu'il regardait en direction de la grotte. À cet instant Phoebe hurla et, sous le choc, le balai se tendit à l'horizontale. Il tournoya sur son axe et se rua comme une torpille dans la caverne, laissant Rhed comme deux ronds de flan, la bouche grande ouverte.

Jeff essayait de retenir Phoebe dans son dos. Il déployait tous ses efforts pour bouger les bras et les jambes, mais ils étaient aussi lourds qu'un objet métallique rivé à un aimant. S'il était incapable de voir quoi que ce soit, il savait que la sorcière s'approchait de lui. Et pourtant, elle ne semblait pas se presser. Son rire était à la fois guilleret et tranchant.

Jeff bondit en sentant qu'on lui effleurait la jambe. L'air siffla et un bruit mat retentit, comme si l'on avait roulé un journal pour en frapper quelque chose. Jeff entendit la sorcière crier de rage. Il sentit aussitôt ses jambes et ses bras s'alléger. L'aimant qui le clouait au sol semblait désactivé. Sans demander son reste, il poussa Phoebe devant lui, se cognant la tête à plusieurs reprises contre les murs de la grotte et les avancées rocheuses, dans sa précipitation pour atteindre la sortie qu'il distinguait dans le lointain.

À aucun moment il ne se retourna pour regarder derrière lui en direction des bruits étranges qui fusaient au fond de la caverne. L'air sifflait en se déplaçant sous les coups sourds qui redoublaient d'intensité. Le souffle court, il poussait Phoebe qui s'égosillait toujours vers la lumière du jour. Il jeta un bref coup d'œil par-dessus son épaule, s'attendant à sentir les dents acérées s'enfoncer à tout moment dans sa chair moelleuse. La sensation était si réelle qu'il rentrait le cou pour échapper à la morsure imminente.

Lorsqu'ils débouchèrent enfin au grand jour, ils se jetèrent dans la clairière et tombèrent l'un sur l'autre dans leur hâte de fuir les ténèbres et les horreurs qu'elles renfermaient.

Rhed aida Phoebe à se relever, puis, sans desserrer sa poigne, il attrapa le bras de Jeff pour le hisser sur ses pieds.

Phoebe avait le regard affolé et sa bouche s'ouvrait et se refermait comme la bouche d'un poisson, sans qu'aucune parole n'en sorte.

— Allez, venez ! Venez !

La voix de Rhed était fébrile. Il avait compris que ses amis avaient rencontré quelque chose de terrible au fond de la grotte. Il poussa Phoebe en direction du chemin qui s'éloignait entre les arbres.

Jeff se secoua et suivit Rhed en titubant vers la forêt. Ils devaient s'éloigner au plus vite. Il se retourna juste à temps pour voir le balai jaillir hors de la caverne et il haussa les sourcils, surpris. Les avait-il sauvés ? Il allait prendre la parole lorsque le balai resta un instant suspendu avant de faire demi-tour pour s'élancer de nouveau dans la grotte, comme s'il avait oublié quelque chose. Un autre coup violent se fit entendre, suivi d'un hurlement, puis le balai réapparut.

Il fila alors vers Jeff et le poussa dans le dos pour le presser d'avancer vers les bois, tel un chien de berger conduisant son troupeau à l'abri.

La sorcière louve ne sortit pas de la caverne.

Le regard stupéfait de Jeff croisa celui de Rhed, tandis qu'ils couraient côte à côte sur le chemin.

— Le balai d'Angie nous a sauvés.

Jeff secouait la tête, abasourdi devant une telle preuve de bravoure. Il ignorait comment et pourquoi le balai s'était réveillé, mais il s'en réjouissait.

Phoebe n'avait pas prononcé un mot depuis qu'elle avait quitté la grotte. Elle gardait la tête basse et se contentait de regarder où elle mettait les pieds.

— Pheebs, est-ce que ça va ?

— C'était mon sang qu'elle voulait, pas le tien… rien que le mien. J'étais impuissante, je ne pouvais pas bouger et j'avais l'impression de vouloir lui offrir mon sang, comme si ça m'était égal.

Elle haletait en reniflant, mais aucune larme ne coulait sur ses joues. Elle regarda Jeff en plissant les paupières.

— Merci d'être venu me chercher.

Jeff lui sourit.

— Madgwick et Rig m'ont expliqué que Drakmere est un endroit dangereux, et qu'ici les choses ne sont jamais ce qu'elles semblent être. Sur le moment, je ne les ai pas crus, mais maintenant, je comprends.

— Et moi, ne m'oubliez pas. C'est moi qui ai réveillé le balai, lança Rhed.

— Mais c'est Jeff qui m'a suivie sans savoir ce qu'il trouverait dans cette grotte.

Jeff adressa à Rhed un signe de la tête.

— Tu aurais fait la même chose.

Rhed caressait le manche du balai, qui trottinait à ses côtés comme un chiot. Il semblait apprécier cette attention.

— Je crois que nous avons un lien particulier, ce balai et moi. Je l'ai touché tout à l'heure, et je crois que c'est ce qui l'a réveillé... il s'est mis à vibrer et il est devenu chaud. Puis nous avons entendu ce terrible cri et il s'est rué dans la grotte. Je crois que je l'entends ronronner, il m'aime bien.

Rhed ajusta ses lunettes aux montures noires sur son nez et leva les yeux, un grand sourire aux lèvres.

— Allez, Pheebs, s'exclama Jeff. Trouvons cet arbre et rentrons à la maison. Personne ne sucera ton sang aujourd'hui !

La mine sombre, il suivit Rhed, Phoebe et le balai sur le sentier. Lorsqu'il écarta les cheveux de son front, il sentit que ses sourcils étaient froncés. L'inquiétude le gagnait.

Non seulement son ami allait se changer en arbre à la prochaine pleine lune, mais la créature qu'il avait apparemment libérée voulait sucer le sang de son autre amie. Drakmere était une catastrophe ! Que pouvait-il bien faire ?

7

Wiedzma regardait d'un œil sombre ses cheveux dans le miroir. Ses tresses noires habituellement brillantes, qui tombaient en cascade le long de son dos, étaient à présent d'un bleu électrique. La couleur était hideuse, mais elle n'avait rien perdu de sa beauté. Elle tourna la tête d'un côté et de l'autre pour admirer son visage lisse : aucun défaut, aucune ride, rien qu'un délicieux visage de craie avec un soupçon de rouge sur les joues. Elle se rembrunit en constatant qu'elle avait perdu son petit grain de beauté noir. Il se trouvait sur son menton pas plus tard que ce matin… Oh, une minute… Le voilà. Il était à présent sur son front.

Le roi Grzegorz, chef de Drakmere, apparut derrière elle.

— Alors, dis-moi, pourquoi tes cheveux sont-ils bleus, déjà ?

Il lui avait posé cette question comme si sa chevelure d'un bleu vif était un sujet d'hilarité.

Elle claqua la langue de dégoût.

— Arrêtez de m'importuner avec ça !

Le roi savait aussi bien qu'elle que le sortilège bleu que Madgwick lui avait lancé quelques semaines plus tôt s'était déjà suffisamment estompé pour que sa peau retrouve sa couleur normale. Ses cheveux, en revanche, demeuraient bleus.

— Mais je suis toujours belle, fit-elle d'un air songeur, en contemplant son reflet. Même avec les cheveux bleus.

Elle se tourna froidement vers Grzegorz, dont le bouc noir parsemé de poils grisonnants était assorti à ses épais sourcils. Elle ne put s'empêcher de remarquer de nouveau à quel point ses yeux marron tiraient sur le noir.

— J'aurais dû vous laisser errer dans la forêt, dit-elle sèchement.

Le pied de Grzegorz ronflait toujours, profondément endormi. C'était le résultat d'un sort et d'un incident malheureux, la mauvaise manipulation d'une potion de sommeil éternel destinée au petit frère de Jeff, Matt. Sans doute était-il plongé dans de merveilleux rêves tandis que Grzegorz le traînait un peu partout derrière lui. Le pied hoquetait de temps à autre et ses orteils tressautaient comme s'ils couraient dans un rêve, se prenant sans doute pour des jambes de grenouille.

— Quand vas-tu réveiller mon pied, Wiedzma ? J'ai marché dans cette potion il y a longtemps maintenant, tu sais, geignit Grzegorz.

Wiedzma leva les yeux au ciel. Elle avait été fortement tentée d'abandonner le roi dans la forêt lors de leur dernière aventure, mais elle s'était résignée à le ramener au château. Avec le roi à ses côtés (même s'il était un peu confus dans sa tête à cause de tous les sorts de crapaud qu'il avait reçus), elle pouvait toujours gouverner Drakmere. Mieux valait donc le garder près d'elle, heureux et comblé.

Ses pensées furent interrompues lorsqu'une fumée couleur moutarde s'éleva du sol. Elle dégageait une odeur d'œufs pourris et d'huile rance. Ses narines frémirent. Wiedzma pivota sur ses talons en humant l'air dans le coin de la pièce où s'élevaient les fumerolles.

— Grzegorz, derrière moi ! s'écria-t-elle, tout en agitant frénétiquement les bras pour ordonner aux gardes de s'écarter de la fumée.

Elle exécuta une torsion complexe des poignets et tendit les mains. Les volutes de fumée jaunâtre se heurtèrent alors à un mur magique invisible qu'ils ne parvenaient pas à franchir. La fumée jaune occupait la moitié de la pièce. Wiedzma regardait la scène avec anxiété. Elle se demandait qui, ou quoi, essayait cette fois d'infiltrer le château.

Lorsque la fumée se fut accumulée contre la barrière sans pouvoir s'étendre ailleurs que vers le haut, l'image d'une personne qui s'avançait lentement apparut. Son visage était assombri et si déformé que Wiedzma ne parvenait pas à le discerner nettement. La silhouette atteignit le bord et se pressa contre la paroi, comme si elle essayait désespérément de voir au travers. Wiedzma renforça sa magie. Cette apparition ne lui semblait pas amicale – de toute façon, elle n'avait pas beaucoup d'amis.

Une voix caverneuse traversa le mur invisible et résonna dans la salle.

— Tu peux bien te cacher derrière ton mur, ma chérie. Je ne suis peut-être pas capable de te voir, mais je te sens. Je sais que tu es là.

Wiedzma sursauta et se mit à frissonner. Elle se frotta les mains contre les bras. Personne ne pouvait oublier l'effroyable voix de Zorka, la sorcière louve. Elle avait été enfermée par un sortilège puissant dont il lui était impossible de se dégager, et pourtant, aussi stupéfiant que ce soit, elle était là devant elle, libre. Voilà qui annonçait de terribles ennuis.

— Mes salutations, Zorka. Je suis vraiment ravie de voir que tu as été libérée, dis-moi ce que… commença Wiedzma pour tenter de savoir comment diable Zorka avait brisé le sort.

— Menteuse, tu n'as jamais été aussi fâchée de me voir, Wiedzma, mais je veux bien accepter d'ignorer cette transgression si tu m'apportes ton aide.

Zorka parlait d'une voix douce qui semblait couler comme les panaches de fumée.

Wiedzma se racla la gorge.

— Que veux-tu que je fasse ?

— Il y a des enfants dans le royaume de Drakmere. Je veux que tu les trouves et que tu me les amènes.

Wiedzma déglutit et jeta un coup d'œil à Grzegorz, debout à l'autre bout de la pièce, qui regardait fixement la fumée.

— Sans doute l'odeur des enfants s'attarde-t-elle dans l'air, mais les enfants que tu as sentis sont retournés depuis longtemps dans leur monde. Ils ne se trouvent plus à Drakmere.

— Hmm, fit Zorka. Est-ce possible que tu ne saches même pas ce qui se passe dans ton propre royaume ? As-tu perdu à ce point le contrôle, Wiedzma ?

— Je gouverne toujours aux côtés du roi Grzegorz, et à travers lui… Je règne sur Drakmere. Il n'y a aucun enfant dans ce royaume.

— Pas même ceux qui ont débarqué dans ma grotte aujourd'hui ? Ils ont réussi à s'échapper et, sans la lumière du jour, je les aurais retrouvés pour me repaître de leur sang. Mais j'ai dû ronger mon frein, car je suis encore trop faible pour quitter mon antre. Toi, Wiedzma, en revanche, tu peux envoyer tes toutous frémissants pour rabattre les enfants vers ma grotte. Fais-le, Wiedzma, et tout de suite. Je n'ai pas mangé depuis fort longtemps.

Les doigts de Wiedzma touchèrent ses lèvres. Se pouvait-il qu'il y ait vraiment des enfants à Drakmere ? Elle avait envoyé une criature hors du royaume à travers une fissure en espérant qu'elle capturerait l'aîné de ces avortons. Elle savait que le garçon n'avait pas été capturé. La criature avait été encerclée par des guerriers et elle n'avait réussi à s'échapper qu'en passant par les égouts. Quelles chances y avait-il donc que Jeff, peut-être accompagné, ait rejoint Drakmere, et où se trouvait le portail ? Et pourquoi ignorait-elle qu'un portail avait été ouvert ?

D'une voix dénuée d'émotion, sans trahir son excitation, Wiedzma répondit :

— Ô, terrifiante Zorka, tu nous honores par ta requête. Tes désirs sont des ordres, et les ombres frémissantes vont immédiatement se mettre en chasse.

— Ne me pousse pas à bout avec ce ton mielleux, Wiedzma. Je remarque que tu t'es protégée derrière une barrière pour que je ne puisse pas voir ni entendre tes pensées. Je veux les deux enfants qui se sont aventurés dans ma tanière, et s'il y en a d'autres, je les veux aussi. Assure-toi qu'ils me soient remis, dans ma Caverne des Rêves perdus.

Avant que Wiedzma ait le temps d'acquiescer, de refuser, ou même de négocier le droit de garder l'un des enfants pour elle, la fumée se dissipa. Quelques secondes plus tard, il n'en restait plus rien, pas même les effluves d'œufs pourris.

Wiedzma laissa son mur dressé quelque temps, juste pour s'assurer que tout ce qui restait de l'essence de Zorka avait disparu. Puis elle se tapa la cuisse et se retourna, un sourire radieux aux lèvres. Sa joie éclatait comme des bulles dans un verre de soda.

— Ah, ah ! Des enfants à Drakmere ! Et ce n'est même pas moi qui les ai amenés ici ! Ce doit être cet attrapeur de rêves. Comment s'appelait-il déjà ? Jim, Joss, Jeff ou quelque chose comme ça. Vous savez, ce morveux qui a échappé à ma criature. Ça ne peut qu'être lui, il est assez agaçant pour réussir à se tirer d'une mauvaise situation. Il a dû emmener ses amis avec lui. Oui…

Elle tapa dans ses mains pour invoquer ses ombres frémissantes.

Grzegorz observa son visage souriant et désigna l'endroit où un nuage jaune s'attardait encore dans l'air.

— Alors, qui est Zorka ?

Wiedzma perdit aussitôt son sourire.

— Quelqu'un de très désagréable. C'est une sorcière louve, la plus méchante d'entre les méchantes. Elle vous dévorera le cœur en une fraction de seconde, mais ce n'est pas ce qui vous tuera. Une fois qu'elle aura mangé votre cœur, vous deviendrez son serviteur dévoué pour l'éternité… un mort vivant.

— Eh bien, ça me semble plutôt… radical.

— En effet, puis vous n'aurez de cesse de mordre les autres jusqu'à ce que tout le monde devienne ce qu'elle appelle ses spectrifiés. Tout le royaume de Drakmere pourrait bien être anéanti, envahi par son armée de spectrifiés.

— Et que comptes-tu faire pour l'en empêcher ? demanda Grzegorz en sautillant vers elle.

Depuis qu'Angie l'avait changé en crapaud, il n'avait toujours pas réussi à se débarrasser de ses habitudes de batracien.

— Si les enfants sont bel et bien ici, alors nous devons les trouver et faire en sorte qu'elle l'ignore. Ils nous seront inutiles si elle les atteint avant nous. Si elle est encore trop faible pour quitter la Caverne des Rêves perdus, autant nous assurer qu'elle y reste.

***

Horrigan gravit les marches quatre à quatre et s'arrêta net devant les imposantes portes en bois de chêne de la grande salle de Sandustian. Sur les portes étaient gravées des runes magiques qui tournaient et se modifiaient en contant la marche des événements, parfois actuels, mais aussi révolus et à venir. Le gardien des runes, qui enregistrait tous ces récits, était assis sur son tabouret habituel et griffonnait fébrilement tandis que les runes lunaires tournoyaient avec frénésie. Le gardien leva les yeux à l'approche d'Horrigan. Il secoua la tête et ses cheveux gris rêches vinrent fouetter les côtés de son visage.

— Tss, tss... Je crois que des ennuis s'annoncent. Les runes sont très occupées en ce moment.

Horrigan baissa la tête et scruta les runes changeantes.

— Disent-elles si les enfants vont ressortir de Drakmere ? demanda-t-il à voix basse.

Le vieil homme examina les runes mouvantes ; ses yeux bleu clair alternaient entre la gauche et la droite pour suivre le mouvement magique des inscriptions sur la porte.

— Elles ne le précisent pas, ce qui est un mauvais présage. Non, cela n'augure rien de bon.

Il agita la main et la lourde porte de la salle s'ouvrit en grinçant, accordant à Horrigan l'entrée qu'il demandait.

Horrigan leva le menton et franchit les portes à grandes enjambées. La salle était aussi paisible que la nuit et le riche parfum d'humus où poussaient des champignons vénéneux s'empara de ses sens. Il redressa les épaules et, sans le vouloir, son corps réagit aussitôt aux effets apaisants de la salle sandustienne. Le plafond était encadré par de hautes voûtes. L'obscurité était mouchetée d'étoiles et de planètes qui clignotaient d'une lueur vive au-dessus de sa tête. Le globe lunaire était suspendu sous une arche, vibrant et palpitant tout au fond de la salle. Les rayons du globe rebondissaient sur les murs couleur perle. L'air de la salle crépitait et miroitait, envoyant des éclats bariolés sur les murs.

Jozephus, un ancien petit et frêle, aux cheveux coupés court, était absorbé dans l'étude du globe. Ses sourcils étaient froncés à tel point qu'ils se rejoignaient presque. Sa toge d'un rouge sombre était nouée par une ceinture d'un blanc immaculé.

— Galagedra l'Ancien et les autres ont été convoqués, dit-il tranquillement sans se retourner lorsque les pas d'Horrigan résonnèrent dans la salle.

À peine eut-il prononcé ces mots qu'une poudre argentée se mit à pleuvoir, tandis que les anciens prenaient forme et s'enfonçaient dans leurs fauteuils tout autour du globe. Tous les visages se tournèrent impatiemment vers Horrigan.

Ce dernier grimaça et fit craquer les jointures de ses doigts. Il n'y avait pas si longtemps, Madgwick s'était tenu exactement à la même place et avait dû expliquer à une salle remplie d'anciens et de guerriers comment un enfant avait été emporté à travers un portail sous sa surveillance.

Il se renfrogna en se rappelant la mine tendue de Madgwick sous le regard scrutateur de l'assistance. À présent, c'était son tour, Horrigan, un guerrier chevronné, qui avait affronté un nombre incalculable de dangers à Drakmere et était venu à bout de tous. Il n'avait pas seulement perdu un enfant, mais trois, dont il avait la garde, et comme si cela n'était pas déjà suffisamment humiliant, ils n'avaient pas été enlevés, mais ils étaient partis de leur propre initiative.

En réaction à l'atmosphère pesante de la salle, les coussins en forme de lune flottaient mollement au-dessus des sièges et se cognaient les uns aux autres sans grande conviction. En temps normal, les coussins étaient d'humeur taquine et volaient aux quatre coins de la pièce, si bien qu'il fallait les attraper pour s'en servir. Parfois, ils simulaient une bataille de polochons et attaquaient les guerriers sur tous les fronts.

Galagedra était vêtu de sa toge bleu roi d'ancien sandustien, fermée par une ceinture jaune vif nouée autour de sa taille. Il était grand et élancé. S'adressant aux anciens, il hocha la tête et leur imposa le silence avec un léger sourire aux lèvres. Le silence se fit dans la salle et les coussins flottants tombèrent comme des pierres sur les bancs.

— Bienvenue, chers anciens, commença Galagedra d'une voix tonitruante. Les guerriers n'ont pas été invités à nous joindre pour ce conseil, car ils sont à la recherche d'une criature qui leur a échappé. Je vais procéder à un rappel de la situation, puis nous demanderons à Horrigan de nous expliquer de quoi il retourne.

Le visage de Galagedra présentait de profonds sillons, qui couraient de ses joues jusqu'à son menton. Ses yeux avaient une intense teinte bleue et tout un réseau de rides les entourait. Ses cheveux gris étaient attachés en une fine queue de cheval qui pendait le long de son dos.

— Les enfants sont bien rentrés de Drakmere, mais pas totalement indemnes, et durant l'une de leurs aventures, le jeune Rhed a été adopté par le prince de la forêt de Drakwood. Pourquoi le prince des arbres s'est-il pris d'affection pour le garçon, nous l'ignorons encore. Toujours est-il qu'il était dévasté quand l'enfant est parti au loin. Il ne pouvait même plus entendre le bourdonnement de ses pensées. Par conséquent, il a initié le signal de rappel, visant à ramener le garçon dans la forêt.

Torledo, un ancien grand et mince aux joues roses, avec un chignon au sommet du crâne, l'interrompit :

— Qu'est-ce que cela implique pour le garçon ?

Galagedra hocha la tête vers Torledo comme si la question était particulièrement pertinente.

— Le garçon commencerait à muter. Il se changerait d'enfant humain en jeune arbre, et il perdrait toutes les pensées conscientes de sa vie humaine. Il serait planté et converserait éternellement avec les arbres de la forêt. Enfin, son arbre terrestre pourrirait et mourrait, et par la magie de Drakmere, il repousserait dans la forêt de Drakwood pour vivre à jamais au sein de leur communauté d'arbres.

Jozephus se récria :

— C'est intolérable.

Galagedra reprit :

— Et nous devons interrompre le processus avant qu'il ne devienne irréversible. Nous ne devons pas le permettre, et nous ne le permettrons pas. Nous passons au peigne fin tous nos textes traditionnels pour trouver un remède contre cette mutation. Pour l'enrayer avant qu'il ne soit trop tard. Thirza, l'attrapeur de rêves et également le grand-père de Jeff, le jeune attrapeur de rêves, a voyagé dans des royaumes lointains à la recherche d'un antidote existant. Nous n'avons pas encore reçu de nouvelles de sa progression. Entretemps, nous avons demandé à nos tisserands de sortilèges de façonner un sort de sommeil capable de ralentir le processus.

Son visage se radoucit et il adressa à Horrigan un sourire empreint de tendresse.

— Maintenant, Horrigan, dites-nous tout.

Horrigan se leva, se racla la gorge et regarda Galagedra droit dans les yeux.

— On m'a donné pour mission de surveiller la maison des Madison au cas où une autre brume de cauchemar l'attaquerait, ou une créature tout aussi sinistre venue de Drakmere.

Horrigan expliqua qu'il avait remarqué que Jeff mettait du temps à rentrer chez lui, ce soir-là, et qu'il s'était mis à sa recherche. Qu'il avait découvert Jeff, poursuivi par une criature, ainsi que le combat qui avait suivi avant que les autres guerriers en poste viennent l'aider à pourchasser cet horrible ennemi.

Galagedra leva vivement la tête.

— Comment la criature a-t-elle trouvé la piste de Jeff ? Elle a dû se glisser par une fissure de Drakmere pour arriver jusqu'à lui.

Galagedra leva alors les mains.

— Je vous demande pardon pour mon interruption impolie.

Il adressa un signe de tête à l'un des anciens.

— Je vous en prie, assurez-vous que les guerriers qui patrouillent près de la fissure ne laissent rien entrer tant que les anciens et les tisserands de sortilèges ne l'auront pas refermée, et mettez un guerrier en poste pour surveiller la maison des Madison jusqu'à ce qu'Horrigan puisse reprendre sa place.

L'ancien esquissa une profonde révérence et disparut dans un tourbillon de poussière.

— Horrigan, après ce conseil, retournez chez les Madison pour protéger le plus jeune garçon. Wiedzma doit avoir repris ses éternelles machinations pour mettre la main sur un attrapeur de rêves. Continuez.

Horrigan entreprit de raconter comment il avait découvert Jeff devant un portail ouvert.

Des murmures s'élevèrent dans la salle. Les anciens tressaillirent et grognèrent, certains enfouirent même leurs visages dans leurs mains.

— Comment un portail s'est-il ouvert ? A-t-il été ouvert depuis Drakmere, l'enfant était-il attaqué ?

— Le garçon, Jeff, est un attrapeur de rêves, comme vous le savez. Apparemment, il s'est entraîné en secret à développer ses capacités, et il est parvenu à ouvrir lui-même un portail. Cette fois, il ne s'agit pas de la porte au clair de lune qu'il a empruntée auparavant. Celle-ci est toujours bien fermée.

Un ancien abattit sa main sur le coussin à côté de lui.

Horrigan poursuivit :

— Il n'y avait aucune influence ni aucune menace provenant de Drakmere. Je ne pense pas que quiconque à Drakmere ait eu connaissance de l'ouverture de cette porte. C'est alors que j'ai commis une erreur. Quand j'ai vu le passage ouvert, je me suis dit que Jeff connaissait la maladie de Rhed et je lui ai expliqué qu'on trouverait un remède au plus vite. Je n'avais pas envisagé que Jeff et Rhed n'en sachent rien.

— Et ensuite ? demanda calmement Galagedra.

— Jeff a dit qu'il allait trouver l'arbre et ramener le remède, même s'il n'avait pas la moindre idée de ce qui pouvait guérir son ami. Avant que je puisse l'en empêcher, il avait franchi la porte. Je lui avais interdit d'y aller, mais il ne m'a pas écouté et a traversé quand même.

Horrigan sentit ses joues s'enflammer en se remémorant la désobéissance éhontée du garçon. Sa voix habituellement ferme s'étiola en un murmure rauque, si faible que certains anciens durent se pencher en avant et tendre l'oreille pour l'écouter.

— Puis Rhed l'a suivi, et alors que j'essayais de l'arrêter, leur amie, une fille du nom de Phoebe, les a rejoints. Ensuite, le passage s'est refermé brusquement et je me suis retrouvé dans l'incapacité de les suivre.

Galagedra resta bouche bée devant Horrigan.

— Ils sont tous passés ?

Jozephus se leva comme si, dans sa frustration, il ne pouvait pas rester assis.

— Jeff et Rhed devraient pourtant savoir qu'il existe de nombreux dangers inconnus à Drakmere, cette terre de cauchemar !

— Nous pouvons consulter le globe pour connaître les événements qui se déroulent à Drakmere, mais de nombreuses choses demeurent cachées. Depuis qu'ils ont volé au secours des enfants, il y a plusieurs semaines de cela, Madgwick, Rig et la sorcière Angie ne sont toujours pas rentrés de Drakmere. Nous les apercevons de temps en temps, mais il nous est impossible de prendre contact avec eux. Sans doute cherchent-ils Gwyndion, fit Galagedra d'une voix douce.

— Eh bien, avança Horrigan en croisant les bras sur sa poitrine.

Il se demandait si ce qu'il s'apprêtait à dire entraînerait du soulagement ou, au contraire, encore plus d'inquiétude chez l'ancien.

Galagedra se tourna vers Horrigan, ses yeux bleus grands ouverts.

— Il s'est passé autre chose ?

— J'ai bien vu que je ne pourrais pas atteindre la fille. Elle avait peur de moi et a choisi de suivre les garçons. J'ai donc envoyé une pincée de poudre à travers la porte, avec l'ordre de retrouver Rig et Madgwick.

Les yeux de Galagedra s'illuminèrent à cette nouvelle.

— Horrigan, croyez-vous que la poudre aura compris la tâche que vous lui avez assignée ?

Sans attendre de réponse, il se tourna vers les anciens.

— Combien de temps la poudre magique peut-elle durer lorsqu'elle est séparée de son guerrier ?

Torledo leva les mains et répondit d'une voix caverneuse :

— La poudre est unique pour le guerrier qu'elle sert, et elle réalisera ses tâches en fonction de la force magique dudit guerrier. Si le guerrier croît en force, la poudre en fera de même. Ils agissent comme une seule entité, leur lien est si étroit que la poussière magique pourra changer de forme si son maître le lui demande par la pensée. Il est rare qu'un guerrier et sa poudre soient séparés pendant longtemps, et cette dernière rejoindra toujours son maître à moins qu'elle ait été envoyée en mission.

Galagedra hocha la tête et Torledo reprit :

— Je consulterai Fitghet. Le créateur de notre poudre saura me répondre.

Il se déploya vers le haut et lança la poudre dans les airs. Lorsqu'elle retomba sur lui, il crépita et disparut.

Horrigan passa la main sur le tatouage en forme de dague qui courait de son front jusqu'à son menton. Il poursuivit comme s'il n'avait jamais été interrompu :

— Je suis certain que ma poudre magique a compris mon intention et mènera sa tâche à bien avant d'avoir épuisé toute son énergie.

— Si la poudre les retrouve à temps, répondit Galagedra, mais c'est toujours mieux qu'aucun contact. Maintenant, il ne nous reste qu'à espérer que Madgwick et Rig comprendront qu'il s'agit d'un avertissement et qu'ils retrouveront les enfants avant qu'il ne soit trop tard.

Jozephus acquiesça.

— Nous ordonnerons aux tisserands de sortilèges d'entamer l'ouverture d'un autre passage pour que nous puissions envoyer des guerriers à Drakmere au cas où la poudre échoue à rejoindre Madgwick et Rig. Les tisserands ne pourront lancer leur sort qu'à la prochaine pleine lune.

Horrigan leva le menton et tourna la tête sur le côté.

— J'ai échoué, Galagedra, et j'en suis sincèrement désolé.

Galagedra adressa à Horrigan un sourire las.

— Non, vous n'avez pas échoué, Horrigan. Les enfants ont le chic pour prendre les décisions les plus inattendues et les plus imprévisibles. Nous n'aurions jamais imaginé que Jeff s'entraîne à l'extérieur de Drakmere, ni qu'il réussisse à ouvrir un nouveau portail.

Jozephus l'Ancien soupira.

— Cependant, nous aurions dû prévoir que le garçon serait si attaché à son ami qu'il prendrait le risque de pénétrer à Drakmere pour y trouver un remède contre sa maladie. Cet attrapeur de rêves est un enfant courageux.

— Cet attrapeur de rêves est complètement fou, dit Horrigan, toujours agacé que ses instructions aient été bafouées allégrement.

Galagedra hocha la tête.

— Peut-être, et pourtant si plein de surprises.

8

Jeff, Rhed et Phoebe couraient à travers bois. L'étroit chemin était à peine visible, à demi caché sous les cailloux couverts de mousse fondus dans le décor. Autour d'eux, les arbres étaient épais et le jour filtrait à travers les troncs et les feuilles. Des rais de lumière se frayaient un passage jusqu'au sol.

— Rhed, tu es sûr que c'est la bonne direction ?

— Je me tourne toujours par là sans même m'en rendre compte, comme si j'étais attiré dans cette direction. C'est flippant.

— Si Rhed se change en arbre, il est peut-être connecté à celui qui l'a adopté. Il doit connaître le chemin pour s'y rendre, ajouta Phoebe à voix basse.

Jeff lui jeta un coup d'œil. Elle était plutôt silencieuse depuis leur évasion de la grotte, et il était persuadé qu'elle n'arrivait pas à chasser la vieille sorcière de ses pensées. Il le savait, car lui-même avait du mal à ne pas songer à la vieille Zorka. C'était presque comme si la sirène vibrait toujours à l'intérieur de sa tête.

Rhed voulait connaître tous les détails de leur aventure dans la grotte et il ne cessait d'alimenter la conversation par ses nombreuses questions, ce qui ne les aidait pas beaucoup à se changer les idées. Il n'avait pas vu la sorcière et ne connaissait pas la terreur qu'elle inspirait.

— Alors cette sorcière louve, ou je ne sais quoi... Vous croyez qu'elle ne peut pas quitter sa caverne, ou bien que dès ce soir, elle se mettra en chasse ?

Rhed venait de poser la question qui tourmentait précisément Jeff.

— Elle va venir, c'est sûr, déclara Phoebe de but en blanc.

Elle frotta l'arrière de son large short en jean, comme pour en retirer de la terre, et tira sur les manches de sa veste légère.

— Nous allons mourir ! fit Rhed en grimaçant, ses lunettes à monture noire se balançant sur l'arête de son nez épaté.

Jeff grogna en écartant une mèche sur son front.

— Sympa, Pheebs. Gardons des ondes positives, si tu veux bien.

Pendant ce temps, le balai commençait à s'animer. Ce n'était plus un balai amorphe. À présent, il semblait avoir un caractère bien à lui et il refusait de les laisser s'arrêter ou faire une pause. Dès l'instant où ils interrompaient leur marche, il utilisait les poils de son plumeau pour balayer dans leurs pieds jusqu'à ce qu'ils reprennent leur chemin.

— Apparemment, le balai croit aussi que la sorcière louve va nous poursuivre et c'est pour ça qu'il veut mettre autant de distance que possible entre nous et elle, dit Rhed.

— J'ai un mauvais pressentiment. Nous avons tout intérêt à être loin de Zorka quand le soleil se couchera, au cas où elle soit *capable* de quitter sa caverne le soir venu, dit Jeff en s'arrêtant et en se retournant pour s'assurer qu'aucune créature surnaturelle ne les suivait. Phoebe a raison, elle n'en avait clairement pas après nos rêves, ajouta-t-il en trottinant pour rattraper Phoebe et Rhed.

— Je le voyais bien, elle voulait nous manger, sucer notre sang et ronger nos os, dit Phoebe d'une voix très calme, comme s'ils discutaient du menu de ce soir.

— *Phoebe !* s'exclamèrent Jeff et Rhed en chœur.

Jeff cria à Phoebe d'arrêter de jouer les oiseaux de mauvais augure, mais il frissonnait. S'ils ne retrouvaient pas les guerriers, ils couraient de gros ennuis.

— Tu pourrais peut-être trouver un portail pour rentrer ? avança

Rhed, plein d'espoir.

— J'ai déjà essayé. Le problème, c'est que je ne retrouve pas le « simulateur » depuis que j'ai perdu ma concentration dans la grotte, dit Jeff.

— Peut-être cet affreux hurlement dans la caverne t'a coupé l'accès à ton simulateur. En ce qui me concerne, il a effacé toutes mes pensées, dit Phoebe. Et puis, ce n'est pas en rentrant chez nous que nous trouverons un remède, n'est-ce pas ?

Elle désignait Rhed, qui essayait péniblement de pousser son coude afin de tendre le bras.

Jeff était arrivé au bord d'un ravin. Il s'approcha du bord, sur une grosse pierre plate qui s'avançait au-dessus du vide, et regarda en bas. De la mousse et des feuilles jaunes et vertes recouvraient la paroi lisse de la falaise, qui descendait à pic. Un peu plus bas, des touffes d'herbe et des fleurs bleues mouchetaient les bords. Au-delà du rideau de fleurs, il apercevait la cime des arbres qui formaient un tapis vert inégal tout au fond du gouffre. Jeff distinguait vaguement le fin contour bleu d'une rivière qui serpentait entre les arbres et les rochers. Les arbres remontaient légèrement de l'autre côté, jusqu'à rencontrer la paroi rocheuse identique à celle qui se dressait sous ses pieds, de leur côté du ravin.

— Arrête de me bousculer, c'est très haut ! s'exclama Jeff, furieux contre le balai qui ne cessait de le pousser vers le précipice.

Rhed s'approcha du bord, se pencha et se mit à haleter, les mains posées sur ses genoux vacillants.

— Oh, c'est très raide. Comment allons-nous traverser ? demanda Rhed en jetant au balai un regard en coin.

— Vieux, tu parles à un balai, dit Jeff en secouant la tête.

— Vous n'entendez pas son ronronnement ? demanda Rhed en arquant ses sourcils épais d'un air étonné.

Phoebe les rejoignit sur l'avancée rocheuse, inclina la tête sur le côté comme si elle écoutait et dit :

— Non…

Le balai poussa Rhed pour lui faire comprendre qu'il devait poser les bras le long de son manche, puis il le souleva délicatement au-dessus du sol.

— Je crois que le balai veut nous transporter de l'autre côté, s'exclama-t-il, les yeux brillants.

— C'est très haut. Nous ferions mieux de descendre à flanc de falaise.

Phoebe leva les yeux de l'autre côté du ravin.

— Eh, ces ruines ressemblent à un vieux château ! Nous pourrions y passer la nuit. Vous croyez que Zorka sera capable de franchir ce gouffre ?

Rhed se renfrogna et posa les mains sur ses hanches. Il avait l'air inflexible.

— Nous n'y arriverons jamais si nous descendons en rappel. Et puis, je ne peux pas très bien plier les genoux et mes bras ne cessent de se raidir, ce sera trop difficile pour moi d'escalader la paroi… Écoutez, je vais passer en premier.

Jeff secouait toujours la tête lorsque Rhed se hissa sur le balai en s'y accrochant fermement. Ce dernier le décolla du sol et s'avança lentement, en suspension au-dessus du ravin. Quelques instants plus tard, Rhed était de l'autre côté, tout sourire, et agitait frénétiquement la main en se balançant d'un côté et de l'autre sur ses jambes raides. Le balai effectua quelques loopings enthousiastes au-dessus de sa tête.

Phoebe fut la suivante. Elle avait le visage rouge et les yeux bien fermés. Elle garda les jambes pliées, le plus près possible de son corps, comme si elle essayait de se maintenir tout contre le manche. Une fois qu'elle arriva de l'autre côté, Rhed dut la rassurer pour qu'elle accepte enfin de lâcher le balai et de détendre ses jambes.

— J'ai le vertige. J'ai le vertige, ne cessait-elle de répéter, les paupières toujours closes.

— C'est maintenant que tu le dis, s'exclama Rhed en éclatant de rire.

Il était de meilleure humeur à présent qu'un gouffre les séparait de la sorcière louve.

— Je ne voulais pas qu'on m'abandonne de l'autre côté, répliqua Phoebe.

Son appareil dentaire argenté scintilla lorsqu'elle sourit pour la première fois depuis qu'ils s'étaient échappés de la grotte.

Le balai s'appuya contre Phoebe, comme pour s'assurer que tout allait bien avant de fuser en direction de Jeff.

Jeff caressa maladroitement le manche.

— Tu es un balai super cool, et je le pense, puisque je te parle en ce moment.

Le balai secoua les brindilles de sa queue, puis flotta à côté de Jeff. Le garçon s'accrocha au balai comme Rhed l'avait fait. Tout en survolant le ravin, il scruta la forêt en contrebas, guettant le moindre mouvement. Ils atteindraient aisément les ruines du château avant la tombée du jour et ils trouveraient un moyen de se construire un abri pour la nuit.

9

Madgwick et Rig se disputaient pour savoir auquel des deux revenait la tâche de tirer Angie derrière lui sur le balai de poudre.

— Nous avançons trop lentement. Nous n'arriverons à rien si elle se montre aussi difficile, grommelait Rig en fusillant Angie du regard.

— Je sais, mais essaie de comprendre ce que tu ressentirais si tu étais séparé de ta poudre, sans savoir où elle est.

Madgwick haussa un sourcil en essayant de raisonner Rig, mais au fond, il avait du mal à supporter le comportement impossible d'Angie.

Certes, la sorcière traversait une épreuve difficile, car elle avait toujours été inséparable de son balai, même s'ils étaient constamment en train de se chamailler et de se crêper le chignon. Mais il ignorait comment l'aider, si ce n'est en essayant de retrouver son balai. Il était aussi très inquiet, car ils ne savaient toujours pas où se trouvait Azghar le dragon. La dernière fois qu'ils l'avaient vu, ils l'avaient entendu hurler, avant qu'une explosion retentisse, suivie par un silence de mort. Angie prétendait qu'il était sain et sauf, mais elle n'en disait pas plus.

Madgwick lui posa prudemment la question :

— Alors, Angie, où est Azghar exactement ?

Angie le regarda fixement.

— Azghar est sain et sauf. Personne ne peut le rejoindre et il ne peut rejoindre personne.

Elle tapota sa jupe comme pour s'assurer qu'elle avait toujours quelque chose dans sa poche. Elle n'en dit pas davantage, mais elle détourna le regard pour éviter la mine interrogatrice de Madgwick.

Il décida d'abandonner le sujet pour l'instant.

Angie était allongée sur le sol de la forêt, le visage enfoncé dans la mousse verte.

— Mon balaiii ! Je sens qu'il est dans un endroit sombre, avec un vacarme épouvantable. Oh, mon balaiii…. gémissait-elle pitoyablement, le nez dans la mousse qui étouffait toutes ses paroles.

Tout ce que Madgwick comprenait, c'était « Ompfalaiii ». Il jeta un coup d'œil vers Rig, qui faisait la moue et regardait Angie en fronçant les sourcils.

— Arrêtez. Je ne comprends pas ce que vous dites, mais arrêtez tout de suite.

Madgwick dut se mordre la lèvre pour réprimer un sourire. Il savait que Rig était en train d'imaginer diverses méthodes pour attacher Angie et la transporter, vociférante et gigotante, à travers la forêt.

— Quel intérêt d'avoir une sorcière puissante à nos côtés ? Nous avons de la chance de ne pas avoir croisé d'ombres frémissantes, de criatures ou autres horreurs indescriptibles tapies sous des rochers ou sous la surface des mares boueuses, dit Rig en tournant la tête pour se décrisper le cou.

— Je ne m'attendais pas à ce que la perte de son balai la mette dans des états pareils, approuva Madgwick.

Rig leva vivement la tête.

— Madgwick ! chuchota-t-il d'un ton alerte en se redressant d'un bond.

Sa poudre scintillante jaillit de ses mains et s'éleva en tournoyant lentement.

Madgwick se baissa en position d'attaque, sa propre poudre prenant instantanément la forme de deux armes. Une épée à la lame incurvée et un filet miroitèrent bientôt dans ses mains. Il balaya la forêt du regard tout en s'avançant devant Angie pour la protéger. Elle s'était enroulée autour d'une souche d'arbre, son menton effleurant le sol.

Madgwick ne voyait ni n'entendait rien, mais il faisait confiance aux instincts de Rig et Rig était en alerte maximale : quelque chose arrivait dans leur direction à travers bois.

— Que vois-tu ? chuchota-t-il à Rig.

— Ce n'est pas ce que je vois, c'est ce que j'entends, lui répondit Rig sur le même ton. C'est un bourdonnement sourd, mais je n'arrive pas à déterminer où je l'ai déjà entendu avant.

Sans crier gare, la poussière de Rig lui échappa des mains et jaillit en une boule qui s'éleva au-dessus de sa tête avant de filer dans la forêt.

— Mais qu'est-ce que… ? commença Rig.

— Où as-tu envoyé ta poudre ? demanda Madgwick, surpris.

— Je n'ai rien fait, répondit-il. Elle est partie sans que je lui en donne l'ordre. C'est curieux.

Rig gardait les yeux rivés sur l'endroit où sa poudre avait disparu. Quelques secondes plus tard, elle était de retour, encadrant ce qui ressemblait à un nuage de cendre grise. La poudre et la cendre rejoignirent lentement Rig et restèrent en lévitation devant lui.

— Qu'est-ce que c'est, Rig ?

— Je n'en sais trop rien. On dirait de la cendre.

Angie leva la tête pour les observer, puis elle se mit enfin debout.

— Je suis prête à parier deux orteils que c'est aussi de la poudre magique.

Sa voix était rauque, cassée d'avoir trop gémi.

— De la poudre magique ?

Madgwick se tourna, arborant un sourire en coin qui révélait ses fossettes.

— Seulement deux orteils, Angie ?

— J'ai encore besoin des dix autres, répondit-elle en haussant les épaules.

— Dix ? Ça veut dire que vous en avez… quoi, douze ? Vraiment…

Madgwick essaya de distinguer ses pieds.

— J'ai de beaux et grands panards, ils ne ressembleraient à rien avec seulement cinq doigts chacun ! Ce serait franchement ridicule, je trouve.

Madgwick ouvrit la bouche pour dire quelque chose, mais il se ravisa. Il ne pouvait pas argumenter face à une telle logique.

Rig claqua des doigts devant leurs nez avant de désigner la cendre en suspension.

— De la poudre magique. De la cendre. On peut se concentrer ? Que disiez-vous, Angie ?

Angie lui lança un regard noir.

— Je collerai ces doigts ensemble si tu les claques encore une fois devant moi ! gronda-t-elle.

— La voilà de retour ! fit Madgwick en souriant.

Angie se pencha plus près pour mieux examiner la cendre flottante. Elle tendit la main sous la poudre, qui s'effondrera aussitôt en un petit tas dans sa paume.

— Avez-vous déjà vu à quoi ressemble de la poudre magique quand elle est restée trop longtemps éloignée de son guerrier ? Moi, oui, et c'était exactement comme ça.

— Mais si c'est de la poudre magique, alors où se trouve son guerrier ? s'étonna Madgwick.

— La poudre magique ne partirait jamais loin de son maître, le lien est trop puissant, déclara Rig, les mains sur les hanches.

— Correct, le lien est fort, donc la poudre comprend ce que le guerrier attend d'elle et elle s'efforce de le faire… quitte à en mourir.

Angie soupira en soulevant sa paume devant son visage pour mieux observer le tas de cendre.

— Elle agonise ? demanda Madgwick en écarquillant les yeux.

— On dirait bien, il ne reste aucune étincelle, dit Rig en s'accroupissant pour mieux voir la cendre.

— As-tu une autre sacoche en cuir, Madgwick ? J'ai besoin d'une poche, et vite.

La voix d'Angie était brusque, comme si elle n'avait soudain plus de temps à perdre.

Madgwick hissa sa gibecière en cuir brun sur son épaule. Le guerrier n'allait nulle part sans son sac. Il contenait des potions et d'autres objets qui s'étaient avérés très utiles lors de ses missions de sauvetage. Il fouilla à l'intérieur et en sortit une petite bourse en cuir marron, qu'il tendit à Angie.

— Elle est vide, dit-il en ouvrant le petit sac pour qu'Angie puisse y verser la poudre.

— Rig, penses-tu pouvoir céder une infime partie de ta propre poudre ? Nous pouvons la maintenir en vie si nous utilisons un peu de la tienne.

La voix d'Angie était douce et elle agita la main pour s'assurer que toute la poussière tombe bien dans la sacoche.

— Bien sûr, répondit Rig.

Il saupoudra une pincée de poudre scintillante à l'intérieur de la bourse en cuir.

— Et maintenant, un brin de magie… murmura Angie en déposant à son tour des paillettes violettes dans la sacoche, qui se mit à irradier de mille feux.

Elle tira fermement sur les cordons de la bourse pour y enfermer les trois poignées de poudre.

Elle remit le pochon à Rig et dit :

— Voilà, porte ça autour de ton cou, sous tes vêtements, pour que ta poudre puisse sentir ton énergie. Ainsi, elle restera en vie. Cette poudre a dû voyager sur une longue distance pour arriver aussi faible. Courageuse petite poudre. Son propriétaire vous sera reconnaissant lorsque vous la lui ramènerez. Si nous parvenons seulement à deviner à qui elle appartient.

Soudain, Madgwick eut une idée.

— Justement, elle n'aurait jamais quitté son maître à moins qu'elle n'ait été envoyée en mission. Si cette poudre est ici sans son guerrier, alors c'est qu'elle a été dépêchée.

— Comme un avertissement, tu veux dire ?

Rig et Angie dévisagèrent Madgwick, incrédules.

— C'est possible.

— Tu crois que des ennuis nous attendent ? Comme les ombres frémissantes ?

— Elles pourraient surgir à n'importe quel moment à Drakmere, nous n'aurions pas besoin que de la poudre nous prévienne.

— Alors un message : si la poudre venait d'un guerrier, elle cherchait peut-être un autre guerrier… nous.

— De la part de qui ?

— Les anciens et les guerriers savent que nous sommes ici.

— Cela veut donc dire qu'un guerrier a franchi un portail, ou alors que la poudre a été envoyée à travers un portail.

— Si un guerrier avait franchi un passage, sa poudre serait restée avec lui. Elle a dû être envoyée à travers une porte pour essayer de nous atteindre et de nous communiquer un message urgent.

— Mais… quoi ?

Rig donna un coup de pied dans une pierre tout en arpentant la clairière.

— Quelle serait la raison numéro un pour laquelle un guerrier enverrait sa poudre en guise de message, même si cela risquait de la tuer ?

— Des enfants à Drakmere, répondit Madgwick en se levant.

— Tu crois qu'un autre enfant a été enlevé par Wiedzma ?

— Je ne sais pas… je ne pense pas qu'elle soit impliquée, sinon le guerrier serait ici avec sa poudre. Non, l'enfant a dû passer sans que Wiedzma ne s'en rende compte.

— C'est la raison de ce message silencieux : un enfant à Drakmere, trouvez-le rapidement avant que Wiedzma ne le découvre.

— Quel enfant ? demanda Madgwick.

— Un seul me vient en tête, qui se trouve être un attrapeur de rêves, dit Rig.

— Non ! Il ne ferait jamais ça, répliqua Madgwick, la bouche grande ouverte.

— Pour vous retrouver tous les deux, si, il en serait capable, objecta Angie.

— Comment pouvons-nous le retrouver ?

Madgwick resserra son sac sur son épaule, se préparant pour une course à travers bois. Ils allaient devoir abandonner Angie derrière eux si elle ne voulait pas voyager plus vite.

— Je peux essayer de les trouver. Donnez-moi un moment, dit-elle.

Elle cueillit précautionneusement quelques champignons rouges vénéneux, les empila sur la souche d'arbre autour de laquelle elle s'était enroulée un peu plus tôt et y ajouta de la mousse verte éclatante.

— As-tu de la racine de pongsap ? demanda-t-elle à Madgwick.

Dubitatif, Madgwick fouilla dans son sac et lui tendit un petit morceau de racine putride et nauséabonde.

Angie fronça le nez en l'ajoutant sur la pile, s'arracha quelques cheveux et cracha sur le tout.

En grommelant quelques paroles, elle lâcha une poignée de poussière au-dessus du tas, d'où se dégagea aussitôt une fumée vert émeraude.

— Et voilà, dit-elle.

Les vapeurs acides firent monter les larmes aux yeux de Madgwick. Il jeta un coup d'œil à Rig, qui essuyait lui aussi ses paupières du revers de la manche. Angie, quant à elle, avait fabriqué des lunettes pailletées scintillantes qu'elle avait placées devant ses yeux.

— Merci de nous avoir prévenus, Angie ! lui reprocha Rig.

D'un geste de la main, il chaussa ses lunettes de poudre argentée.

Madgwick en fit de même et s'avança à côté de Rig pour regarder

Angie réciter un sort à base de « retrouve l'enfant ».

Angie regarda autour d'elle d'un air impatient et posa enfin les yeux sur les arbres, un sourire satisfait aux lèvres.

Quelques instants plus tard, les arbres commencèrent à osciller et les lourdes branches se plièrent. Elles craquaient en se penchant. D'une démarche sautillante, Angie rejoignit un grand arbre dont l'écorce était rugueuse et parcourue de profonds sillons. Elle colla son oreille contre le tronc et hocha la tête.

— Ah, ah… ah, ah… et… vraiment ?

Angie revint en bondissant vers le tas fumant et le couvrit de poudre violette, le sourire jusqu'aux oreilles.

Rig fixait toujours l'arbre.

— Apparemment un arbre vient de parler à Angie, voilà qui est totalement inédit pour moi. Qu'a-t-il dit ?

— Il a dit que deux créatures étranges et une créature familière progressaient lentement dans la forêt.

Madgwick était stupéfait. Comment deux enfants avaient-ils pu pénétrer à Drakmere ? Bon sang, mais que se passait-il donc ? Se pouvait-il qu'il s'agisse de Jeff, Rhed et Matt ?

— Comment ça… une créature familière ? demanda-t-il.

— Nous allons devoir les retrouver pour en savoir plus.

Angie tapait du pied, visiblement très agacée et particulièrement pressée.

— Allez, les guerriers, je suis fatiguée de vous attendre. Vous avez l'art de ralentir une équipe de sauvetage, vous deux ! N'auriez-vous rien de plus rapide que votre ersatz de balai ? Faut-il que je fasse tout par ici ? Puisez un peu de motivation, que diable ! Soyez les guerriers que vous avez été formés pour devenir… Nom d'une étoile filante !

— Pardon ? s'exclama Rig.

Madgwick lui donna un coup d'épaule.

— Tais-toi, au moins elle ne se morfond plus, et elle est prête à avancer. Et *surtout*, notre mode de transport ne sera plus ce satané balai.

— C'est vrai, répondit Rig en affichant un grand sourire.

Madgwick jeta de la poudre dans les airs et les contours d'une motocross prirent forme. Il en avait déjà utilisé une, un jour où il avait dû traverser la forêt en toute hâte. Il espérait qu'Angie ne serait pas rebutée par cette idée. Il se retourna et son visage s'illumina.

Angie avait ses lunettes violettes scintillantes sur le nez et un casque de la même couleur vissé sur les cheveux, et des bandes de poudre mauve décrivaient un mouvement de balancier devant ses yeux.

Madgwick éclata de rire.

— Ce sont des essuie-glaces ?

— Ils servent à éloigner les insectes de mon visage, répondit Angie en gloussant – un son cristallin qui jurait avec l'ensemble de sa personne.

— Par où ? lança Madgwick par-dessus le vrombissement du moteur.

Il était tout excité à l'idée d'avancer enfin.

Angie était assise derrière lui, les bras passés autour de sa taille.

— Les enfants sont environ à trois forêts et quatre ruisseaux de nous, ils se dirigent vers le soleil couchant.

— Angie, commença Rig.

Il hésitait, comme s'il craignait que ce qu'il s'apprêtait à dire la plonge de nouveau dans le chagrin.

— Nous ne laisserons pas Drakmere retenir ce qui nous appartient, ni les enfants, ni Gwyndion, ni votre balai.

Angie lui adressa un grand sourire.

— Je le sais.

Madgwick soupira intérieurement. Cela risquait de signifier que leur séjour à Drakmere était loin d'être terminé.

— C'est urgent, je le sens, alors en route !

Les guerriers firent vrombir leurs motos et baissèrent leurs lunettes devant leurs visages. Madgwick regarda Rig en hochant la tête et ils fusèrent à travers bois. Au bout de quelques secondes, Madgwick grimaçait de douleur sous les hurlements haut perchés qu'Angie poussait à son oreille.

— L'arbre, Madgwick, attention à cet arbre. Tu vois ? Tourne... Tourne ! Tu aurais dû contourner l'arbre par la gauche, la droite porte malheur. Pouah, tu t'es pris ce moucheron, Madgwick ! Essaie d'éviter les insectes !

Madgwick grinça des dents et lança un regard en coin vers Rig. Il aurait juré qu'il avait vu les épaules du guerrier secouées par un rire. Madgwick pinça les lèvres. À la prochaine pause, il allait débarquer Angie sur la moto de Rig.

10

Phoebe choisit le chemin qui menait vers le château et ouvrit la marche. Ils discutaient gaiement du balai fantastique qui les accompagnait. Ce dernier voletait en tournoyant, visiblement pour tenter de les impressionner.

Rhed était particulièrement proche du balai, il lui parlait constamment.

— Va chercher, s'écria-t-il en lançant dans la forêt une pomme de pin qu'il avait ramassée par terre.

— Ce balai n'est pas un chien, dit Jeff, mais à sa grande surprise, le balai se précipita vers le projectile.

Ils éclatèrent de rire lorsque le balai revint, la pomme de pin bien en équilibre sur les poils de sa queue. Le nouveau jeu du balai les occupa pendant un moment et ils lui lancèrent à tour de rôle divers objets qu'ils avaient trouvés sur le sol de la forêt.

Ils étaient si concentrés que Jeff ne se rendit pas compte de la distance qu'ils avaient parcourue. Ils franchirent une dernière rangée d'arbres et découvrirent soudain le château en ruines qui les surplombait.

— Ooooh, il est si vieux et tout écroulé, c'était sans doute un château spectaculaire avant. C'est à la fois triste et excitant, dit Phoebe dans un souffle, les yeux brillants tandis qu'elle admirait le site à l'abandon.

Le château avait encore quelques murs dressés, mais aucun n'était assez haut pour avoir soutenu un plafond, et aucun toit ne venait abriter le plancher des intempéries. La forêt avait repris ses droits sur le château et son domaine. Des carrés d'herbes vertes formaient comme un puzzle en éclaircissant les vastes espaces entre les murs, où se trouvaient sans doute autrefois des salles à manger et des passages.

Des marches cassées et effritées montaient vers le ciel avant de s'interrompre brutalement, tandis que d'autres s'enfonçaient vers des aventures oubliées. Aucune des marches ne menait nulle part. À mi-hauteur des murs en brique se trouvaient des paliers inatteignables qui demeuraient là, ainsi que des rebords de fenêtres en saillie. Des fenêtres qui offraient sans doute autrefois une vue imprenable sur la forêt.

Des arbres poussaient parmi les ruines et du lierre se mêlait aux rochers et aux gravats. Seule une tourelle circulaire avait encore un toit, mais Jeff ne distinguait ni fenêtre ni porte d'entrée.

Ils grimpèrent sur un vieux pont-levis vermoulu, réduit à deux larges poutres abîmées par le temps qui enjambaient grossièrement un large fossé.

— C'étaient sans doute des douves, dit Jeff. Attention de ne pas glisser sur ces planches !

Il traversa. Les douves étaient vides et les pierres rongées par la mousse. Des touffes d'herbe et un parterre de fleurs sauvages leur donnaient des allures de composition florale dans un kaléidoscope de couleurs. Ils se dirigèrent ensuite entre les pans de murs écroulés du château, escaladant prudemment afin de ne pas déloger les blocs de pierre et risquer un éboulement.

Jeff prit la tête des opérations.

— Trouvons un endroit où dormir, où nous serons aussi à l'abri. Séparons-nous, mais il nous faut rester dans l'enceinte du château et ne pas nous perdre de vue. Personne ne va dans la forêt… d'accord ?

— D'accord ! répondirent en chœur Rhed et Phoebe.

Ce fut le cœur léger qu'ils se séparèrent. Le balai resta avec Rhed. Jeff entra dans le château et découvrit un arbre doté des plus grosses racines qu'il ait jamais vues. Ils pouvaient dresser le camp ici. C'était sans doute un figuier, car de petites figues noires s'étaient écrasées tout autour. Mais Jeff ne faisait pas confiance à ce qu'il trouvait à Drakmere. Il se saisit d'un bâton et piqua légèrement l'un des fruits sur le sol.

— Si ça ressemble à une figue et que ça sent comme une figue, alors c'en est certainement une, se dit Jeff.

Il la ramassa, la renifla et, haussant les épaules, y donna un coup de dents. C'était bien une figue. Il s'autorisa à expulser l'air qu'il retenait dans ses poumons. Il rassembla alors les autres fruits et les entassa près des racines de l'arbre. Voilà le dîner ! Il s'apprêtait à poser son sac à dos et à aller chercher les autres lorsqu'un hurlement déchirant résonna dans les ruines.

— Phoebe ! s'écria Jeff.

Il tourna les talons et s'élança en direction du cri.

— Jeff, Jeff... À l'aide ! appela Rhed.

Le cœur de Jeff battait si fort qu'il pouvait entendre le sang cogner dans ses oreilles. Il franchit un angle de mur et ses pieds s'arrêtèrent net sur les pierres moussues, tandis qu'il agitait les bras pour ne pas perdre l'équilibre. Il tressaillit en voyant Rhed et Phoebe immergés jusqu'à la taille dans une flaque de boue, en train de s'enfoncer lentement. Le bord de la flaque s'effondrait progressivement, élargissant encore plus l'étendue boueuse.

— C'est sûrement des sables mouvants. Essayez de ne pas vous débattre, lança Jeff en cherchant des yeux une branche solide.

Il en trouva une et la rapprocha du côté de Phoebe. Allongé par terre au bord des sables mouvants, il poussa la perche vers elle. La jeune fille haleta en essayant de se raccrocher aux feuilles avant de parvenir enfin à saisir fermement la branche dans ses poings. Elle écarquillait les yeux en regardant Jeff, comme pour l'implorer silencieusement de ne pas la lâcher.

— C'est ça, regarde-moi, Phoebe. Maintenant tiens-toi bien, ne te débats pas et ne donne pas de coups de pieds, d'accord ? Regarde-moi et laisse-moi te tirer de là.

La boue sombre ressemblait à du chocolat liquide et elle produisait des bulles, comme si elle était en train de bouillir. Jeff jeta un coup d'œil à Rhed, qui s'était déjà enfoncé dans la boue jusqu'au torse. Son visage était blême et il regardait fixement son ami. Ses lunettes avaient glissé le long de son nez, mais il n'avait aucune main libre pour les remonter. Jeff tira Phoebe vers lui. Alors que sa main touchait presque la sienne, la jeune fille s'enfonça un peu plus. Il s'avança aussitôt et le bord de la flaque s'effrita encore davantage.

Jeff glissa dans la boue. Il s'efforça de se redresser pour maintenir ses bras au-dessus de l'épais bouillon. Dans sa tentative pour interrompre sa glissade, ses doigts griffaient le sol autour de la flaque. Soudain, ses pieds rencontrèrent un petit rebord. Peut-être était-ce une racine qui dépassait, ou une pierre. Quoi qu'il en soit, il ne descendit pas plus bas. Tenant toujours la branche dans une main, il se pencha et attrapa la main que lui tendait Phoebe. Il tira de toutes ses forces, s'arc-boutant contre la boue qui freinait son mouvement, et parvint à rapprocher Phoebe de lui. Elle lâcha la branche, qui disparut sous la surface en produisant des gargouillis et quelques bulles supplémentaires.

— Phoebe, s'écria Jeff, j'ai le pied bien calé, sans doute sur une racine. Pose tes pieds sur mes genoux pour m'escalader comme une échelle.

Elle battit des jambes avant de trouver les genoux de Jeff, puis elle essaya de se lever. Mais son pied dérapa.

Jeff s'exclama :

— Ce n'était pas mon genou, Phoebe !

— Désolée, désolée, bredouilla-t-elle.

Elle retrouva l'équilibre et grimpa sur Jeff, avant de rouler à l'abri sur le sable sec, à bout de souffle. Jeff jeta un coup d'œil à Rhed, qui était à présent dans la boue jusqu'aux aisselles. Son cœur se serra lorsqu'il lut l'horreur et la panique sur le visage de son ami.

— Phoebe ! Trouve une autre branche, et vite !

Phoebe se hissa sur ses pieds et tituba en cherchant quelque chose, n'importe quoi, pour aider Jeff et Rhed. Le balai, qui n'avait cessé de décrire des allers et retours frénétiques, impuissant, surgit au-dessus de Rhed et resta en lévitation.

— Attrape le balai, Rhed, et accroche-toi. Il va te tirer sur le côté.

Mais le bras gauche de Rhed était déjà enfoncé et il ne pouvait pas le sortir de la boue.

— Tiens bon, Rhed !

Jeff leva les yeux vers le balai, toujours suspendu au-dessus de son ami.

— Viens ici, balai.

Ce dernier fila vers Jeff, qui attrapa le manche exactement comme lorsqu'ils avaient franchi le ravin.

— Maintenant, emmène-moi jusqu'à Rhed. Bon balai.

Les lunettes de Rhed étaient déjà tout éclaboussées et ses dreadlocks étaient maculées de boue molle. Jeff sentit la substance poisseuse tirer sur ses vêtements comme pour le retenir, le faire tomber du balai et le maintenir prisonnier de la flaque.

Tracté par le balai, Jeff se rapprocha de Rhed. Accroché par un bras, il attrapa celui de son ami dans la boue et le tira vers le haut, parvenant à le dégager dans un fort bruit de succion. On aurait dit la bonde d'un évier que l'on retire. Jeff, toujours cramponné à Rhed, tira jusqu'à ce que son ami réussisse à passer un bras sur le balai. De la sueur ruisselait le long de ses tempes. Les bras de Rhed étaient rigides, ce qui n'arrangeait rien. Jeff chercha à atteindre son autre bras. Le balai fit un soubresaut qui le rapprocha encore plus de la surface de la boue.

— Il ne peut pas supporter nos deux poids, siffla Jeff avant de lâcher le balai.

— Non ! gargouilla Rhed en crachant la boue de sa bouche.

— Allez, balai. Ramène Rhed sur le bord et reviens… allez… bon balai !

Jeff se sentait étrangement calme et apaisé. Il vit Rhed traîné jusqu'au bord de la flaque. Phoebe l'attrapa par les bras et se pencha en arrière de toutes ses forces pour l'aider à sortir de la boue. En quelques secondes, les jambes de Rhed étaient dégagées et il roula loin du bord, ses membres emmêlés avec ceux de Phoebe et le manche à balai.

Jeff sentait qu'il s'enfonçait rapidement. Son sac à dos l'entraînait et il ne pouvait rien faire pour ralentir son inexorable immersion.

— Balai ! hurla Jeff, la bouche si proche de la surface que la boue menaçait d'y pénétrer.

Le balai fusa dans les airs à l'instant où le garçon prenait une grande inspiration et fermait la bouche pour empêcher la boue de s'y déverser. Il sentit un frisson le parcourir lorsque la boue lui boucha les narines. Il tourna les yeux et prit conscience que le balai était juste au-dessus de lui, mais il était trop tard. Ses bras étaient enfoncés et il ne pouvait pas les tendre. Il ferma les paupières et la boue se referma aussitôt au-dessus de sa tête.

Jeff s'enfonça, se dérobant à leur vue. Quelques mèches de cheveux d'un brun habituellement clair dépassèrent encore de la boue impitoyable avant de disparaître à leur tour.

Rhed poussa un hurlement et plongea ses bras dans la boue, comme s'il pouvait ramener Jeff en ramant désespérément. Mais des bulles éclatèrent à la surface, à l'endroit où avait disparu le garçon. Les lèvres de Phoebe tremblaient et des larmes dévalèrent ses joues. Rhed et Phoebe regardaient fixement la boue sous laquelle Jeff s'était enfoncé, comme s'ils n'en croyaient pas leurs yeux. Ils ne clignaient pas des paupières de peur de rater le garçon si ce dernier réussissait à leur tendre la main dans un ultime effort. Mais il n'émergea plus. Il avait disparu.

Rhed retomba sur les fesses et regarda le balai toujours en lévitation.

Le balai revint vers lui et l'effleura doucement avant de s'élever très haut dans le ciel. Il resta un instant suspendu, puis il se tourna vers le bas et descendit en piqué comme un boulet de canon en direction des bulles dans la boue, à l'endroit où Jeff venait de s'enfoncer. Quelques secondes plus tard, le balai avait disparu.

Rhed roula sur le dos, le regard perdu dans l'immensité bleue du ciel. On n'entendait que les reniflements de Phoebe.

Il se redressa alors et dit :

— Viens, éloignons-nous de cette immonde boue puante. Peut-être que le balai le retrouvera. Dans tous les cas, ça ne servirait à rien de nous laisser à nouveau prendre au piège. Allons chercher un endroit où attendre.

Il se leva en titubant et prit la main de Phoebe pour la hisser à son tour sur ses pieds.

— Qu'est-ce qu'on fait, maintenant ? demanda-t-elle faiblement.

— Je n'en sais rien.

Rhed déglutit à plusieurs reprises. Il avait la gorge nouée.

Ils se frayèrent un chemin entre les ruines tout en essayant de se débarrasser de la boue séchée collée à eux. Rhed tendit le doigt vers le plus grand arbre qu'ils apercevaient et ils le rejoignirent. C'était le figuier, sous lequel se trouvait le petit tas de figues que Jeff avait laissées pour le dîner.

— Le balai l'a suivi. Il le ramènera. J'en suis certain. Il n'aurait pas plongé s'il n'y avait aucun espoir, marmonnait Rhed tout en contemplant la figue intacte qu'il tenait dans sa main.

Phoebe s'assit et ramena ses jambes contre elle, la tête posée sur ses genoux. Ensemble, ils regardèrent l'horizon et le silence s'étira. Chacun était absorbé dans ses propres pensées.

— C'est très calme, dit Rhed en brisant le silence.

— Oui, à part ce curieux souffle d'air, comme un battement d'ailes, dit Phoebe en levant les yeux au ciel. Tu l'entends ? Est-ce que ça pourrait être le balai, avec Jeff ?

Rhed inclina la tête. Il plissa les yeux comme s'il essayait de situer le son. Soudain, il rouvrit les paupières et bondit sur ses pieds.

— Phoebe, grimpe à l'arbre et monte aussi haut que tu le peux.

Il s'affaira autour de l'arbre et récupéra une branche suffisamment longue et dure pour servir d'arme. Phoebe lui lança depuis la première branche sur laquelle elle était perchée :

— Que se passe-t-il ? Quel est ce bruit ?

Rhed tendit les mains, paumes levées.

— Plus haut, hurla-t-il. Grimpe plus haut. La dernière fois que j'ai entendu ce bruit, c'était quand les ombres frémissantes approchaient. Nous sommes dans de beaux draps. Grimpe plus haut, Phoebe !

— Rhed, allez, viens avec moi ! s'exclama-t-elle d'une voix où prédominait la panique.

Rhed tourna le dos à l'arbre sur lequel Phoebe était juchée. Elle baissa ses grands yeux marron sur le garçon.

— C'est de pire en pire, s'exclama-t-il.

Il s'apprêtait à essayer d'escalader l'arbre, aussi raides que soient ses membres, lorsqu'il perçut un mouvement. Il se figea. Des yeux rouges le regardaient. Il y en avait plusieurs paires, comme de petits néons dans une boîte noire.

— Oh, non ! Pas encore ! chuchota-t-il.

Après ce qui s'était passé avec Jeff dans la boue, les ombres frémissantes ne l'inquiétaient plus autant. Mais il avait peur pour Phoebe : elle ignorait ce dont ces ombres étaient capables.

— Qu'est-ce que c'est, Rhed ? Je ne vois qu'une brume noire avec des yeux rouges brillants ! Que fait-elle ? murmura Phoebe.

— Ce sont les ombres frémissantes dont nous t'avons parlé. C'est comme un cauchemar, sauf que tu es réveillée. Ton cauchemar sera différent du mien.

Rhed prit une profonde inspiration en regardant les yeux rouges qui le dévisageaient.

— Qu'attendent-elles ? s'écria Phoebe.

— Je n'en sais rien… la dernière fois que j'ai été attaqué, j'ai cru être dévoré vivant. Des dents m'ont grignoté la chair et les os. J'ai senti comme un millier d'aiguilles et de dagues. Ce n'était pas seulement les morsures, mais elles m'ont aussi sucé et aspiré comme si elles essayaient de me dépecer.

— Oh, bon sang, s'exclama Phoebe en grimpant plus haut.

Rhed fit la grimace pour chasser ces mauvais souvenirs. Même Jeff n'avait pas idée de ce qu'il avait subi la dernière fois que les ombres frémissantes l'avaient attaqué.

Ils étaient encerclés. Rhed faisait tournoyer une épaisse branche, les yeux écarquillés de terreur comme s'il avait conscience que son arme de fortune ne lui serait d'aucun secours. Les yeux avancèrent, il y en avait quatre au total, non… six…

— Il y en a trop ! fit Rhed d'une voix étranglée.

— Rhed, grimpe, je t'en supplie, Rhed !

Phoebe agitait frénétiquement les bras. Elle manqua de perdre l'équilibre en essayant de tendre la main pour que Rhed se cramponne et la rejoigne dans l'arbre.

Le nuage de fumée les assaillait de tous côtés, se détachant des murs du château en ruines, jusqu'à ce que Rhed ne distingue même plus les formes en approche. Rhed se baissa instinctivement lorsqu'une explosion retentit juste derrière les ombres. On aurait dit qu'une pluie de paillettes argentées tombait tout autour de lui. Une fois que la vive lueur se fut estompée, Rhed aperçut deux guerriers sandustiens debout dans la brume. Rhed se laissa tomber contre l'arbre, et la branche roula au sol dans un bruit sourd.

11

Madgwick regarda attentivement Rhed, appuyé sans défense contre l'arbre. Son t-shirt pendait sur son short ample, qui s'arrêtait juste au-dessus de ses genoux flageolants. La branche qu'il avait agitée aurait été parfaitement inefficace contre les ombres frémissantes, mais au moins le garçon ne comptait pas capituler sans combattre.

— Qu'est-ce que tu attends ? Monte à l'arbre, aboya Rig.

Rhed escalada maladroitement le tronc, sans avoir besoin qu'on le lui demande deux fois. Il ne semblait pas avoir été blessé par les ombres, mais ses mouvements étaient raides et malaisés. Il dut s'y reprendre à plusieurs fois avant de parvenir à s'accrocher à une branche.

Madgwick jeta un regard circulaire. Jeff n'était nulle part. Il entendit alors un bruissement dans l'arbre, et il en déduisit que le garçon devait déjà se trouver à la cime.

Il fronça les sourcils. Cela ne ressemblait pas à Jeff de monter se mettre à l'abri en laissant Rhed se défendre, à moins que Jeff ne soit blessé. Il tapota sa fidèle sacoche suspendue dans son dos. Ils s'inquièteraient de l'absence de Jeff après avoir réglé leur compte aux horreurs qui les attendaient. Reportant son attention sur les ombres frémissantes, il vit que la brume aux yeux rouge sang avait fait demi-tour pour les affronter.

— Quand arrêterez-vous de vous en prendre à plus petit que vous ? demanda Madgwick d'un ton las, tout en se plaçant en position de combat.

Ses bras pendaient le long de son corps et il regardait les ombres qui avançaient. On pouvait les vaincre, mais si elles prenaient l'avantage et les mordaient, elles risquaient de s'avérer mortelles.

Madgwick savait qu'il ne fallait jamais sous-estimer l'ennemi. Il ouvrit lentement la main et une épée en argent scintillante se déploya sur toute sa longueur. Une courte dague jaillit dans son autre main. Il inclina discrètement la tête vers Rig.

Rig avait rejeté son manteau derrière lui et se tenait sur le côté, les bras croisés sur sa poitrine. Sa tête était tournée et ses yeux, rivés sur les ombres, étincelaient d'une lueur violette. Il avait un petit sourire aux lèvres, comme s'il se réjouissait à la perspective de se battre. Un fouet enroulé brillait dans sa main.

Les ombres frémissantes attaquèrent, assaillant les deux guerriers sur tous les fronts à la fois. Madgwick bondit avec aisance et fit un saut périlleux dans les airs. Son épée trancha les ombres lorsqu'il glissa en dessous, leur arrachant un hurlement de colère. Une brume noire explosa à l'endroit où les ombres se tenaient quelques instants plus tôt. Madgwick atterrit et s'accroupit à ras de terre. Il tendit la jambe sur le côté pour garder l'équilibre et la dague dans sa main s'enfonça dans une ombre au-dessus de sa tête. Elle s'évapora lorsque la dague fendit la brume sombre. Chacun de ses gestes était précis. Ses pieds touchaient à peine le sol. Il dansait et tournoyait, détruisant les ombres frémissantes à chaque coup de lame sans s'approcher de la brume noire.

Rig fit claquer son long fouet, qui s'enroula autour de plusieurs ombres frémissantes. Il les enserra jusqu'à ce qu'elles hurlent. Lorsque le fouet fit éclater les ombres en deux sous sa pression, la brume qui s'était déplacée s'éleva dans les airs avant d'être emportée par une légère brise.

Trois ombres se ruèrent sur Rig. Il tourna et s'élança vers un pan de mur à moitié affaissé. Il se servit de son élan pour faire trois grandes enjambées à la verticale contre la muraille, s'élevant au-dessus des ombres. Dans un saut périlleux arrière, il atterrit hors de leur portée. Lorsqu'il se retourna, il affichait un sourire féroce. Il ouvrit la main et trois jets de poudre en jaillirent, allant empaler les ombres frémissantes, les illuminant comme des nuages d'orage chargés d'électricité statique. L'éclat fut de plus en plus vif jusqu'à ce que les ombres tout entières soient baignées de lumière avant d'exploser comme un coup de tonnerre.

Madgwick avait une tornade de poudre dans chaque main. Il tenait les spirales scintillantes en équilibre. Lorsqu'il les lança vers les deux ombres frémissantes, elles furent aspirées dans l'œil du cyclone. Les ombres se mirent à dériver, entraînées comme des toupies dans un tourbillon, avant d'être réduites à néant, absorbées par la poudre argentée.

Une fois que ses adversaires brumeuses se furent évaporées, la poudre revint dans les mains de Madgwick. Il jeta un coup d'œil à Rig qui se déplaçait à la vitesse de la lumière. Le sourire aux lèvres, il revint à la charge. Les ombres frémissantes n'avaient aucune chance contre Rig et ses nombreuses années d'expérience au combat.

Madgwick regarda brièvement Angie et les battements de son cœur s'accélérèrent. Devant elle se tenaient quatre créatures de cauchemar, sorties tout droit d'un film de momies. Leurs bandages pendaient autour d'elles, flottant comme du tissu dans le vent. Une sorte de barbe à papa noire se détachait entre les bandelettes. Les créatures se balançaient à droite et à gauche, dans un mouvement hypnotique, tel un serpent qui se déploie. Angie tapa du pied avec impatience, elle n'avait ni le temps ni l'envie de supporter ces bêtises.

Madgwick attira l'attention de Rig et lui indiqua Angie d'un bref mouvement de la tête. Le sourire de Rig fut aussitôt remplacé par un froncement de sourcils. Madgwick comprenait, au brusque changement d'expression de Rig, qu'ils devaient en finir avec les ombres frémissantes avant de porter secours à Angie.

D'après ce que voyait Madgwick, la sorcière se contentait de taper du pied, ce qui lui semblait un piètre moyen de défense. Madgwick jeta un coup d'œil derrière lui, vers les dernières ombres frémissantes qui progressaient rapidement. Il leva les bras au-dessus de sa tête et lança son filet argenté, qui vola à travers les airs pour atterrir lourdement sur les ombres. Ces dernières furent plaquées au sol. Elles avaient beau se tortiller, le filet les maintenait en place, les écrasant les unes contre les autres jusqu'à ce qu'elles éclatent une par une dans un nuage de fumée. Une fois vide, le filet se ramassa et revint précipitamment dans les mains de Madgwick. Les quelques ombres frémissantes encore en lice battirent en retraite jusqu'aux arbres et disparurent de leur vue.

Madgwick jeta un coup d'œil à Rig, qui se tenait à cheval sur une ombre frémissante. Le gigantesque poing formé par sa poudre magique vint percuter le nuage, le perçant d'un trou qui envoya la brume gicler de tous côtés en se désintégrant. Madgwick croisa le regard de Rig. Il hocha la tête et eut un sourire crispé. Les yeux violets du guerrier brillaient de mille feux.

Angie se tenait à côté de Rig. Elle inspectait ses ongles d'un air désabusé. Les momies n'étaient nulle part. Rig et Madgwick se tournèrent vers elle.

— Où sont-elles, Angie ?

— Oh, je leur ai dit de sautiller hors de ma vue.

Rig pouffa de rire, tandis que Madgwick balayait les ruines du regard. Bondissant aussi rapidement que le leur permettaient leurs petites pattes de grenouilles, quatre crapauds noirs s'enfuyaient d'un pas maladroit. L'un d'eux traînait toujours un bout de bandage derrière lui. Ils coassaient en sautillant.

Madgwick esquissa un demi-sourire. La compagnie d'Angie s'avérait très pratique. Il se dirigea vers l'arbre et scruta entre les branches.

— C'est bon. Tu peux descendre, maintenant.

Les feuilles de l'arbre s'agitèrent et les genoux cagneux de Rhed apparurent. Madgwick fut surpris de voir que le garçon éprouvait des

95

difficultés à descendre. Il pouvait à peine plier les genoux. Madgwick lança de la poudre dans les airs et forma deux mains argentées qui attrapèrent délicatement Rhed sous les aisselles pour le déposer au sol.

Le visage du garçon était livide et les commissures de ses lèvres légèrement relevées.

En entendant des froissements dans l'arbre, Madgwick envoya un autre jet de poudre en forme de main, mais son aide fut accueillie par un hurlement suraigu. Madgwick en fut si surpris que sa poussière d'argent revint aussitôt dans ses mains. Il se rapprocha du tronc et leva les yeux. Bizarre, la voix de Jeff était inhabituellement stridente.

Il cligna des paupières à plusieurs reprises. Solidement agrippée au tronc d'arbre, une jeune fille avait les yeux baissés vers lui.

Rhed s'approcha.

— C'est bon, Phoebe, ce sont les guerriers que nous espérions trouver. Ce sont des gentils.

— Vraiment ? répondit une voix douce et mélodieuse.

— Descends. La poudre magique est cool, elle ne te fera aucun mal. C'est comme ce pont que l'autre guerrier a fabriqué, chez nous.

Puis Rhed dit à Madgwick :

— C'est Phoebe, notre amie.

— Vous avez les yeux violets et ils luisent. Comment est-ce possible ? murmura Phoebe, toujours cramponnée au tronc d'arbre.

— Les yeux de tous les guerriers sandustiens sont violets et brillent ainsi.

Madgwick renvoya sa poudre et, cette fois, il ramena la fille toute tremblante sur le sol. Rig et Angie le rejoignirent et dévisagèrent les deux enfants qui se tenaient devant lui.

— Où est Jeff ? s'enquit Madgwick en scrutant de nouveau à travers les branches.

— Pourquoi êtes-vous à Drakmere ? demanda Rig en dardant sur Rhed un regard sévère.

Phoebe se blottit de nouveau contre l'arbre, apeurée par la férocité de sa voix.

— Pourquoi ? répéta Rig, les mains sur les hanches et les yeux étincelants. Vous n'avez donc rien appris de votre dernier voyage à Drakmere ? Nous ne serons pas toujours dans les parages pour sauver vos fesses. Vous avez de la chance que nous soyons arrivés à temps. Et où est Jeff ?

Rig regardait autour de lui comme s'il s'attendait à voir surgir Jeff de derrière un mur.

Rhed ouvrait et fermait la bouche tel un poisson, mais aucun mot n'en sortait.

Madgwick plissa les paupières en détaillant Rhed avant de se tourner vers la jeune fille, dont les yeux étaient humides mais ne pleuraient pas. Ses joues étaient sales et elle avait des traces de larmes séchées jusque sur le menton.

— Jeff ! Viens ici tout de suite, jeune homme ! s'écria Rig.

Il écarquillait les yeux, comme pour renforcer ses paroles, le doigt tendu vers ses pieds.

— Du calme, Rig, il y a quelque chose qui cloche, dit Madgwick.

Du coin de l'œil, il remarqua la mine soupçonneuse de Rig. Le jeune Rhed gardait les yeux baissés.

Angie s'approcha lentement du garçon et lui souleva le menton du bout du doigt. Elle regarda Madgwick en hochant la tête.

— Je pourrais leur lancer des sortilèges, mais je préfèrerais que tu utilises tes excellentes potions. Je crois que ces deux-là sont en état de choc.

Madgwick parla d'une voix apaisante.

— Les ombres frémissantes t'ont-elles attrapé ? Tu as mal ?

Il s'avança vers Rhed et fit courir ses mains sur ses épaules, à la recherche de marques de morsures. Il ne remarqua aucun saignement.

Puis il fit asseoir Rhed sur un bloc de pierre, sans doute une ancienne marche. Angie écarta Phoebe de l'arbre et l'installa juste à côté. Les deux enfants tremblaient. Madgwick examina brièvement la jeune fille, mais il ne vit aucune trace de dents, rien que des éraflures. Ils étaient couverts de boue séchée et avec toute cette crasse, il était difficile de savoir s'ils présentaient des blessures.

— C'est un nouveau look ? Camouflage ? observa-t-il pour détendre l'atmosphère et arracher un sourire à Rhed et son amie. Pourriez-vous les nettoyer un peu, le temps que je trouve un remède qui les aidera à se remettre de leur choc ? demanda-t-il à Angie sans la regarder.

Angie sourit et se frotta les mains.

— Avec plaisir. Le nettoyage m'amuse beaucoup. Je ne l'ai pas fait depuis longtemps.

La terreur se lisait sur le visage de Phoebe et les lèvres de Rhed étaient crispées dans une grimace méfiante.

Une lueur violette se dégagea des mains d'Angie et, dans un éclat lumineux, de la poudre mauve en jaillit. La poudre magique forma un seau et un chiffon. Le chiffon plongea dans le liquide savonneux. Lorsqu'il en ressortit, il s'essora sans produire la moindre goutte. De la poudre violette ruissela dans le seau scintillant, puis le chiffon se dirigea vers Phoebe et entreprit de la nettoyer méticuleusement.

Phoebe essayait toujours de crier. Elle dut retenir sa respiration lorsque le chiffon lui recouvrit le visage et se mit à frotter. Il emmêla ses cheveux avant de descendre le long de son cou. Le chiffon entra de force dans la bouche de Phoebe pour faire briller son appareil dentaire. Il essuya soigneusement tous ses vêtements, laissant sur son passage une traînée violette.

En quelques secondes, Phoebe fut propre de la tête aux pieds, mais on lisait toujours le traumatisme dans son regard.

Le chiffon retourna dans le seau et, dans un clapotis de lave-linge, il ressortit et essora son excès de poussière scintillante. Enfin, il s'écrasa mollement sur le visage de Rhed. Le garçon tourna la tête à gauche et à droite pour essayer de respirer, mais le chiffon était implacable. Bientôt, chaque centimètre carré de son corps étincela d'une lueur pourpre.

Madgwick s'agenouilla et fouilla dans sa sacoche en cuir brun, à la recherche de la potion qu'il avait déjà administrée à Rhed. Il déboucha une fiole et la lui tendit.

— Tiens, bois une gorgée, tu connais la chanson.

Lorsque Rhed vit le flacon, il eut un petit sourire en coin.

— C'est obligatoire ? Je ne suis pas blessé.

— Oui, ça va te donner de l'énergie. Ne discute pas avec Madgwick, grommela Rig.

Rhed prit la bouteille et but une gorgée. Ses dreadlocks se dressèrent sur sa tête et il haussa les sourcils. Il fit la grimace et sa langue sortit de sa bouche comme si elle voulait s'enfuir.

— Pouah, f'est franfement dégoûtant, dit-il tout en tirant la langue.

Ses joues reprirent peu à peu leurs couleurs.

Madgwick adressa à Phoebe un hochement de tête.

— À ton tour, juste une gorgée.

Rhed lui tendit la bouteille.

— Allez. Mieux vaut tout boire d'un coup. Une fois passé le mauvais goût, tu verras, toutes tes douleurs disparaîtront. Par exemple, je n'ai plus mal aux pieds malgré notre marche et je n'ai même plus faim.

Les yeux de Phoebe alternaient entre Rig et Madgwick, comme si elle se demandait s'ils étaient bien réels. Elle porta la fiole à ses lèvres et but. Le goût était si infect que sa main eut un soubresaut et elle lâcha la bouteille.

Madgwick la rattrapa avant qu'elle ne touche le sol et la rangea dans sa sacoche.

Phoebe se laissa tomber sur le dos. Elle avait les yeux grands ouverts et elle essayait de s'essuyer la langue avec la manche de sa veste.

— C'était écœurant. Je n'ai jamais rien goûté d'aussi mauvais de toute ma vie. C'était quoi ?

— Du vomi de grenouille, répondit Rhed d'un air sombre.

— Tu plaisantes ! Je viens de boire du vomi de grenouille ? Mais c'est répugnant !

Madgwick était toujours assis par terre, de sorte que ses yeux étaient au même niveau que ceux de Rhed. Il le regardait fixement.

— Où est Jeff ?

Rhed baissa les yeux et se mordit la lèvre.

— Il a disparu. Jeff a disparu.

— Disparu où ? Les ombres frémissantes l'ont emporté ?

— Non, bredouilla Rhed avant de poursuivre : Phoebe et moi, nous avons été happés par les sables mouvants. Jeff nous a porté secours…

La voix de Rhed était de plus en plus rauque.

Phoebe enchaîna :

— Jeff m'a tirée sur le côté et j'ai réussi à sortir, mais ensuite il est tombé en essayant d'attraper Rhed.

Rhed et Phoebe parlaient à tour de rôle.

— Mes bras étaient déjà enfoncés, alors Jeff a quitté le bord pour les extraire de la boue. J'ai pu attraper le balai.

— Puis le balai a tiré Rhed jusqu'à sur le bord, mais quand il est retourné chercher Jeff, il était trop tard. Il avait disparu sous la surface. Il n'était plus là.

— Le balai ? s'écria Angie. Mon balai est ici ?

Elle se mit à courir dans tous les sens, furetant à travers les ruines tout en criant :

— Mon balaiiii !

Rig baissa la tête et fronça les sourcils. Quelque chose ne collait pas.

— Pouvez-vous nous montrer où Jeff a disparu ?

Rhed et Phoebe acquiescèrent et se levèrent, avant de se diriger vers une grande flaque circulaire et marron, à découvert. Madgwick s'agenouilla et toucha la boue pour en sentir la texture.

— Ce n'est pas de la boue normale, c'est trop spongieux, dit Madgwick.

Rig fabriqua un bâton à l'aide de sa poudre magique et piqua la boue à différents endroits. Il secoua alors la tête et entra franchement dans la mare. Rhed et Phoebe étouffèrent un cri, mais Rig progressa dans la boue qui clapotait sans s'enfoncer au-dessus des chevilles.

— Il n'y a pas de trou ici, lança-t-il à Madgwick.

— Il n'y avait pas non plus de trou quand nous avons traversé, et puis, brusquement nous nous sommes retrouvés enfoncés dans la boue jusqu'à la taille, expliqua Rhed en avançant la lèvre inférieure.

— Mon balaiiii, mugit Angie en les rejoignant au bord de la mare. Où est-il allé ?

— Il a suivi Jeff. Ils se sont enfoncés tous les deux dans la boue. Ils ont disparu. Ils ne sont jamais ressortis.

12

— Asseyons-nous et écoutons toute l'histoire depuis le début, dit Rig en revenant à grandes enjambées vers le château en ruines après avoir invité Rhed et Phoebe à le précéder.

Rig alluma un feu de poudre, autour duquel les deux enfants se pressèrent. Ils n'avaient pas besoin de chaleur, mais appréciaient le réconfort qu'elle procurait.

Angie s'aventura dans la forêt pour, selon son expression, « grappiller de quoi manger ». Phoebe et Rhed tournèrent vivement la tête lorsqu'un hurlement retentit. Les yeux écarquillés, ils étaient bouche bée.

Rig s'apprêtait à se lever d'un bond lorsque Madgwick avança la main.

— Du calme. Ce n'est qu'Angie qui chante, je l'ai déjà entendue. Mais, euh… ne dites rien quand elle reviendra, à moins que vous n'ayez envie d'être changés en crapauds.

Rhed dévisageait Madgwick, la bouche grande ouverte et les sourcils au bord des cheveux.

Angie sortit en trombe de la forêt avec un panier rempli de fruits et de noix de toute sorte et de toute taille. Certains avaient une apparence étrange telle que Rhed et Phoebe n'en avaient jamais vu. C'étaient de petites billes vertes qui se tortillaient et ressemblaient curieusement à des vers. Angie leur confirma qu'il s'agissait des petites racines d'une fleur rose délicate, mais Rhed et Phoebe refusèrent catégoriquement d'en manger. Personne ne lui demanda où elle avait trouvé le panier. Tout en mâchant les fruits et les noix, Madgwick fit signe à Rhed de commencer son récit.

Avec empressement, Rhed leur parla du monstre momie qui poursuivait Jeff, leur racontant comment il les avait pris en chasse à travers la forêt. Il leur parla d'un guerrier, qui s'était présenté sous le nom d'» Horrifiant », ou quelque chose de ce genre.

— Ce n'était pas plutôt Horrigan ? demanda Rig.

— Oui, c'est ça, intervint Phoebe en hochant la tête, avant d'expliquer comment Horrigan leur avait appris que Rhed était en train de se transformer en arbre.

— Se transformer en arbre ? Angie, comment est-ce possible ? se récria Madgwick en fronçant les sourcils.

— Chut, répondit Angie en agitant les mains.

Elle se pencha vers Rhed et Phoebe. La jeune fille continua, leur rapportant comment Jeff avait réussi à ouvrir un passage et à le franchir.

— Il comptait se mettre à la recherche de l'arbre, et de vous aussi. Il a dit qu'il était capable d'ouvrir un portail, termina-t-elle piteusement.

— Pfff, soupira Rig.

— J'ai suivi Jeff, parce qu'il était impossible qu'il retrouve cet arbre sans moi, précisa délibérément Rhed sous le regard insistant de Rig.

— Et toi, comment es-tu entrée ? demanda Madgwick à Phoebe.

— Quand Horrigan m'a sauté dessus, il a lancé ses machins argentés... sa poudre... directement sur moi. J'ai eu peur et j'ai bondi derrière Rhed.

Rig hocha la tête.

— Eh bien, voilà qui explique la poudre solitaire. C'était Horrigan. Il nous a envoyé un message pour nous faire savoir que Jeff et ses amis se trouvaient à Drakmere.

— Et mon balai ? demanda Angie d'un ton calme.

Ses yeux émeraude étaient tournés vers le sol.

— Nous avons trouvé votre balai. Il était dans un pré, mais il semblait endormi, comme un balai normal. Jeff a dit que nous ne pouvions pas le laisser là-bas, alors nous l'avons ramassé et emporté avec nous.

— Ce balai est tout sauf normal, renifla Angie en passant ses mains dans ses cheveux noisette avant d'entortiller une mèche flamboyante autour de son doigt.

— Le balai a été fantastique, c'est aussi lui qui nous a sauvés de Zorka, murmura Phoebe.

— Qui ? demanda Madgwick en la regardant.

— Zorka, la sorcière louve, répondit Phoebe en fixant le feu comme si elle était hypnotisée par les flammes de poudre.

La lumière du feu projetait des étincelles dorées dans ses yeux chocolat.

— Zorka ?!? s'exclama Angie. Parle-moi de Zorka, ordonna-t-elle, les yeux brillants.

Ses lèvres étaient tellement pincées qu'elles formaient une fine ligne droite.

La jeune fille jeta un œil à Rhed avant de leur parler de la caverne. Jeff leur avait dit de ne pas entrer, car le parfum que Phoebe sentait était différent de celui que percevaient les garçons. Il avait ajouté que tout ce qui se trouvait à Drakmere n'était jamais comme il semblait l'être.

Rig eut un sourire sans joie.

— C'est une bonne chose qu'il se soit souvenu de nos recommandations. Dommage que sa mémoire ait été sélective et qu'il ait oublié certains de nos conseils.

Phoebe leur expliqua qu'elle avait entendu un chant et que, avant même de se rendre compte de ce qu'elle faisait, elle était entrée dans la grotte. Elle avait alors rencontré une vieille femme toute ridée, aux longs cheveux blancs, et Jeff était arrivé avec un engin lance-flammes. Elle termina par le hurlement de la sirène qui les avait pétrifiés. Ensuite, elle avait tout oublié.

Rig et Madgwick regardèrent Angie comme pour lui demander une explication.

— La sirène, dit Angie. C'est une arme employée pour immobiliser la victime.

Phoebe s'était murée dans le silence, comme si elle était redevenue captive de la grotte. Rhed continua avec sa version de l'histoire. Il avait ramassé le balai, qui s'était mis à se réchauffer et à bourdonner, avant de se précipiter dans la caverne. Peu de temps après, Jeff et Phoebe en sortaient à toute vitesse.

— Le balai a attaqué cette vieille femme et lui a fait voir trente-six chandelles. Il y est même retourné pour un deuxième round.

Rhed avait le sourire aux lèvres, mais il le perdit aussitôt.

Angie se tourna vers Madgwick et Rig.

— Elle reviendra dès qu'elle aura l'occasion de quitter sa grotte. Elle voyagera de nuit, car elle se flétrit à la lumière du jour. Nous n'avons pas de temps à perdre. Elle est peut-être déjà en route. Nous devons construire un abri. Nous pouvons choisir ce coin de salle comme base. À partir de là, nous dresserons une barrière sur le côté, qui servira de toit et d'entrée.

Rig regarda Madgwick :

— Nous ferions mieux de séparer nos pouvoirs pour soutenir le mur protecteur des deux côtés.

— Youhou, je ne suis pas invisible à ce que je sache ! s'écria Angie. Quand vous aurez besoin de combattre, et croyez-moi, ça arrivera, je protégerai Phoebe et Rhed avec ma magie.

La poudre jaillit des mains de Rig et forma un mur surmonté d'un toit. Il fit signe à Rhed et à Phoebe de pénétrer dans la coquille scintillante. Les enfants n'hésitèrent pas une seconde. De toute évidence, ils n'avaient pas envie de se faire attraper – ni par les ombres frémissantes ni par Zorka.

Une fois que tout le monde fut à l'intérieur, Madgwick écarta les mains et une pluie de poudre magique vint refermer l'entrée. Le toit scintilla et miroita comme le soleil sur une étendue d'eau. La poudre appelait au calme et sa chaleur se diffusa lentement à l'intérieur, donnant à la salle une douce impression de bien-être. Angie tapa dans ses bras et des coussins violets prirent forme un peu partout.

— Autant se mettre à l'aise en attendant la nuit, fit-elle en haussant les épaules.

L'ombre des ruines et l'obscurité de la forêt se fondirent l'une dans l'autre tandis que le soleil amorçait sa descente. Les bruits de la nuit s'élevèrent, poussés par les grenouilles et les criquets qui ignoraient l'arrivée imminente de Zorka.

Rhed et Phoebe se blottirent l'un contre l'autre, regardant fixement le feu, chacun perdu dans ses pensées. Madgwick jeta un coup d'œil à Rig.

Ce dernier leva les yeux.

— Drakmere... nous y avons perdu Gwyndion, Azghar et maintenant Jeff.

— Pas tout à fait, objecta Angie. Nous savons que Gwyndion est au château de Wiedzma et je sais où se trouve Azghar. Nous n'avons perdu que Jeff. Ce n'est pas si terrible.

Elle essaya de sourire, mais devant la mine fermée de Rig et de Madgwick, elle se ravisa.

— Savez-vous qui est Zorka ?

— Malheureusement, oui. C'est une sorcière louve. Elle est longtemps restée enfermée dans une salle obscure, prisonnière d'un puissant sortilège. D'une manière ou d'une autre, elle a dû s'en délivrer.

— À moins que ce ne soit quelqu'un qui l'en ait délivrée...

— À moins, en effet, que quelqu'un l'en ait délivrée, répéta Angie. Elle est cruelle, se nourrit du sang de ses victimes, qu'elle se garde bien de tuer. Elle les transforme en morts vivants qui la servent pour l'éternité. Ils ont pour unique objectif de lui apporter de nouvelles victimes.

— Des morts vivants, comme des zombies ? demanda Rhed en

repoussant ses dreadlocks sur ses épaules.

— Tout juste… tu as déjà eu affaire à eux ? demanda Angie gaiement, tout en agitant ses grands pieds.

— Pas vraiment, seulement dans les films, répondit Rhed en suivant du regard le mouvement de ses pieds.

— Il faudra faire très attention à son cri.

— Nous devrions peut-être mettre des bouchons d'oreilles ? suggéra Phoebe, les taches dorées de ses yeux bruns pétillant devant le feu de poudre ardent.

Angie afficha un sourire ravi.

— Voilà une excellente idée, ma petite.

Rig ferma la main et serra le poing. Lorsqu'il le rouvrit, il révéla deux paires de bouchons d'oreilles scintillants, qu'il offrit à Rhed et à Phoebe.

— Vous serez capables de nous entendre normalement, mais les hurlements stridents de la sirène de Zorka seront occultés.

Il tendit deux autres paires à Angie et à Madgwick avant d'obstruer ses propres oreilles.

La poudre avait parfaitement épousé la forme de leurs conduits auditifs, mais les bouchons étincelaient, si bien qu'ils semblaient avoir une lampe torche éclairée sous le crâne. Si l'ambiance n'avait pas été aussi morose, ils auraient trouvé ça drôle. La conversation redevint sérieuse.

Madgwick regarda attentivement Angie.

— Alors, d'après vous, où se trouve Jeff ?

Rhed et Phoebe levèrent la tête, soudain très intrigués.

— Comment ça ? Vous pensez qu'il est vivant ? souffla Rhed en remontant ses lunettes sur l'arête de son nez.

— Eh bien, de toute évidence, il est au bout de la boue, répondit Angie en soupirant, comme si c'était une question stupide.

Madgwick plissa les yeux et afficha une mine décontenancée.

— Il ne se trouve pas de notre côté de la mare, expliqua patiemment Angie. Si le balai l'a suivi, c'est bien que mon courageux et brillant destrier savait qu'il trouverait quelque chose à l'autre bout de la boue.

Angie tapa dans ses mains.

— Il a dû traverser toute la boue pour atteindre l'autre bout, sinon ils seraient restés coincés au milieu. Ils ne se trouvent plus à la surface, où nous les aurions aperçus, et s'ils étaient bloqués en pleine boue, ils auraient pu remonter, ce qu'ils n'ont pas fait. Cela signifie donc qu'ils ont atteint le bout de la boue.

Rig secoua la tête.

— Et où est donc ce bout de la boue ?

— Qui sait ? fit Angie en haussant les épaules.

— Génial, soupira Rig en levant les yeux au ciel.

Madgwick se tourna alors vers Rhed :

— Horrigan a parlé d'un remède… qu'est-ce qui ne va pas ?

Rhed leva le menton.

— Je n'en sais rien. Mes jambes et mes bras ont commencé à se raidir, et des oiseaux se sont mis à me suivre en voletant. Certains se posaient même dans mes cheveux !

— Ils faisaient leurs besoins sur sa tête toute la journée, et l'un d'eux a même essayé d'y installer son nid.

Phoebe étouffa un rire dans sa main et Rhed lui lança un regard assassin.

— Ce n'est pas drôle de retirer de la fiente d'oiseau de ses dreadlocks, j'aimerais bien t'y voir. Bref, j'ai commencé à entendre les arbres de plus en plus nettement et à apprécier par-dessus tout leur compagnie en pleine forêt. Un jour, le grand-père de Jeff, Thirza, m'a surpris en train de bavarder avec un arbre et il a voulu savoir ce que je faisais.

— Tu *bavardais* avec un arbre ? demanda Madgwick en se grattant la tête.

— Tu les *entendais* nettement ? s'exclama Rig au même moment.

— C'était une conversation à sens unique, dit Rhed. Thirza a marmonné quelque chose près de l'arbre, il avait l'air très inquiet. Puis il a dit qu'il allait parler aux anciens et m'a demandé de me tenir à l'écart de la forêt jusqu'à son retour.

— Tu ne me l'avais jamais dit. Tu es retourné dans la forêt tous les jours. Ça n'a fait qu'empirer les choses, dit Phoebe avec irritation.

Rig se tourna vers Angie. Sa longue queue de cheval noire et lisse fouetta son épaule.

— Cela pourrait-il être lié à son adoption ?

Angie se suça la lèvre inférieure.

— Eh bien, tout dépend du clan d'arbres qui l'a adopté. Il est rare que les arbres aiment un humain au point de vouloir le faire leur. Rhed, as-tu *envie* de devenir un arbre ?

— Non ! Oui… je ne sais pas, quand je suis en compagnie des arbres, je me sens tout ensommeillé, je suis bien, comme si j'allais dériver vers un rêve magnifique.

— Nous ne permettrons jamais que cette adoption ait lieu. C'est un garçon humain, il restera humain.

Madgwick se frappa la cuisse et le bruit sec fit sursauter Phoebe.

— Tu dois avoir raison, renifla Angie.

Une fois de plus, Rig leva les yeux au ciel.

— Bon, donc nous devons d'abord trouver l'arbre, puis ce remède pour Rhed, et enfin retrouver Jeff.

— Croyez-vous que Jeff est vivant ? demanda Phoebe.

— Difficile de le savoir, mais s'il l'est, alors il se trouve à l'autre bout de la boue, fit Angie en hochant la tête, comme si sa phrase était d'une logique imparable.

Madgwick regarda Rig.

— Nous n'abandonnerons pas non plus Gwyndion. Nous ne partirons pas avant de l'avoir retrouvée.

— Je sais, répondit Rig en pinçant les lèvres.

13

— Je dois parler à Azghar si nous voulons vaincre Zorka, déclara Angie en sortant de sa tunique une épaisse chaîne en or aux maillons intriqués.

Au bout de la chaîne se trouvait une boucle métallique. Un immense joyau couleur ambre brillait dans la boucle, à l'intérieur de laquelle il était suspendu sans en toucher les bords. La pierre tenait en place par magie et pivotait lentement sur son axe.

— Azghar ? Azghar. Tu m'entends ? Terminé.

Angie parlait d'une voix forte et claire.

Madgwick contemplait l'amulette comme s'il n'avait jamais rien vu d'aussi beau.

— Terminé ? murmurèrent Rhed et Phoebe.

— C'est pour indiquer la fin d'une phrase, leur expliqua Angie. Oui, il est là, vous l'entendez ?

Ils se penchèrent tous vers l'amulette, la tête inclinée pour essayer d'entendre. On devinait un léger bourdonnement.

Elle essaya derechef.

— Azghar, m'entends-tu ? Terminé.

Le bourdonnement cessa.

— Angie ?

— Nous avons un problème. Terminé.

— Comment ça, terminé ? Le problème est terminé ?

— Non, le problème est toujours d'actualité. Terminé.

— Alors qu'est-ce qui est terminé ? demanda Azghar d'une voix grave

110

où l'on sentait poindre l'étonnement.

— Rien n'est terminé, ça ne fait que commencer. Terminé.

— Angie, grommela Azghar.

Angie soupira.

— Il faut dire *terminé* pour indiquer la fin de la phrase. Terminé.

— Pourquoi ?

— C'est le protocole. Terminé.

— Mais…

— Fais-le, bon sang ! *Terminé*, s'exclama Angie en roulant de gros yeux.

Rig et Madgwick échangèrent un regard. Le bref silence fut suivi par un crissement, semblable à un bruit d'os broyés.

— Quel est le problème ? entendit-on, comme un soupir. Terminé.

Rayonnante, Angie regarda ses compagnons.

— Les enfants sont de retour à Drakmere. Terminé.

— Quels enfants ? Par tous les dragons, que se passe-t-il, Angie ?

Un silence s'ensuivit, puis un « terminé » maladroit retentit.

— Jeff a disparu à Drakmere, Rhed souffre d'une adoption arboricole, et il y a aussi une fillette ici, elle a les plus beaux brillants à dents que j'aie jamais vus. Terminé.

— Par les éclairs et le tonnerre ! Pourquoi y a-t-il des enfants à Drakmere ? *Terminé*, vociféra Azghar.

— Nous nous chargerons des enfants. Ce n'est pas le problème. Terminé.

— Qui est « nous » ? Terminé.

— Madgwick et Rig sont avec moi à Drakmere. Terminé.

— Quel est le problème, dans ce cas ?

Il y eut une pause et le mot « terminé » fut ajouté à la hâte.

La sorcière se pencha vers Phoebe et murmura :

— Décidément, il ne comprend pas le concept.

Elle secoua la tête, visiblement affligée.

— Zorka est à Drakmere. Terminé.

— Que diable fait Zorka à Drakmere ? Terminé.

— Je n'en sais rien, nous le saurons bien assez tôt, mais nous allons avoir besoin d'aide pour la vaincre. Terminé.

— Il nous faudra une magie puissante. Trouvez-le. Terminé.

— Trouver qui ? Terminé.

— Watroc. Terminé.

— Watroctermhiné ? Vraiment, on ne pourrait pas faire appel à quelqu'un d'autre ? Il est si mal luné. Et depuis quand se fait-il appeler Watroctermhiné ? Terminé.

— Oui... vraiment. Il faut consulter Watroc. Sa magie est aussi puissante que la tienne et la mienne. Avec nos trois pouvoirs combinés, nous serons capables de prendre Zorka au piège et de la lier. La dernière fois qu'on l'a vu, il se trouvait dans la vallée des Eaux Tumultueuses. Et il n'a pas changé son nom, il s'appelle toujours Watroc. Terminé.

— Très bien, nous reprendrons contact avec toi quand nous en saurons plus sur Zorka et Watroctermhiné. Terminé. Fin de la transmission.

Angie glissa son amulette dans la poche de son corsage.

— Qui est Azghar ? demanda Phoebe.

Rhed répondit avec un sourire en coin :

— Un gros dragon, un dur à cuire, avec des écailles bleu nuit qui luisent quand il se déplace. Il a de grandes dents, des piques dans le dos et tout le long de sa queue, et il a les yeux bleus. Il est vraiment formidable.

Le crépuscule disparut à l'horizon et dans son sillage les ténèbres de la nuit envahirent le ciel, illuminant les étoiles. La lune se leva et dériva lentement au-dessus de l'horizon, comme si elle attendait le moment de s'en aller danser au firmament.

La nuit était devenue très silencieuse. On n'entendait plus le moindre bruit, pas même le coassement des crapauds dans l'étang ou la stridulation aiguë des criquets.

— Tenez-vous prêts, elle arrive, chuchota Angie.

Madgwick fit signe à Rhed et à Phoebe de s'asseoir derrière Angie, contre le mur, aussi loin que possible de l'entrée.

Rhed et Phoebe se levèrent et, craintifs, emportèrent leurs coussins violets tout près du mur afin de laisser le champ libre aux guerriers au cas où ils auraient besoin d'espace pour combattre. Angie était assise sur son siège, mais elle était tournée vers l'entrée. Rig était si concentré que son visage était crispé. Une vague de poudre ondulait le long du plafond et des murs enchantés, comme pour renforcer la barrière protectrice.

Madgwick était debout près du rideau argenté, face à la forêt. Il avait les pieds légèrement écartés et les bras le long du corps, paumes vers l'extérieur pour maintenir la poudre en place. Son expression était déterminée et, malgré sa posture en apparence détendue, il était prêt à attaquer et à défendre.

Il y eut un mouvement dans les arbres et quelques formes apparurent. On aurait dit que des gens sortaient en titubant de la forêt. Ils bougeaient par à-coups et tournaient la tête à gauche et à droite, comme s'ils essayaient de humer l'air environnant. Ils paraissaient normaux, mais leur démarche saccadée et leurs vêtements en lambeaux qui flottaient de toutes parts n'avaient rien d'humain. Leurs cheveux se dressaient en pointes sur le sommet de leurs crânes, comme s'ils étaient maintenus en place par de la colle ou du sang. Les lèvres mauves des spectrifiés étaient gonflées comme des saucisses et leurs yeux sortaient de leurs orbites, leur donnant une allure effrayante. Leurs visages étaient pâles en contraste avec leurs lèvres foncées et les traces noirâtres qu'ils avaient sous les yeux et sur les pommettes. Ils avançaient en ligne, émergeant de la lisière des bois en titubant vers le château en ruines.

— C'est quoi, ça ? murmura Phoebe, les yeux écarquillés et l'air apeuré.

— Les morts vivants de Zorka, répondit Madgwick. Autrefois,

c'étaient de simples humains, des voyageurs, des fermiers ou des malheureux qui ont croisé son chemin. Tu vois, ils ont peut-être l'air vaguement vivants, mais ils ont été transformés en spectrifiés.

— Des morts vivants, comme dans les films ? Des zombies ?

— Si c'est ainsi que tu les appelles. C'est un nom plutôt curieux.

— Leur changement est-il irréversible ?

— Je le crains.

— Qui est Watroc ? demanda Madgwick sans se détourner des zombies en approche.

Dans son dos, Angie répondit :

— Prie pour ne jamais le découvrir, Madgwick, car si tu le rencontres, il cherchera sûrement à te dévorer.

— N'est-ce pas exactement ce que vous disiez au sujet d'Azghar ? fit Madgwick en lui jetant un coup d'œil par-dessus son épaule.

— C'est ce que je dis au sujet de tous les dragons, Madgwick.

Angie sourit au jeune guerrier.

— Alors Watroc est un dragon.

— Un dragon très bougon et toujours de mauvaise humeur. Azghar, en comparaison, c'est un petit chou à la crème, ajouta Rig en faisant la grimace.

— Charmant, grommela Madgwick.

— Les voilà, alerta Rig en redressant les épaules dans un mouvement de recul.

Les spectrifiés avaient atteint les ruines. Attirés par la lumière, ils titubèrent et trébuchèrent sur les pierres de taille et les racines qui dépassaient du sol. On aurait dit que l'odeur de Rhed et de Phoebe titillait leurs narines, car soudain leurs mouvements léthargiques et imprécis étaient devenus vifs et agiles. Ils se ruaient sur la barrière à une vitesse telle que Rhed ouvrit de grands yeux ébahis.

14

Jeff sentit la boue glisser par-dessus sa tête. Elle était froide, épaisse, et elle le recouvrait comme si elle essayait de pénétrer ses oreilles et son nez. Il scella ses lèvres, retint son souffle et ferma vivement les yeux pour empêcher la boue de l'atteindre. Il essaya de battre des bras et de donner des coups de pieds pour tenter de remonter à la surface. Mais plus il bougeait, plus il semblait s'enfoncer.

La boue roulait le long de son corps, l'enveloppant totalement. Il tourna et s'agita tant et si bien qu'il perdit toute notion de direction. Il ne savait plus dans quel sens il se trouvait. Il manquait d'air et commença à paniquer. Un objet dur effleura sa jambe et il tressaillit, manquant d'ouvrir la bouche pour hurler de peur.

Ce qui l'avait touché remonta à côté de lui et se mit à le pousser. C'était solide et Jeff tendit la main à l'aveuglette pour s'en saisir. C'était long, lisse et circulaire, comme une perche. Comme l'objet était trop gros pour tenir entre ses doigts, Jeff s'y agrippa à deux mains.

Le balai, s'écria-t-il en pensée. Le balai était venu le chercher.

Il se cramponna plus fort et le balai l'entraîna dans le sens du courant. Jeff ignorait où se situait la surface, mais son instinct lui disait qu'ils allaient dans le mauvais sens. Pourtant, il était impuissant. Sa force le quittait et il n'avait presque plus d'air dans les poumons. Il ne pouvait que s'accrocher au balai en gardant les yeux et la bouche bien fermés.

Le balai était plus rapide à présent. Jeff sentait que la boue le cinglait au visage. Au moment même où il pensait ne plus être capable de retenir sa respiration, perdre le combat et inspirer instinctivement, sa tête jaillit à la surface.

Il respira et toussa en crachant de la boue, essayant tant bien que mal de remplir ses poumons d'air frais. Lorsqu'il ouvrit les yeux, il cligna plusieurs fois des paupières en secouant la tête pour se débarrasser de la boue qui ruisselait sur son visage et menaçait de couler dans ses yeux. Il regarda autour de lui et expira lentement. Oui, il était bien agrippé au balai, et il resserra sa poigne lorsque ce dernier l'entraîna lentement vers le bord.

La flaque de boue était vaste, semblable à un lac souterrain noir et poisseux. Jeff se trouvait dans une grotte. Le plafond était haut et l'air rafraîchissant. Il y faisait très sombre, mais de la lumière se reflétait sur les murs dans le lointain. Après sa course dans la boue, il trouvait les lieux étrangement apaisants. Il avançait en produisant des bulles et des éclaboussures tout autour de lui.

Lorsqu'ils arrivèrent au bord de la mare, le balai s'extirpa péniblement de la substance visqueuse. Tout comme Jeff, il avait l'air épuisé, mais il le hissa néanmoins hors de la boue jusqu'à ce que le garçon sente la terre ferme sous ses pieds.

Jeff n'avait qu'une envie, se laisser rouler sur le sol, mais le balai le poussa en lui donnant de petits coups. Il semblait vouloir l'éloigner du bord.

— Je comprends, souffla Jeff en rampant un peu plus loin.

Le pourtour de la boue avait déjà commencé à s'effriter et de petits morceaux de terre dégringolaient dans la mare, comme si cette dernière brisait volontairement son rebord dans une ultime tentative pour l'aspirer de nouveau.

Jeff poussa sur ses jambes et sur ses bras. Il se traîna un peu plus loin, ahanant sous l'effort. Ses membres lui semblaient peser une tonne et il ruisselait de boue tandis qu'il progressait sur le sol de la caverne.

Lorsqu'il atteignit enfin la paroi de la grotte, il n'avait pas assez d'énergie pour se retourner ni même pour retirer son sac à dos. Il resta allongé, à bout de souffle. Son torse se soulevait et s'abaissait au rythme de sa respiration. Dans un claquement, le balai se laissa tomber par terre à côté de lui.

Jeff se réveilla en sursaut. Pendant un instant, il fronça les sourcils et écarta les cheveux de ses yeux. La grotte était vaste et si tranquille qu'elle lui rappelait ce moment inquiétant dans un film d'horreur, la seconde juste avant que le monstre surprenne ses victimes.

La flaque de boue gargouilla, produisant un grondement sourd, comme si elle se plaignait de ce que Jeff avait échappé à ses profondeurs boueuses. La caverne était mal éclairée et l'obscurité rampante enveloppait les murs. Une lueur scintilla au loin et il se dévissa le cou pour voir d'où elle provenait. Il n'en était pas certain, mais la lumière vacillait comme le reflet de l'eau sur un plafond.

Lorsqu'il se leva et s'étira avec précaution, ses vêtements étaient raidis par la boue séchée. Il fronça les narines.

— Pouah, quelque chose sent vraiment mauvais ici.

Il se renifla le bras et fit aussitôt la grimace.

— Je pue… beurk, on dirait du vieux chou moisi.

Il regarda autour de lui à la recherche du balai. Ce dernier n'était pas posé là où il l'avait vaguement entendu s'effondrer un peu plus tôt. Il tourna vivement la tête et l'aperçut, appuyé contre le mur. Il se dirigea alors vers lui, se laissa tomber à genoux et murmura :

— Tu as été formidable. Tu m'as sauvé la vie. Merci de m'avoir suivi.

Les poils du balai frissonnèrent en guise de réponse. Il s'éloigna du mur et s'arrêta près de Jeff, à hauteur de sa hanche. Il se dirigea alors lentement en direction de l'endroit où les reflets de l'eau dansaient sur le plafond.

— J'ai si soif que je pourrais boire tout un tonneau, confia-t-il au

117

balai à mi-voix.

Jeff le suivait lentement. Il gardait une main sur la paroi de la caverne pour ne pas perdre l'équilibre tandis qu'il progressait dans le noir, entre les pierres tranchantes et les cailloux branlants. Il avait la sensation qu'ils n'étaient pas seuls, et il essayait de rester le plus silencieux possible.

Ils n'avaient pas beaucoup avancé lorsque Jeff entendit comme un battement d'ailes. Lorsqu'il se retourna et plissa les yeux pour s'efforcer de voir dans l'obscurité, le froissement cessa et seules les ténèbres semblèrent lui répondre. Quand il atteignit l'eau, ses cheveux étaient dressés sur sa tête. Il s'attendait à ce que quelque chose l'empoigne depuis les ombres épaisses dans son dos. Mais rien de tel ne se produisit et il rejoignit la rive d'un pas hésitant.

L'eau semblait aussi lisse que du verre. Préférant ne pas faire confiance à ce qu'il voyait dans la caverne, Jeff se tourna vers le balai.

— Tu penses qu'on peut y aller ? lui demanda-t-il.

Le balai décrivit deux cercles, flottant au-dessus de la rivière, avant de se laisser tomber dans une gerbe d'eau.

— J'imagine que c'est un oui, dit Jeff.

N'entendant toujours rien, il s'agenouilla, plaça ses mains en coupe et ramena un peu d'eau à ses lèvres. Il examina le liquide dans ses mains.

— Apparemment, il n'y a rien de bizarre ici. Enfin, hormis le fait que je parle à un balai.

L'eau était délicieuse, douce et glacée, et un gémissement lui échappa lorsqu'elle apaisa sa gorge en feu.

Rafraîchi, il lâcha son sac à dos et entra en se dandinant dans l'eau froide, sans prendre la peine de retirer ses vêtements. Il avait hâte de nettoyer toute cette boue. Il s'enfonça sous la surface et se frotta vigoureusement les cheveux.

Les baskets de Jeff crissèrent lorsqu'il sortit de l'eau. Ses habits étaient mouillés et inconfortables. Il haussa les épaules. Il finirait bien par sécher. Au moins, il n'empestait plus le chou pourri.

À présent que l'eau miroitait faiblement sur les parois, c'était plus facile de se déplacer.

— As-tu la moindre idée de l'endroit où nous sommes ? demanda-t-il au balai d'une voix étouffée.

Jeff ne se sentait absolument pas ridicule en lui parlant ainsi comme s'il était capable de le comprendre et de lui répondre. De toute évidence, le balai était bien plus qu'un bâton au bout duquel étaient attachés des brins de paille. C'était une créature magique qui pouvait se débrouiller toute seule et qui lui avait déjà sauvé la vie à plusieurs reprises. Jeff était ravi que le balai l'ait accompagné jusqu'ici, où que cet *ici* se situe.

— Je ne peux pas continuer à t'appeler « balai », c'est comme si tu m'appelais « garçon » si tu pouvais parler.

Jeff sentit son front se plisser.

— Je crois que je vais t'appeler Harley. Oui ! Un balai qui s'appelle Harley. Parce que la première fois que je t'ai vu, tu ressemblais à une Harley Davidson version balai.

Jeff sourit en le voyant tournoyer, la queue frétillante.

— Plutôt cool, hein ?

Il ramassa une petite pierre au bord tranchant et grava une croix sur la paroi de la caverne.

— J'ai vu ça dans un film de survie, un jour – j'ai oublié lequel. On ne sait jamais, si on doit revenir sur nos pas ou si on se rend compte qu'on tourne en rond. Ces croix nous aideront dans le cas où on se perdrait. Oui, je pense aussi que nous devrions continuer par là.

Il s'adressait à Harley, comme si le balai avait formulé une opinion censée.

— Il doit bien y avoir une sortie, à l'origine de cette lumière sur l'eau. Sinon il ferait sombre, non ? Et je ne sais pas si tu as entendu ce curieux bruit, mais quelque chose par ici n'est pas très naturel.

Jeff désignait du pouce l'endroit d'où ils venaient.

— Je pense que nous devrions suivre le courant et la lumière. Tu es d'accord ? Alors en avant.

Jeff eut un petit sourire triste. Cette conversation à sens unique n'était pas si désagréable. Harley agitait sa paille en réponse aux commentaires et aux questions de Jeff.

— J'espère que les autres vont bien. Nous devons trouver un moyen de sortir. Je me demande si nous sommes sous le château en ruines. Dans ce cas, tout ce qu'il nous faut, c'est remonter à la surface. Je ne pense pas qu'ils partiraient sans moi.

Jeff ne parla plus guère tandis qu'ils progressaient sans quitter le bord de l'eau, à travers le dédale de grottes. Parfois, il devait se glisser dans d'étroits boyaux ou retenir son souffle en se faufilant dans des crevasses de la paroi. Jeff grava une croix à l'aide de sa pierre. De temps à autre, il griffonnait les lettres « JM ».

— J'espère qu'aucun monstre maléfique ne suivra ce chemin pour nous retrouver. Rhed se moquerait de moi.

Une pierre se détacha dans son dos et dégringola sur le sol. Jeff fit volte-face. Il sentit ses yeux s'écarquiller et ses sourcils se dressèrent. Tendant l'oreille, il perçut de nouveau un léger battement d'ailes, de plus en plus fort cette fois.

15

Rhed et Phoebe se levèrent et s'appuyèrent contre le mur, comme s'il leur était impossible de s'asseoir et de se détendre. Rhed jeta un œil au visage des guerriers et s'autorisa à souffler un peu. Ils paraissaient calmes et confiants, certains que leurs barrières stopperaient les zombies.

Les spectrifiés vinrent s'écraser contre le mur de poudre. Certains rebondirent en arrière et atterrirent en tas les uns sur les autres. Ils tentèrent alors de bouger, pliant leurs membres raides pour se dresser au-dessus du sol. Deux d'entre eux percutèrent la barrière et maintinrent leurs visages collés contre la paroi scintillante. Ils glissèrent lentement à terre, leurs joues et leurs bouches béantes laissant une traînée de salive rougeâtre et gluante le long du mur.

Rig fit la grimace et tourna la tête. Près de lui, un spectrifié qui arrivait à grandes enjambées se blessa à la tête et recula de quelques pas malaisés avant de se pencher en avant pour revenir se heurter au même pan de mur, les yeux exorbités et fixes, rivés sur les enfants qui lui semblaient à portée de main et pourtant étaient inatteignables de l'autre côté de la paroi.

Madgwick vit un spectrifié ramper le long du mur tel un gros ver de terre. Il hissait son corps et soulevait son arrière-train, avant de glisser lamentablement contre la barrière, la bouche collée au mur comme les ventouses d'une pieuvre.

— C'est franchement dégoûtant, fit Rhed en réprimant un haut-le-cœur.

— Maintenant, restez sur vos gardes, les avertit Angie à voix basse. Zorka n'est pas loin. Vous sentez son froid glacial ?

Madgwick regardait fixement la lisière gagnée par la nuit. Les ombres s'étiraient, liant les ténèbres en une nuée sombre qui invitait le cauchemar à se rapprocher d'eux. Le vent faisait tourbillonner les feuilles en un pâle simulacre de tornade.

Une silhouette frêle emmitouflée dans une pèlerine à capuche semblait flotter vers eux. Comme elle se rapprochait, Madgwick constata qu'il s'agissait d'une personne, qui enjambait précautionneusement les pierres éparses du château oublié par le temps. Elle s'arrêta à quelques mètres d'eux, la tête toujours dissimulée dans l'ombre de son capuchon.

Le souffle de Madgwick s'accéléra, comme s'il savait qu'elle les regardait.

Angie murmura :

— Guerriers, ne laissez pas la barrière faiblir. Nous pourrons vaincre les effets de la sirène et nous sommes sans nul doute de taille à nous battre. Mais nous ne sommes pas immunisés contre les morsures de sa horde de morts vivants. Les enfants n'ont pas une protection aussi forte que la nôtre contre la sirène – elle les a déjà hypnotisés la dernière fois. Et, comme nous, ils n'ont aucune défense contre les morsures.

Madgwick plissa les yeux et inclina la tête, comme pour augmenter la puissance de son mur de poudre.

— Ces créatures ne franchiront pas notre barrière.

Zorka s'arrêta juste devant le mur étincelant. Elle baissa sa capuche pour révéler un vieux visage fripé. Ses cheveux blancs brillants pendaient mollement dans son dos. Ses cernes noirs étaient accentués par l'éclat du mur et sa bouche était rouge sang. Elle écartait légèrement les lèvres comme pour reprendre sa respiration. Ses yeux n'étaient que deux trous béants et elle dévorait Phoebe du regard.

Elle pencha la tête sur la gauche, esquissa un léger sourire et courba le doigt vers Phoebe, sans douter un seul instant que la jeune fille la suivrait.

Le regard de Phoebe était vitreux. Sa mâchoire se décrocha et elle avança d'un pas hésitant.

Rhed lui attrapa le bras et Angie bondit pour se camper devant elle. Elle dévisagea attentivement Phoebe, puis elle claqua des doigts devant son visage, projetant de la poudre violette autour d'elle et dans ses yeux. La jeune fille cligna frénétiquement des paupières.

— Réveille-toi, petite !

Phoebe ouvrit de grands yeux ronds, comme si elle sortait brusquement d'une transe. Elle regarda autour d'elle sans avoir conscience de ce qu'elle était en train de faire, avant de revenir sagement d'adosser au mur du château.

Zorka baissa le bras et enveloppa Phoebe d'un regard plein de convoitise. Puis elle plissa les yeux en se tournant vers Angie, qui lui faisait face.

— Repars d'où tu viens, ordonna Angie sur un ton péremptoire.

Zorka inclina la tête sur le côté d'un air songeur.

— Elle est donc ici, celle que l'on appelle Angie... Mais ce n'est pas tout. Connaissent-ils ta vraie nature de sorcière ? Je me le demande.

Sa voix paraissait vieille et abîmée. Une bourrasque de vent glacial souffla sur les ruines du château.

— Je suis telle que je suis, ainsi ma véritable nature est connue de tous ceux qui me connaissent, et c'est bien suffisant. Retourne là d'où tu viens ! Tu n'es pas la bienvenue ici.

Madgwick jeta un bref coup d'œil vers Rig pour savoir si ce dernier avait compris les paroles énigmatiques de Zorka, mais le visage du guerrier n'exprimait qu'une intense concentration.

Les spectrifiés déferlèrent aux côtés de Zorka. De cinq, ils passèrent à dix, et d'autres encore apparurent à la lisière du bois. Bientôt, ils monteraient tous à l'assaut de la barrière.

— Donnez-moi la fille, susurra Zorka. Vous n'en avez pas besoin, vous avez l'autre enfant. Donnez-la-moi. Son sang me rendra ma beauté. Elle ne souffrira pas… du moins, pas beaucoup. Livrez la fille et nous vous laisserons la vie sauve. Nous retournerons dans la Caverne des Rêves perdus. Et nous ne vous attaquerons pas… pas ce soir.

En l'écoutant parler, on avait l'impression d'avoir le corps grouillant de vers. Madgwick vit Phoebe et Rhed frissonner en se frottant les bras pour en chasser la chair de poule.

— Il ne nous appartient pas de vous donner la fille, de même qu'il ne vous appartient pas de la prendre, lui répondit Madgwick.

Il évalua leur situation. Les morts vivants, ou zombies comme Rhed les appelait, étaient partout, ils essayaient de se frayer un passage. Il retroussa instinctivement les lèvres en voyant un zombie essayer de se glisser sous la barrière.

Zorka fronça les sourcils et déclencha sa sirène, d'un ton grave et sinistre cette fois, qui fit se dresser les cheveux sur la tête de Madgwick.

— Rien de bon ne sortira de cela, grommela-t-il dans sa barbe.

Le hurlement du vent accompagnait la sirène et les guerriers se préparèrent à l'attaque. Soudain, une force puissante entra en collision avec leur barrière de poudre magique, qui se mit à trembler comme un bloc de gelée. La force était invisible, mais on aurait dit qu'un poids lourd poussait contre le mur scintillant. Des gouttes de sueur se formèrent sur le front de Madgwick comme il se concentrait de plus en plus afin de repousser la force ennemie.

— Angie, comment va-t-on s'en sortir ?

Ce fut Rig qui répondit :

— Je pense que l'un de nous doit sortir pour les empêcher d'atteindre la barrière.

— J'y vais ! s'écria immédiatement Madgwick.

— Hors de question ! La dernière fois, c'est toi qui t'es battu, et moi, je me suis retrouvé à promener les enfants en barque sur un lac. C'est mon tour. Arrête de te montrer aussi égoïste et gourmand, répliqua Rig.

Les lèvres pincées, il lançait à Madgwick un regard furieux par-dessus son épaule.

— Oh, arrêtez de vous chamailler pour savoir qui ira au front ! Ils sont si nombreux qu'il y a largement de quoi vous occuper tous les deux, dit Angie en claquant la langue. Je peux nous protéger en dressant une bulle, donc ne vous inquiétez pas pour nous, vous n'avez qu'à les maintenir à distance jusqu'au lever du jour – d'après la position des étoiles, ça ne devrait plus tarder.

— Madgwick, prépare-toi à reprendre ma portion de mur, dit Rig en fléchissant les muscles et en faisant rouler ses épaules, comme pour se mettre en jambe avant une tâche ardue.

Il baissa la tête et inspira une grande bouffée d'air. Lorsqu'il souffla, sa poudre magique jaillit comme un ressort tendu. Il maintint son geste tandis que la poudre s'étirait en crissant comme un ballon trop gonflé. Puis son mur de poudre se contracta lorsqu'il prit une autre inspiration. Cette fois, lorsqu'il libéra sa poussière d'argent, elle fusa en claquant comme un élastique.

La violente secousse du mur déstabilisa les spectrifiés, les contraignant à lâcher prise.

Madgwick étendit la portée de sa poudre pour chevaucher le mur de Rig. D'un bref hochement de tête, il lui indiqua qu'il se chargeait désormais de son périmètre. La poudre de Rig revint à son propriétaire.

À présent, il était exposé aux spectrifiés qui accouraient vers lui d'une démarche claudicante, se balançant à droite et à gauche en faisant rebondir leurs bras de part et d'autre de leurs corps.

Rig faisait tournoyer sa poudre magique comme un lasso. Elle était si rapide qu'elle créa un faisceau argenté autour de lui. D'une torsion de la main, il fendit le rayon en plusieurs filaments d'argent, qui décrivirent chacun une trajectoire différente autour du guerrier. On aurait dit qu'il était prisonnier dans une boule argentée mouvante.

Les spectrifiés les plus proches essayèrent de franchir cette nouvelle barrière, mais la lumière était trop vive et ils levèrent leurs bras pour se protéger les yeux tout en reculant loin de Rig.

Zorka poussa un sifflement dans le lointain.

Avec un sourire crispé, Rig commença à repousser ses faisceaux de lumière de plus en plus loin, en décrivant de larges cercles. Les cordes de lumière touchèrent un spectrifié et le tranchèrent en deux parties distinctes. Les deux côtés se désintégrèrent en crépitant et un nuage de fumée blanche s'éleva, semblable aux mèches de cheveux de Zorka.

Rig s'approchait peu à peu de la sorcière. Ses rayons tournoyaient en fendant l'air, et les morts vivants s'évaporaient à son contact.

16

Phoebe hurla en voyant les morts vivants se volatiliser. Angie eut beau essayer de la faire taire, il était trop tard. En l'entendant crier, certains spectrifiés avaient tourné la tête vers elle, stupéfaits comme s'ils avaient momentanément oublié sa présence. Ils pivotèrent comme un seul homme et se dirigèrent vers le coin de mur où Phoebe et Rhed se pressaient, tout tremblants.

Derrière eux, une pierre du château se descella et du sable se mit à couler entre les blocs. Les spectrifiés étaient à présent derrière le mur en ruines et ils essayaient de déloger les pierres branlantes pour passer.

Rhed cria en repoussant un bloc. Phoebe se retourna et pesa de tout son poids contre une pierre de taille qui commençait à glisser.

— Angie, créez votre bulle ! Je vais repousser les spectrifiés loin du mur, s'écria Madgwick.

Angie tira Phoebe et Rhed pour les éloigner de la muraille. De la poudre violette voleta autour d'eux comme une tempête dans une boule à neige. Une fois que la poudre fut retombée, ils se tenaient au centre d'un globe rond transparent.

— On dirait une bulle de savon ! Ce n'est pas suffisant pour repousser les zombies, s'exclama Rhed en jetant un coup d'œil inquiet à Angie.

— Cette bulle est aussi forte que la pire des toiles d'araignées, mais n'y touchez pas !

Même si Phoebe et Rhed n'étaient guère rassurés par ces paroles, les lèvres d'Angie esquissaient un sourire. Elle avait l'air sereine.

Les deux enfants virent un zombie s'approcher d'eux. Il ne semblait pas voir à travers la bulle. Alors qu'il avançait en titubant, sa main effleura la surface. La bulle n'éclata pas, mais elle se plia pour laisser au spectrifié la place de passer à côté d'elle.

Rig se tourna vers Madgwick, dépourvu de protection. Il sourit en constatant que ce dernier utilisait le même lasso lumineux que lui. Le faisceau éclatant tournoyait autour de son corps et l'on aurait dit qu'il dansait avec une vingtaine de hula hoops illuminés. Madgwick pulvérisait les morts vivants dès que ses anneaux de lumière les touchaient.

— D'une minute à l'autre, s'écria Angie en scrutant l'horizon, par-delà les ombres de la forêt.

Rhed se tourna vers l'endroit qu'elle regardait si attentivement.

Le long de la ligne d'horizon, le ciel pourpre prenait des teintes de plus en plus roses à chaque instant. Bientôt, il distingua la lueur jaune du soleil qui se levait au loin.

Les morts vivants sentaient que l'aube était imminente. Ils hurlèrent et se mirent à courir, se cognant les uns contre les autres dans leur panique pour retourner à l'abri de l'obscurité. Certains parvinrent à rejoindre la forêt, mais le couvert des arbres ne les cacherait pas très longtemps de la lumière du jour, à moins qu'ils ne trouvent une grotte ou un recoin suffisamment sombre.

Madgwick se tourna vers Zorka, qui secouait la tête. Apparemment, la sorcière s'était imaginé que la capture des enfants se déroulerait aisément, avec la plus grande fluidité. Elle baissa sa capuche sur sa tête et, après un dernier regard à Rhed et à Phoebe, elle rebroussa chemin en flottant sans se retourner, s'enfonçant dans la forêt encore noire.

Madgwick tourna la tête vers l'horizon en éveil et accueillit l'éclat jaune du soleil qui commençait à darder sur eux ses rayons, chassant les derniers spectrifiés.

Rig lâcha sa poudre magique et tomba à genoux. Il avait activé sa poudre si longtemps et détruit tellement de spectrifiés qu'il était fourbu.

Madgwick se tourna vers Angie, Rhed et Phoebe :

— C'est fini, ils sont partis.

— Je crois que nous devrions reprendre la route et trouver une meilleure cachette pour ce soir. Ils reviendront, et Zorka aura créé d'autres spectrifiés, dit Angie.

Elle ne sembla pas remarquer la mine hagarde de Rhed et Phoebe lorsqu'elle s'empressa de faire éclater leur bulle.

17

Une fois de plus, Galagedra avait réuni les anciens dans la grande salle du conseil. Ils prenaient forme et s'installaient autour du globe lunaire, tandis que leur poudre magique retombait sur le sol tout autour d'eux. Ils se mirent à taper du pied en rythme avec le globe palpitant et une incantation mélodieuse s'éleva dans la salle. Un bourdonnement grave irradiait du globe, comme si ce dernier se joignait à leur chant.

Galagedra regarda fixement l'orbe lunaire, pour l'inviter à leur donner un aperçu des guerriers, d'Angie, ou même des enfants. N'importe quelle nouvelle en provenance de Drakmere serait la bienvenue. Il gardait les yeux grands ouverts sans oser cligner des paupières de peur de rater quelque chose.

Des ombres obscures voilèrent la lueur blanche du globe. Les images se mirent à défiler, comme si la boule était bloquée en avance rapide.

— Là ! J'ai entraperçu une jeune fille. Ce doit être leur amie, Phoebe, murmura Galagedra en tendant les mains vers le globe pour maintenir le mouvement.

— Elle a la bouche ouverte, on dirait qu'elle crie, remarqua Torledo.

Sa voix s'estompa en même temps que l'image.

Les traits de Galagedra se contractèrent, comme si son cœur se serrait devant le cri silencieux affiché par la jeune fille.

— Qu'est-ce que c'est ? souffla Jozephus en désignant l'image suivante, qui avait succédé au visage apeuré de Phoebe.

— C'est un spectrifié. Ils se reconnaissent à leurs mouvements lents et léthargiques, leurs lèvres violettes boursouflées et leurs yeux exorbités. Vous voyez comme leur peau est pâle ? fit Galagedra en frissonnant.

— Je vois Madgwick et Rig ! s'exclama Torledo. Ils sont enveloppés de poudre magique, comme si un combat faisait rage. Mais contre qui se battent-ils ? Sont-ils en train de protéger les enfants ?

Torledo blêmit et se mordit la lèvre. Galagedra se ressaisit et se pencha en avant, tandis que tous observaient attentivement la scène.

— C'est Angie ! s'écria Torledo en désignant le centre du globe.

— Où ça ? demanda Jozephus en s'avançant, les yeux plissés.

— Je la vois, moi aussi. Son visage vient d'apparaître. Elle a l'air très sérieuse et, derrière elle, pendant une fraction de seconde, je suis persuadé d'avoir aperçu… comment dit-on, déjà ? fit Galagedra. Ah, oui ! Des dreadlocks.

— Ce qui veut dire que, à moins qu'un spectrifié soit coiffé de la sorte, Rhed est avec Angie, dit Jozephus d'un ton calme en haussant les sourcils.

Les épaules de Galagedra s'affaissèrent et il rompit le cercle. L'éclat du globe s'apaisa et la lueur blanche reprit ses pulsations régulières.

Les anciens se rassirent et un brouhaha s'éleva dans la salle. Galagedra soupira et les murmures cessèrent lorsque tous se tournèrent vers lui.

— Je suis certain d'avoir vu l'enfant en compagnie d'Angie la sorcière, dit-il.

— Peut-on en déduire que tous les enfants sont toujours ensemble ? demanda Torledo.

— Non, mais nous pouvons l'espérer, répondit Galagedra. J'ai aperçu la jeune fille, juste avant qu'apparaisse l'image des guerriers au combat. Je crois que nous pouvons imaginer que la poudre d'Horrigan est parvenue jusqu'aux guerriers, que ces derniers ont retrouvé les enfants et qu'ils les protègent.

Un souffle collectif retentit dans la salle lorsque tous les anciens soupirèrent en chœur.

— Nous n'avions pas prévu que Jeff s'entraînerait et parviendrait à ouvrir une porte, déplora Jozephus en secouant la tête.

— Quel garçon n'essaierait pas de pratiquer sa magie après avoir découvert qu'il est doué de pouvoirs ? admit Torledo en souriant à demi.

— Est-il assez fort pour affronter les dangers de Drakmere ? Il y a de terribles créatures à Drakmere, bien pire que celles qu'il a rencontrées jusqu'à présent, dit Galagedra en se tournant pour observer de nouveau le globe.

— Devons-nous y envoyer des guerriers pour les retrouver ?

Galagedra marqua une pause, la tête basse.

— Nous devons préparer les guerriers à faire leur entrée à Drakmere. Je crois que nous arriverions trop tard si nous attendions la prochaine pleine lune pour passer à l'action : les tisserands de sortilèges doivent ouvrir un passage plus tôt, même si la lune n'en est qu'à son premier quartier.

— Pratiquer un passage sous une lune croissante est risqué, mais cela devrait permettre à quelques guerriers d'entrer à Drakmere, acquiesça Jozephus en dodelinant de la tête.

— Pendant ce temps, nous augmenterons nos patrouilles près des fissures potentielles pour nous assurer qu'aucun spectrifié ni aucune criature ne quitte Drakmere. Nous aurons besoin de renforcer notre protection sur la ville de Little Falls.

Torledo fit la grimace.

— Horrigan retournera auprès de la famille Madison pour veiller à leur sécurité. Thirza est rentré bredouille de ses voyages. Il n'a pas trouvé d'antidote pour le jeune Rhed, adopté par un arbre, et maintenant, il effectue des recherches dans la salle des traditions. Je convoquerai Thirza pour le prévenir de ce qui s'est passé.

Galagedra soupira. Il balaya les anciens du regard, tout autour de la salle.

— Depuis que Wiedzma a découvert l'attrapeur de rêves, cette guerre ancestrale s'en trouve ravivée. Notre mission de protection envers les innocents s'avère de plus en plus ardue, mais nous vaincrons.

— Comme toujours, répondit Jozephus.

— Comme toujours, répéta Galagedra en opinant du chef.

Un par un, ils se levèrent et jetèrent leur poudre argentée dans les airs. Alors qu'elle retombait en une pluie scintillante sur les anciens, ils disparurent, chacun retournant à ses tâches et à ses propres occupations.

***

Horrigan quitta la salle. Le murmure des anciens en plein conciliabule cessa lorsque la porte runique se referma lourdement derrière lui. Il posa les yeux sur la place du marché grouillante d'activité où les Sandustiens s'affairaient, tout à leurs vies quotidiennes, sans savoir qu'il se passait quelque chose et que trois enfants étaient de nouveau à Drakmere.

Il resta debout, les jambes écartées et les bras croisés sur son torse. Perdu dans ses pensées, il regardait toujours le marché sans vraiment le voir, les yeux dans le vague. Il avait désespérément envie de se rendre lui-même à Drakmere pour retrouver les enfants, mais il savait que la criature qui poursuivait Jeff n'était pas seule. Pour ne rien arranger, d'autres criatures étaient peut-être à la recherche du deuxième attrapeur de rêves, Matt, le frère cadet de Jeff. Horrigan avait une mission de la plus haute importance : il devait s'assurer qu'aucun sort, aucune transe ni aucune brume de cauchemar ne s'approche à nouveau du garçon.

Il jeta une pincée de poudre et, quelques secondes plus tard, se matérialisa dans les bois près de chez les Madison. Il inclina la tête sur le côté et tendit l'oreille aux bruits de la forêt. Puis, d'un pas leste, il rejoignit la maison, où il se posta parmi les arbres qui entouraient le jardin. Il croisa les bras et écouta les murmures de la forêt tout en s'approchant de la fenêtre de la cuisine, où il pouvait voir et entendre Ella et Matt, à l'intérieur.

Ella, la mère de Jeff, était en train de préparer le dîner. Le petit Matt était attablé au comptoir de la cuisine, la tête sur les bras. Ses jambes n'atteignaient pas les barreaux de la chaise et il les balançait dans le vide, donnant un coup de pied au placard de la cuisine tous les trois mouvements. Ses cheveux blond cendré étaient coiffés en pointes ébouriffées. Il se tenait la tête dans les mains en souriant d'un air espiègle à sa mère. Ses yeux bleu clair dansaient joyeusement et il avait les joues colorées.

— Alors, où as-tu laissé tes chaussures ? fit Ella en pinçant les lèvres.

Elle essayait de paraître stricte, mais elle ne parvenait pas à masquer son sourire tandis qu'elle remuait la sauce tomate dans la casserole.

— Près du fort, dans la forêt. Moi et Scott, on jouait près du ruisseau, mais il m'a dit qu'il fallait rentrer.

— Scott et *moi*, le reprit-elle automatiquement avant de suspendre sa main à mi-hauteur.

Elle haussa les sourcils et tourna la tête vers Matt. Ses longs cheveux bruns étaient soigneusement relevés sur sa nuque, le long de son cou gracile. Elle portait un pantalon beige et un cardigan couleur crème.

— Scott ? Qui est Scott ?

— Oh, maman, tu connais Scott… la maison d'à côté.

— Ah, ce Scott-là.

Scott était le labrador noir des voisins. Ella reprit sa cuisine tout en regardant Matt à la dérobée.

— Et pourquoi étais-tu pieds nus ?

Matt leva les yeux au ciel, agacé que sa mère ne comprenne pas.

— On jouait ! On ne peut pas jouer *avec* ses chaussures. Après, Scott n'avait plus envie de jouer. Il voulait rentrer. Je lui ai dit que j'allais me faire disputer si j'abandonnais mes chaussures, mais il a dit qu'il reviendrait les chercher plus tard.

— C'est Scott qui t'a dit ça. Scott te parle souvent, Matt ?

— Il m'a dit qu'il ne voulait plus que je lui ordonne de rouler sur le dos et de faire le mort. Il trouve que c'est un jeu ennuyeux.

— Ah… et qu'as-tu répondu ?

— Je lui ai demandé s'il voulait jouer à attraper la balle.

— Depuis quand Scott parle-t-il ?

— Depuis toujours, maman.

Horrigan souriait d'un air triste en écoutant cet échange anodin entre Matt et sa mère. De toute évidence, Ella croyait que Matt plaisantait, mais en réalité, lorsque l'enfant avait été enlevé et emporté au pays de Drakmere, il avait été forcé de boire une potion appelée Amispekus. Heureusement, elle n'était pas empoisonnée, et elle avait donné à Matt la capacité de communiquer avec les animaux. La magie était si ancrée en Matt qu'elle aurait été trop complexe à défaire. Ainsi, les anciens avaient décidé de ne pas toucher aux effets du sort, d'autant plus qu'ils n'étaient pas néfastes pour le garçon.

Horrigan entendit un froissement de feuilles dans les buissons et fit volte-face pour apercevoir Scott, le labrador, qui le regardait. Les chaussures de Matt se trouvaient dans sa gueule. Le chien dévisagea Horrigan, comme s'il essayait de dire quelque chose. Il grogna en reculant, avant de se décider à avancer. Enfin, il se retourna vers la forêt profonde et émit un grondement sourd.

Horrigan leva à son tour les yeux vers la lisière du bois. Les formes des arbres semblaient plus imposantes dans l'obscurité, car les ombres se mêlaient les unes aux autres pour ne former qu'une masse noire. C'était trop calme : pas de grillons, pas de grenouilles, rien que le silence. Sans détacher les yeux de la forêt, il fit signe au chien de s'approcher.

— Rentre, va voir Matt. Bon chien, murmura Horrigan.

Le chien bondit près de lui et se précipita vers la porte de derrière, qui était demeurée entrouverte. Il lui donna quelques coups de patte pour l'ouvrir complètement et disparut dans la cuisine.

Ella se retourna en entendant le cliquètement des griffes sur le parquet de la cuisine. Elle ouvrit de grands yeux étonnés en découvrant Scott, les chaussures de Matt dans sa gueule, qui remuait la queue.

— Salut, Scott, lança Matt avec entrain.

Scott laissa tomber les chaussures, se tourna vers la porte et courba l'échine. Un grondement menaçant s'élevait de son ventre.

Matt se redressa sur sa chaise.

— Scott dit qu'il a vu quelque chose d'inquiétant dans la forêt. Ça approche.

— Quelle chose inquiétante ?

— De quoi parles-tu, Scott ? demanda Matt.

Une pause lui répondit.

— Il dit qu'il n'en sait rien, mais le guerrier dehors lui a dit de rentrer. Un guerrier ! Maman ! C'est sans doute Rig. Je peux sortir lui dire bonjour ?

Ella se crispa et éteignit la gazinière.

— Matt, mon chéri, tu sais où est Jeff ?

Matt fit la moue.

— Non, je l'ai vu partir à vélo pour aller chez Rhed. Mais il a dit que je devais rester ici.

Le garçonnet croisa les bras. Sa mère plaqua ses mains contre sa bouche, inquiète.

18

Jeff regardait Harley.

— Je ne sais pas ce que c'est, mais je n'aime pas ça.

Il escaladait les pierres et les rochers. Parfois, il glissait en perdant l'équilibre et s'éraflait la main sur les arêtes tranchantes.

Harley avait fait demi-tour et filait en sens inverse, mais Jeff continuait son chemin. La chose qui arrivait dans leur direction progressait rapidement. Le bruit avait commencé comme un faible murmure et un léger battement d'ailes, mais à présent, c'était un rugissement assourdissant accompagné par un claquement semblable à celui que produisent des draps dans le vent lorsque se lève une tempête.

Harley revint et Jeff remarqua qu'il tournait sur lui-même. Les poils de sa queue frémissaient. Le garçon jeta un coup d'œil derrière lui et redoubla d'efforts pour avancer. Si le plumeau de Harley tremblait, ce n'était pas bon signe. Jeff étouffa un cri en sentant une bourrasque lui soulever les cheveux. Ses habits volèrent lorsque le vent violent s'engouffra dans la grotte. Le rugissement était si fort qu'il dut crier pour se faire entendre :

— Essaie de nous trouver une cachette !

Jeff se crispa en entendant mugir juste derrière lui. Il jeta un œil par-dessus son épaule et déglutit. Il venait d'apercevoir un mouvement vif comme l'éclair. Un objet long comme une lance avait jailli d'une cavité qui ressemblait à une bouche.

Il se baissa pour esquiver le javelot, qui le frôla et vint rebondir dans le mur au-dessus de sa tête. Elle tomba mollement par terre, sans le moindre bruit métallique. Avec horreur, Jeff vit la lance prendre la forme d'un serpent blanc nacré. Les écailles craquèrent lorsqu'il se glissa vers le garçon, la gueule si grande ouverte que Jeff pouvait apercevoir les crochets verts luisants de venin à l'intérieur.

Jeff donna un violent coup de pied. Sa chaussure rencontra la tête du serpent. La force du choc projeta le reptile tout droit dans le ruisseau, où il atterrit dans une gerbe d'eau.

— Harleeeeey, ce ne sont pas des javelots, ce sont des serpents !

Jeff s'élança, penché en avant pour éviter les traits qui passaient en sifflant au-dessus de sa tête. Le garçon rasait les parois et, dans sa précipitation, se heurtait contre la roche. Son cœur battait la chamade tandis que résonnaient les bruits sourds des serpents qui pleuvaient autour de lui. Harley le dépassa et bientôt Jeff entendit des éclaboussures. Le balai écartait les serpents de son chemin en les envoyant valser dans l'eau.

Jeff sentit quelque chose sous son bras et poussa un cri avant de se rendre compte qu'il s'agissait du balai. Sans doute avait-il l'intention de survoler les serpents. Le garçon s'accrocha au manche, mais à sa grande surprise, Harley le décolla légèrement du sol avant de le projeter la tête la première dans le tunnel. Jeff agita les bras en faisant un vol plané à travers la grotte.

Lorsqu'il atterrit sur le sable souple, l'air fut expulsé de ses poumons. Il roula jusqu'à venir buter contre un rocher, puis il leva les yeux. Au-dessus de lui, une arche en pierre noire se dressait, disparaissant dans les ténèbres. Jeff grimaça en titubant vers la porte et franchit l'arche.

De son côté, Harley avait de gros ennuis. Un serpent essayait de l'avaler. Jeff n'avait qu'à tendre la main pour toucher la paille de son plumeau, mais le serpent avait déjà fourré un tiers du manche dans sa gueule et il déglutissait frénétiquement. Harley s'agitait sans parvenir à se débarrasser du reptile.

— Tiens bon, Harley, s'écria Jeff.

Tirant le balai par la queue, il lança le manche de toutes ses forces sur la droite, le plaquant contre le mur. Sous l'impact, le serpent perdit prise. D'un geste vif, Jeff souleva les poils de Harley dans les airs et marcha sur le corps du serpent, qui pendait mollement. Il réussit enfin à arracher le balai de sa gueule. Jeff s'empressa de retirer son pied lorsque le serpent fit claquer ses mâchoires dans sa direction pour tenter à nouveau de harponner le manche à balai. Le reptile rencontra le pied de Jeff, qui le chassa d'un coup sec.

Une fois Harley libéré, Jeff recula en titubant vers l'arche, le balai contre sa poitrine. Il sentit un picotement lui parcourir le corps lorsqu'il grimpa l'escalier d'un pas chancelant avant de s'effondrer sur une marche, plié en deux. D'un œil terrorisé, il vit la masse de serpents qui le suivaient en rampant, impatients de rejoindre le garçon et son balai. On aurait dit une poignée de spaghettis, blancs et emmêlés.

— Oh, zut, s'écria Jeff.

Il éprouvait une fascination morbide pour les serpents, qu'il sentait prêts à franchir la porte et se déverser sur les marches.

Les reptiles se rapprochèrent de l'arche de pierre. Enfin, ils atteignirent le seuil et, comme par miracle, se détournèrent. Visiblement, le passage refusait de les laisser entrer. La poitrine de Jeff se décontracta lentement lorsqu'il souffla enfin l'air qu'il gardait prisonnier dans ses poumons sans même s'en rendre compte. Quelques instants plus tard, ils s'étaient éloignés. De temps en temps, Jeff apercevait un éclat blanc du coin de l'œil, mais les serpents semblaient de plus en plus loin chaque fois qu'il regardait dans leur direction.

Lorsque Jeff fut certain qu'ils étaient partis, il se leva sur ses jambes tremblantes. Harley gigotait et Jeff le lâcha enfin. Il n'avait pas conscience qu'il le serrait si fort.

Il n'avait pas envie de parler et il se contenta de caresser légèrement le manche à balai avant de lever les pouces en signe de victoire. Harley lui répondit par une vibration.

Sans un bruit, Jeff gravit les marches. Il ignorait ce qu'il découvrirait au sommet, mais il y avait un temps pour tout. Quoi qu'il en soit, une chose était certaine, il ne pouvait pas revenir sur ses pas.

Lentement, collés à la paroi, ils escaladèrent timidement les larges marches vers la sortie de la caverne. Il faisait de plus en plus clair et Jeff dut cligner des paupières pour permettre à ses yeux de s'accoutumer à la lumière du jour. Ils remontèrent un couloir en silence, sans croiser âme qui vive. Au bout du couloir se trouvait une grande porte en pierre, munie d'un énorme anneau de fer.

Il chuchota :

— Ça fait peur, tu ne trouves pas ?

Puis il reprit, comme pour exprimer la réponse de Harley :

— Oui, vraiment… flippant.

Jeff tira la porte en fer et grimaça en entendant grincer les gonds. Il glissa la tête dans le couloir, prêt à la retirer au moindre bruit ou s'il apercevait quelque chose, mais il n'y avait rien. Il fit son entrée dans un espace gris et terne. Des portes en bois longeaient la salle, dont les murs s'étendaient jusqu'à perte de vue. Jeff se gratta la tête, dubitatif, tout en scrutant l'étroit corridor.

Il y avait là des centaines de portes. Il lui faudrait une éternité avant de trouver la bonne. Laquelle menait vers la liberté ?

Ils se dirigèrent vers la première porte du couloir. Même si la lumière était tamisée, Jeff y voyait suffisamment. Il sortit de sa poche la pierre qu'il avait ramassée sur le sol de la grotte et traça une croix sur le mur à côté de la porte.

Le crissement de la pierre contre la pierre était si déchirant que Jeff tourna la tête à droite et à gauche, craignant que son écho ne résonne jusqu'au bout du couloir. Une fois de plus, il leva les yeux, prit une profonde inspiration, tourna l'anneau métallique de la poignée et poussa la porte. Dans la salle, c'était le néant. Même l'air y était d'un noir d'encre. Jeff franchit le palier, Harley à ses côtés. Il sursauta lorsque la porte se referma derrière lui.

— Harley ? murmura-t-il nerveusement en sentant le balai pousser contre sa jambe. Je sais que tu es là, laisse-moi un peu d'espace pour marcher…

Jeff s'arrêta net lorsqu'une odeur atteignit ses narines : ça sentait la pourriture et la putréfaction.

— Oh bon sang, est-ce que tout empeste ici ? s'exclama-t-il.

Il venait juste de reculer d'un pas vers la porte lorsqu'il sentit Harley effleurer de nouveau sa jambe, le poussant à continuer.

Dans un grondement brutal, le mur se mit à bouger et à se tordre, écartant ses pierres pour révéler un petit trou rouge. Alors que le trou prenait de l'ampleur, ses bords s'étirèrent et des piques jaunes acérées en émergèrent. Des pointes de toutes tailles ne tardèrent pas à fuser dans la salle. Certaines dépassaient du mur, d'autres décrivaient une courbe pour revenir vers l'intérieur, et presque toutes étaient couvertes d'une substance visqueuse vaguement verte qui coulait et suintait de la gueule béante.

L'odeur assaillit Jeff et ses narines se dilatèrent. Il plaqua la main contre son visage pour se protéger des relents de chair pourrie. Il eut un haut-le-cœur et recula, saisi d'effroi.

La gueule sembla déglutir convulsivement, avant de s'ouvrir en grand pour aspirer goulûment l'air de la salle. La pression atmosphérique changea autour de lui et Jeff sentit ses vêtements se décoller de son corps.

— Retourne vers la porte ! hurla-t-il à Harley.

Dans un bruit de succion, la bouche inspira. On aurait dit qu'ils se trouvaient dans un tunnel venteux qui les attirait vers le trou béant de l'autre côté des piques.

— Aaah… ce sont des dents ! s'écria Jeff. Viens, Harley !

Jeff fit volte-face en direction de la porte et s'arc-bouta pour lutter contre le vent qui l'entraînait inexorablement en arrière. Ses cheveux et ses vêtements claquaient, lui fouettant le dos. Le rugissement se fit plus retentissant, comme un moteur d'avion prêt au décollage. Jeff avait envie de se boucher les oreilles, mais il gardait les mains tendues pour essayer désespérément d'atteindre la porte.

Lorsque Jeff souleva la jambe et planta fermement son pied dans le sol, il sentit ses mâchoires se contracter dans un effort monumental pour avancer le pied. Il déploya tous ses efforts pour tendre la main vers la poignée, s'en saisit et la tourna.

La porte s'ouvrit avec fracas et le mouvement brusque le déstabilisa. Il se sentit soulevé dans les airs, ses jambes ballottées derrière lui. Il s'agrippa de toutes ses forces à la poignée et essaya d'attraper quelque chose, n'importe quoi, avec sa main libre qui flottait au vent. Du coin de l'œil, il vit Harley le dépasser lentement et péniblement, un centimètre après l'autre. Le manche effleura sa main libre, comme pour inviter Jeff à s'y raccrocher, mais le garçon était incapable d'immobiliser sa main. Le vent était trop puissant.

Jeff se concentra sur le balai et parvint à s'en saisir lorsqu'il fit une embardée en passant près de lui. Serrant fermement sa poigne autour du manche, il sentit Harley franchir lentement le seuil, tremblant dans son effort pour lutter contre le vent. Une fois que Harley fut parallèle à la poignée, Jeff la lâcha pour s'emparer à deux mains du balai. À grand-peine, Harley hissa le garçon.

À peine eurent-ils dépassé l'encadrement de la porte que le vent cessa net. Jeff tomba à genoux et la porte se referma en claquant, interrompant violemment les hurlements et les mugissements. Jeff regarda Harley d'un air hébété. Il avait l'impression que sa respiration retentissait dans le silence soudain qui les enveloppait. Se laissant glisser au sol, il s'adossa contre le mur.

19

Par la fenêtre, Horrigan regarda Ella passer près de Scott et jeter un coup d'œil de l'autre côté de la porte avant de la refermer. Il plissa les paupières comme si cela pouvait l'aider à mieux entendre à travers la porte fermée.

Ella décrocha le téléphone et composa un numéro tout en parcourant fébrilement la maison pour tester les poignées de toutes les portes et fenêtres et s'assurer visiblement qu'elles étaient bien fermées. En la voyant apparaître et disparaître depuis son poste d'observation, Horrigan se douta qu'elle essayait de joindre la mère de Rhed.

Ella revint dans la cuisine.

— Oh Seigneur, vraiment ?

À en juger d'après son visage, Horrigan comprit qu'elle venait d'apprendre ce qu'il savait déjà : Rhed n'était pas chez lui. Lorsqu'elle plaqua de nouveau sa main sur sa bouche, il devina que la mère de Rhed lui avait dit ne pas avoir vu Jeff depuis qu'il avait franchi le croisement.

— Reste dans la cuisine, Matt, dit-elle.

Horrigan rentra le ventre et s'adossa contre la maison lorsqu'Ella rouvrit la porte et sortit dans le jardin. Il vit ses yeux balayer les environs, sans doute à la recherche de Jeff.

Elle s'arrêta près de la cabane à outils et croisa les bras. Horrigan en déduisit que l'emplacement vide était sans doute l'endroit où Jeff rangeait habituellement son vélo. Ella s'empara d'une batte de baseball appuyée contre le mur et l'emporta.

Horrigan retenait son souffle. Du coin de l'œil, il vit Ella se concentrer sur l'ombre obscure qui se déplaçait furtivement d'arbre en arbre.

Sans se retourner, le guerrier se dirigea lentement vers la maison. Il devait faire entrer Ella avant que la chose n'attaque. Il aurait préféré que la criature qui se mouvait à l'orée du bois ne remarque pas sa présence. Mais si Ella ne s'éloignait pas de la forêt, il serait contraint de la rejoindre, révélant ainsi sa position.

Elle avançait toujours. Il n'avait pas le choix. Sortant de l'ombre, il posa le pied sur l'herbe souple. Il sentit plutôt qu'il ne vit Ella brandir la batte à deux mains pour l'abattre sur lui.

— Qui êtes-vous ? Que faites-vous ? chuchota Ella.

Elle tremblait de tous ses membres.

— Je suis le guerrier Horrigan. Je suis ici pour vous protéger, s'il vous plaît, ne me frappez pas avec ce… ce bâton.

Ella laissa retomber la batte et toisa Horrigan du regard. Ses yeux verts s'agrandirent lorsqu'il se tourna vers la lumière de la cuisine. Il comprit qu'elle avait aperçu son tatouage en forme de dague. Comme ses yeux s'attardaient sur les siens, il en déduisit que son regard violet brillait sans doute avec éclat. Galagedra l'avait prévenu à ce sujet : les humains n'étaient pas habitués à voir des yeux irradier, surtout d'une telle couleur, et la plupart des gens étaient un peu déconcertés par les tatouages faciaux. À plus forte raison s'ils représentaient des armes.

— Jeff n'est pas ici, euh… Horrigan. Il devrait pourtant être de retour.

Elle hésitait.

— L'avez-vous vu ?

— Je l'ai vu. Il n'est pas ici. Mais quelque chose arrive dans la forêt, à toute vitesse. S'il vous plaît, rentrez chez vous.

— Je ne partirai pas tant que je ne saurai pas où est mon fils.

Horrigan prit une grande inspiration et regarda Ella en fronçant les sourcils.

— Cette chose vient pour Matt. C'est lui qui a besoin de notre protection en ce moment. Prenez ce bâton avec vous et retournez à l'intérieur.

Horrigan sentait sa poitrine gronder de frustration. Tous les attrapeurs de rêves de cette famille étaient-ils aussi têtus ? Aucun d'eux n'obéissait donc jamais ?

Ella se mordit la lèvre et rebroussa chemin en direction de la maison, où elle referma soigneusement la porte derrière elle.

Horrigan se redressa et essaya de repérer l'ombre noire qu'il suivait depuis un moment. À présent, il en apercevait plusieurs, peut-être deux ou trois. S'il appréciait toujours un bon combat, il allait avoir besoin de renforts ; son but était de protéger le garçon et sa mère.

Il claqua des doigts et chuchota :

— Des guerriers, et vite !

Une pincée de poudre magique jaillit dans les airs et resta suspendue une fraction de seconde avant de s'évanouir dans la nuit pour transmettre le message urgent : un guerrier appelait à l'aide.

Inutile d'envoyer la poussière d'argent aux anciens dans la salle, car la porte runique avait sans doute perçu l'urgence de la situation. L'ancien en poste près du globe devait déjà être informé de l'intrusion et avait sûrement pris les mesures nécessaires.

Horrigan s'écarta des arbres et resta debout au milieu du jardin. Il avait besoin d'espace pour se battre et empêcher ces criatures de passer. Il baissa la tête et croisa les bras sur sa poitrine, paumes vers le haut. Ses mains brillèrent lorsque sa poudre se regroupa en une petite flaque scintillante. Il ouvrit son esprit et ses sens aux ombres en approche.

À la file indienne, les ombres quittèrent la lisière et s'écartèrent légèrement les unes des autres. On aurait dit des silhouettes humaines,

145

bien qu'un peu difformes : des momies entourées de bandelettes flottant au vent. Le tissu se gonflait comme de la barbe à papa. Sur leurs visages, les bandages étaient percés de deux fentes en guise de nez. Aucun autre trait n'était visible.

Horrigan eut un sourire sans joie. Il décroisa les bras et fléchit les épaules. Puis il s'accroupit, tendit les mains vers la criature la plus proche et lui fit signe d'avancer en agitant le doigt.

— Viens, ordonna-t-il à mi-voix.

La criature s'approcha de lui en entonnant un chant funèbre, qui attira toutes ses compagnes. À leur tour, elles s'avancèrent subrepticement.

Horrigan fit un pas de côté avant de s'élancer au-devant de ses ennemis. Dans un mouvement vers le haut, il brandit l'épée qui venait de sortir de sa paume et trancha nettement la criature en deux. Puis il la contourna et l'emprisonna dans une corde scintillante qui se resserra jusqu'à ce que l'éclat lumineux absorbe les ténèbres. Un crissement suivi d'une détonation se fit entendre et la criature disparut.

Horrigan ne resta pas les bras ballants, à regarder sa corde. Il avait déjà renversé la deuxième criature et était penché sur elle, une dague dans chaque main. Il la poignarda et la criature explosa, s'estompant dans les airs.

Soudain, une pluie de poudre se mit à tomber tout autour de lui et des guerriers firent leur apparition sur la pelouse. Le jardin fut bientôt illuminé, comme sous des feux d'artifice.

Puis Horrigan entendit distinctement un bruit sourd, ainsi qu'un hurlement d'enfant et des aboiements furieux. Il tourna la tête vers l'origine du vacarme. En apercevant une criature dans la cuisine, il fut saisi d'une colère noire et courut jusqu'à la maison.

Par la fenêtre, Horrigan vit Ella debout dans l'encadrement de la porte, le bâton à la main. Son visage était livide et elle avait la bouche ouverte. L'une des criatures avait dû se glisser à l'intérieur depuis les fondations de la maison, puis s'était faufilée sous le porche avant de franchir la porte incognito.

Ella avait lancé son bâton sur l'intruse, l'atteignant en pleine tête. La créature bascula en arrière et son dos traversa la porte. Elle commençait déjà à se relever lorsqu'Horrigan se précipita pour se camper entre Ella et Matt.

Il déploya un poing gigantesque et frappa la criature, la repoussant hors de la cuisine.

— Éloigne-toi de cette famille, lança-t-il.

Sans même s'en rendre compte, il avait retroussé ses lèvres pour montrer les dents.

Matt détendit un instant l'atmosphère :

— C'était trop cool, chuchota-t-il en zézayant.

La créature dévala les marches du porche et atterrit à côté d'un guerrier sandustien qui avait répondu à l'appel d'Horrigan. Le guerrier lui adressa un signe de tête avant d'achever la bête.

Horrigan franchit la porte et balaya le jardin du regard. Les guerriers avaient terminé, les criatures étaient vaincues. Certains guerriers s'étaient aventurés dans la forêt pour voir si d'autres scélérats y étaient encore tapis, tandis que les autres quadrillaient le périmètre.

Soudain, Thirza, le grand-père de Jeff qui était longtemps resté piégé à Drakmere et en était sorti depuis peu, surgit des bois. Son visage rond et ses joues rebondies exprimaient la stupéfaction. Sans doute était-cc le choc de voir de nouveau sa famille attaquée. Si le vieil homme était à moitié chauve, il ne cessait de lisser nerveusement les quelques cheveux blancs qui lui restaient, échevelé d'avoir tant couru dans sa hâte de rejoindre Ella et Matt. Galagedra le suivait de près, sa cape flottant autour de lui et sa capuche baissée devant les yeux.

Les guerriers firent une révérence au passage de Thirza. Il était désormais célèbre pour être resté à Drakmere afin de protéger une guerrière prisonnière appelée Gwyndion, et il était respecté et honoré parmi les guerriers. Tout le monde à Sandustian avait cru que Gwyndion était morte, à l'exception de Rig, bien sûr, qui n'avait jamais cessé de la chercher. Et à présent, elle était toujours prise au piège à Drakmere, emportée par la méchante sorcière Wiedzma avant que Rig et Madgwick puissent la rejoindre. Les deux guerriers étaient restés à Drakmere et avaient bon espoir de la retrouver.

Thirza gravit les marches et serra Ella qui avait lâché sa batte. Il ébouriffa les cheveux de Matt et tranquillisa sa fille et son petit-fils.

— C'est fini. Ils sont partis.

— Partis ? Mais où est Jeff ? Il n'est pas là, et il n'est pas chez Rhed. Ces créatures étaient dans la forêt.

Thirza prit une profonde inspiration et regarda les yeux vert foncé d'Ella. Ils étaient en tout point semblables à ceux de Jeff.

— Non, Ella, Jeff ne se trouve pas dans cette forêt.

Ella l'interrompit.

— Quoi ? Où est-il ? Pourquoi Horrigan et toi dites-vous constamment « il n'est pas dans cette forêt » ? Dans quelle forêt est-il, alors ?

Elle leva les yeux vers son père et fronça les sourcils, avant de gratifier Horrigan d'un regard en coin.

Thirza s'éclaircit la voix et ouvrit la bouche, mais il la referma aussi sec. Il baissa la tête.

Ella écarquilla les yeux et recula, comme si elle n'acceptait pas ce qu'ils essayaient de lui dire sans paroles.

— Non ! Ne me dites pas qu'il est retourné à Drakmere ! Comment est-ce arrivé ?

Galagedra s'avança et ôta sa capuche. Les sillons qui couraient le long de ses joues étaient accentués par le jeu des ombres et de la lumière qui filtrait à travers la porte ouverte de la cuisine.

Il dévisagea Ella de ses grands yeux bleu marine entourés de rides et parla d'une voix grave.

— Jeff est allé à Drakmere afin de trouver un remède pour Rhed.

Ella se raidit, comme si une bourrasque glaciale remontait le long de son dos.

— Qu'arrive-t-il à Rhed ?

— Si vous vous souvenez de ce que vous a raconté Jeff, à propos de Rhed adopté par un arbre et rebaptisé Twigwig… fit Galagedra en inclinant la tête.

— Ils trouvaient ça très drôle, murmura Ella.

— Ça ne l'est plus tellement. Le prince de la forêt de Drakwood, qui a adopté Rhed, l'a rappelé chez lui et a activé ce que l'on appelle un signal arboricole. Jusqu'à présent, la malédiction était en sommeil, mais le prince a activé la balise de retour au bercail, également appelée signal arboricole.

Galagedra marqua une pause pour laisser s'imprégner ses paroles. Puis il reprit :

— Ce signal est en train de transformer Rhed en arbre. Ses articulations sont plus raides et il se métamorphose, tant à l'extérieur qu'à l'intérieur. Une fois que le processus aura été achevé, Rhed tel que nous le connaissons cessera d'exister.

Ella tressaillit.

— C'est la vérité. La malédiction le changera en arbre jusqu'à ce que sa vie terrestre arrive à son terme et qu'il pousse de nouveau à Drakmere, où il demeurera pour l'éternité. Nous essayons d'enrayer le processus avant qu'il ne devienne irréversible.

Ella blêmit et étouffa un cri.

— Non ! Ce n'est pas possible !

Galagedra ferma les yeux et hocha la tête.

— Tout cela est bien réel. Rhed court un grand danger, son temps est compté.

Ella changea de jambe d'appui tout en se mordant la lèvre.

— J'ai remarqué qu'il avait du mal à se déplacer. Il n'arrivait plus à monter à bicyclette ni même à courir. Et sa mère a dit qu'il éprouvait des difficultés pour respirer.

Elle secoua la tête.

— Mais comment Jeff est-il entré ?

— Grâce à ses dons d'attrapeur de rêves, répondit Galagedra. Jeff a ouvert une porte vers Drakmere et l'a franchie. Horrigan a essayé de l'arrêter.

— D'accord, alors il nous faut le suivre là-bas et le ramener ici.

Ella avait posé ses mains sur ses hanches, comme si elle déclarait une évidence.

— Mais où est Rhed ?

— C'est une partie du problème, justement. Rhed est parti avec Jeff, dit Galagedra en regardant Thirza.

Ce dernier secouait la tête. Ella se frotta les tempes pour chasser la migraine qu'elle sentait monter.

— Ces deux garçons font toujours tout ensemble. Eh bien, quand ils reviendront, ils seront aussi punis ensemble ! Bon, qui va s'y rendre pour les ramener à la maison cette fois, Madgwick ? Rig ? Horrigan ? fit-elle en regardant le guerrier avec espoir.

— Ce n'est pas tout…

Ella plissa les yeux.

— Quoi, encore ?

— Une jeune fille du nom de Phoebe les a accompagnés.

— Oh, non ! Phoebe aussi ? Bon sang, Jeff, mais qu'est-ce que tu avais dans la tête ?

Le regard d'Ella se posa tour à tour sur Thirza, Galagedra et Horrigan.

— Qu'est-ce qu'on attend ? Quelqu'un doit se mettre à leur recherche.

— Nous devons ouvrir un autre portail. Les tisserands de sortilèges

150

essaient d'en ouvrir un avant la pleine lune, ce qui permettra à quelques guerriers de passer.

— Vous pouvez utiliser notre porte au clair de lune.

Ella pinça les lèvres.

— Ce portail a été scellé, et même si nous l'utilisions, nous ne pourrions le traverser qu'à la pleine lune.

— Mais c'est dans deux semaines ! Dans combien de temps cette porte capable de s'ouvrir sous une lune montante sera-t-elle opérationnelle ?

Ella porta ses mains à ses joues et se mit à faire les cent pas.

— Tout n'est pas perdu. Nous pensons qu'ils ne sont pas seuls. Nous avons vu dans le globe lunaire que le guerrier Rig était avec Phoebe et que la sorcière Angie accompagnait Rhed.

— Et Jeff ?

— Je n'ai pas vu Jeff, mais selon toute vraisemblance les enfants sont restés ensemble.

— Jeff aurait fait en sorte que ses amis ne se séparent pas. Ils seraient restés ensemble quoi qu'il arrive. Il est forcément avec Rhed et Phoebe.

Elle secoua la tête.

— À quoi pensait-il donc ?

— Il pensait à son ami, qui est en train de mourir.

Le groupe garda le silence, méditant sur les paroles de Galagedra.

— Qu'en est-il de ces choses, dans la forêt ? Pourquoi sommes-nous attaqués ?

Galagedra prit une profonde inspiration et joignit les mains comme pour essayer de formuler au mieux ses pensées.

— Une guerre millénaire a toujours fait rage entre Sandustian et Drakmere pour garder les royaumes de la terre et les autres royaumes à l'abri des forces obscures qui n'existent qu'à Drakmere, la terre des cauchemars. Pendant un moment, le feu de la guerre est resté à l'état de braises, mais de nouvelles flammes commencent peu à peu à se former. Si nous n'arrêtons pas le mal qui l'alimente, la guerre aura tôt fait de renaître de ses cendres. Tout a recommencé avec l'enlèvement de Matt et la tentative d'enlèvement de Jeff, mais la situation va vite nous échapper si nous n'endiguons pas la marée.

Matt ouvrit de grands yeux en dévisageant le guerrier qui était apparu derrière Galagedra. Le guerrier était un homme noir avec un foulard noué comme un bandana sur le crâne. Il portait des lunettes de soleil, mais ses yeux violets luisaient si intensément que deux têtes d'épingle étincelaient comme des lasers derrière les verres. Il était vêtu d'une chemise noire moulante et avait les muscles les plus volumineux que Matt ait jamais vus. Le guerrier s'arrêta derrière Galagedra.

— Il est temps de créer la perle de lune maintenant que la forêt est vide ; toutes les criatures ont été vaincues, déclara le nouveau venu d'une voix grave avant de retirer ses lunettes.

Galagedra tendit la main pour présenter le nouveau guerrier.

— Ella, Matt, voici l'un de nos hommes. Il s'appelle Khrow.

— Waouh ! s'exclama Matt en détaillant le guerrier, bouche bée.

— Qu'est-ce qu'une perle de lune ? demanda Ella en retenant Matt par l'épaule au moment où le jeune garçon allait s'avancer vers Khrow.

Galagedra répondit.

— Nous allons créer une perle de lune pour nous assurer que les criatures ne pourront pas entrer à Little Falls ou dans les forêts environnantes.

— Et les guerriers, vont-ils rester ? s'enquit Ella.

— Les guerriers resteront jusqu'à ce que la perle de lune atteigne sa pleine puissance. Dès que nous parviendrons à ouvrir une porte, Horrigan et Khrow se rendront à Drakmere pour retrouver la trace des enfants. Vous ne serez pas en mesure de voir la perle de lune et vos déplacements ne seront pas restreints. Cependant, je vous conseille fortement de rester à l'intérieur de la perle tant qu'elle sera maintenue en place.

— Ne pas quitter la ville, si je comprends bien, dit Ella.

Galagedra se détourna.

— La perle de lune prendra effet lorsque le crépuscule et le clair de lune se rencontreront. Heureusement, pas la peine d'attendre la pleine lune, un simple croissant fera l'affaire. Vous, Matt et toute la ville serez protégés pendant un temps.

Ella ouvrit la bouche, mais Galagedra lui coupa l'herbe sous le pied en ajoutant :

— Nous ne prendrons aucun repos tant que les trois enfants ne seront pas de retour, sains et saufs.

Thirza sortit un morceau de parchemin jaune de la poche de sa cape.

— J'ai trouvé ce manuscrit vieux comme le monde dans les textes traditionnels sandustiens. Il y est question des arbres. Le document était si profondément enfoui que j'ai failli ne pas le voir. J'étais en chemin pour vous le montrer lorsque j'ai été convoqué ici. On dirait un passage, presque perdu dans le temps. Le message est énigmatique, mais il se pourrait qu'il contienne la réponse que nous cherchons.

Galagedra examina le parchemin tout en se grattant le menton.

Lorsque les arbres règneront,
Que coulera la malédiction,
Alors seul le sang de dragon
Des chaînes brisera les maillons.

— Oui ! La sève de l'arbre sang-de-dragon a des propriétés magiques qui pourraient bien contrer la malédiction.

Galagedra hocha la tête.

— S'il existe un remède, il doit provenir de l'arbre sang-de-dragon, dans la forêt de Drakwood. Nous devons transmettre cette information aux guerriers ; ils doivent retrouver le sang-de-dragon... si ces arbres existent toujours.

Thirza baissa la tête.

— Comment allons-nous envoyer cette information aux guerriers ? Nous ne pouvons pas communiquer avec eux ni même avec Angie tant qu'ils sont à Drakmere. Nous avons déjà de la chance si nous les entrapercevons sur le globe lunaire.

Galagedra pressa le doigt contre ses lèvres et fixa les arbres, visiblement absorbé dans ses pensées. Puis il jeta un regard circulaire jusqu'à ce que ses yeux se posent sur Khrow.

— Cela présente un énorme risque personnel, mais je dois vous demander…

Khrow esquissa une légère révérence devant Galagedra.

— Je comprends le risque et accepte la tâche avec honneur.

Il chaussa de nouveau ses lunettes de soleil et, en un jet de poudre magique, s'estompa à leur vue.

— Que va donc faire Khrow ? demanda Thirza.

— Il a un don spécial. Même s'il ne l'a encore jamais exercé, il est peut-être capable de murmurer à l'oreille de Jeff au moment où le garçon attrapera un rêve. C'est une tâche très dangereuse pour Khrow, mais s'il n'y parvient pas, alors nul ne le peut. J'espère que Jeff comprendra le message ou du moins le transmettra aux guerriers, conclut Galagedra en soupirant.

— Ainsi Khrow est peut-être capable d'envoyer un message à Jeff… J'aurais aimé en être avertie plus tôt, parce que je lui aurais fait savoir qu'il est puni, grommela Ella.

Galagedra ôta sa capuche et dit :

— Thirza et moi allons vous laisser à présent. J'ai beaucoup de choses à préparer pour la perle de lune et l'ouverture de la prochaine porte menant à Drakmere.

Galagedra traversa le jardin sans un bruit avant de se fondre parmi les arbres de la forêt jusqu'à disparaître totalement.

Thirza ne fut pas aussi silencieux lorsqu'il s'élança à la suite de

Galagedra. Bientôt, tous les bruits de son départ furent engloutis par ceux de la forêt.

Les guerriers étaient toujours en poste. Ils avaient l'air durs, en colère et dangereux, et arpentaient le terrain tout en lançant vers les bois des regards scrutateurs.

Ella raccompagna Matt à l'intérieur. Elle semblait perdue, comme si l'idée l'insupportait de passer une seule nuit à l'abri, la maison surveillée par des guerriers alors que les enfants étaient quelque part, là dehors, seuls et malades.

20

Jeff se releva et se pencha en avant, les mains sur ses genoux flageolants. Il caressa Harley et se tourna vers le bout du couloir.

— Après ça, je n'ai plus vraiment envie d'essayer d'autres portes, fit-il, à bout de souffle.

Pourtant, il savait que s'ils en rataient une seule, ils passeraient peut-être à côté de celle qui les conduirait hors d'ici.

Ils descendirent le couloir jusqu'à la porte suivante. Jeff s'arrêta et fronça les narines. Cette porte ressemblait à une éponge rose tout imbibée. Un liquide rouge foncé s'en échappait.

Horrifié, Jeff décida d'ignorer cette porte qui suintait le sang. Il regarda autour de lui, mais Harley avait déjà passé son chemin.

La suivante avait l'air d'une porte en bois tout ce qu'il y avait de plus normal. Elle s'ouvrit et Jeff se trouva de nouveau nez à nez avec un mur de ténèbres. Pourtant, au centre de la pièce, une lumière était braquée comme un projecteur sur une silhouette assise en boule, les bras bien serrés autour de ses genoux.

Penché en avant, Jeff plissa les paupières pour essayer de distinguer la personne qui était assise dans le faisceau lumineux.

— Attends, se dit-il à voix basse. Je suis un attrapeur de rêves, oui ou non ?

Il ferma les yeux en espérant de tout son cœur que sa technique fonctionnerait toujours.

Les paupières closes, il chercha en pensée sa salle de simulation. Il avait passé de nombreuses heures à s'entraîner et à se concentrer de la sorte pour trouver cette salle. La simulation, c'était cet endroit dans son esprit où il rencontrait les rêves disponibles dont il pouvait se servir. En passant les songes en revue, il était capable d'y choisir des objets et de les ramener dans sa propre réalité. Il avait surnommé cet endroit sa salle de simulation et, à présent, la localiser était un jeu d'enfant. Sauf quand il était dans un état de panique, comme dans la pièce précédente, auquel cas il oubliait tout de ses capacités d'attrapeur de rêves.

Il parcourut les dossiers, qui défilèrent comme une succession d'images tirées d'un film. Puis, une fois qu'il eut trouvé l'objet dont il avait besoin, il s'en empara par la force de la pensée. Lorsqu'il se tourna vers la porte, il ouvrit la main et révéla la paire de lunettes à vision nocturne qui s'y était matérialisée, grâce à ses pouvoirs d'attrapeur de rêves. Il colla les lunettes contre ses yeux et zooma.

Ce qu'il vit ressemblait à une jeune femme, mais elle ne bougeait pas. Pourquoi était-elle assise là ? Était-elle piégée, à moins que ce ne soit elle, le piège ? Il cessa de la regarder et se mordit la lèvre.

Harley était suspendu près des talons de Jeff. Il lui frappa violemment la cheville. Deux fois.

— Aïe ! C'est quoi, ça ?

Il balaya les lunettes sur son nez et s'éloigna légèrement de Jeff, les poils frémissants.

— Bon sang, tu ressembles à un épouvantail… Je suis désolé, d'accord ? J'avais oublié que je pouvais utiliser mes pouvoirs.

Harley rebroussa chemin et se plaça devant la porte.

— En voilà des manières, ajouta Jeff en se frottant la cheville, la mine pincée.

Il n'avait pas terminé sa phrase que Harley se précipita vers la fille et la lumière.

— Harley ! siffla Jeff en secouant la tête, les dents serrées.

Jeff regarda à gauche et à droite avant de s'élancer à sa suite. Le balai vola autour de la jeune femme sans toutefois pénétrer dans le faisceau.

— Tu crois que la lumière est un piège ? murmura Jeff.

Il ferma les yeux, resta un moment concentré, puis il ouvrit la paume. Cette fois, une balle de golf blanche était posée dans sa main.

— Qui ne tente rien… dit-il en lançant la balle de golf en direction de la fille.

La balle frappa la jeune femme sur le bras et elle se retourna brusquement, comme si on l'attaquait. Sa tête se redressa. Les yeux écarquillés et la bouche ouverte, elle semblait sur le point de hurler. Puis elle se renfrogna comme si elle n'en croyait pas ses yeux.

— Que fais-tu ici ? Qui es-tu ?

Sa voix était éraillée. Elle ne semblait pas avoir parlé depuis bien longtemps. Un léger vrombissement se fit entendre au-dessus de sa tête, suivi d'un cliquetis, et Jeff leva les yeux en même temps que la fille.

Elle agita frénétiquement la main :

— Viens dans la lumière, viens dans la lumière !

Jeff la regarda.

— D'habitude, ce n'est pas plutôt : ne va pas vers la lumière ?

Le ronronnement était de plus en plus fort et Jeff tenta de percer les ténèbres au-dessus de lui. Il ne voyait toujours rien.

— La lumière, entre dans la lumière, sinon tu seras tué, geignit-elle.

Jeff était perplexe, mais avant de pouvoir lui demander qui elle était, il sentit une pression qui le poussait vers le sol. Sans réfléchir, il se laissa tomber par terre, conscient que quelque chose venait de passer au-dessus de sa tête en produisant un violent déplacement d'air. Il roula sur le côté et entendit un objet métallique qui s'abattait sur la dalle de pierre, à l'endroit où il se tenait un instant plus tôt.

— Harley ! hurla Jeff en roulant.

Son mouvement fut suivi par le bruit d'un impact contre la pierre. À chaque coup, il manquait de se faire empaler.

— Attention ! Viens dans la lumière, il ne pourra pas te voir. Avance !

Les cliquètements et le vrombissement reprirent. Jeff baissa la tête et courut vers la droite, avant de changer brusquement de direction. Ses instincts ne le trompaient pas. Le sol fut percuté à l'endroit où il se tenait quelques secondes plus tôt et des étincelles fusèrent dans le noir.

Jeff fit quatre bonds sur la gauche, puis changea de cap. Une fois de plus, un coup retentit, le manquant de quelques centimètres. C'était si proche qu'il sentit le souffle de vent contre son visage. Il évalua la distance qui le séparait de la lumière et il plongea. Quelque chose l'effleura au moment où il atterrissait dans la lumière. La fille l'attrapa pour l'empêcher de rouler vers les ténèbres, pris par son élan. Il leva la tête et cligna des paupières. La lumière était aveuglante. Il se couvrit les yeux pour essayer de voir où se trouvait Harley.

— Où est Harley ? Harley ! hurla-t-il par-dessus le vrombissement. Où est-il, je ne le vois pas !

Jeff commençait à paniquer. Il tournait en rond, en forçant sur ses yeux pour trouver le balai.

Il ferma les paupières et se rua vers sa salle de simulation, fouillant parmi les rêves. Il sourit froidement lorsqu'il découvrit ce qu'il cherchait.

Lorsqu'il ouvrit les yeux, il se rendit compte qu'il tenait une torche. Il l'alluma et l'agita comme un projecteur à la recherche du balai.

La jeune femme se tenait devant lui et tournait sur elle-même tout en scrutant l'obscurité.

— Là ! s'écria-t-elle en tendant le doigt vers les ténèbres.

Harley était par terre, une dizaine de pas plus loin. D'immenses lames dorées étaient braquées sur lui, attendant le moindre geste de sa part. Des lames semblables à des guillotines, ainsi que des sabres qui ne paraissaient reliés à rien, flottaient dans les airs.

— Oh, non, non, non ! Harleeey ? hurla Jeff. Réfléchis, réfléchis, réfléchis !

Il dévisagea la fille.

— Ils n'attaquent pas en pleine lumière, c'est ça ?

Elle hocha la tête, les yeux grands ouverts.

— Donc si je dirige la lumière sur lui, ils devraient reculer, n'est-ce pas ?

Jeff tourna son faisceau lumineux pour le braquer sur Harley. Les lames se déplacèrent sur le côté, mais restèrent suspendues juste à l'extérieur du cercle de lumière.

— Harley, tout va bien. Approche-toi lentement de nous, mais reste dans la lumière.

Jeff gardait la torche tournée vers Harley, mais le balai ne bougea pas.

— Il a peut-être peur, grommela la fille.

— Harley ? Jamais ! Il doit être assommé ou quelque chose de ce genre.

Pendant un moment, Jeff regarda Harley inerte sur le sol, puis il hocha la tête.

— Bon, maintiens la lumière sur moi pendant que j'avance. Garde-la bien droite, d'accord ? Tu peux le faire.

— Tu es fou ? souffla-t-elle comme si elle venait juste de comprendre son intention.

— À mon tour de le sauver. C'est ce que font les amis. Maintenant, vas-y !

Jeff sentit la chaleur de la lampe dans son dos tandis qu'il emplissait d'air ses poumons avant de s'avancer dans le noir. Il recula instinctivement lorsqu'une lame s'arrêta à un cheveu de son visage.

— Du calme, l'avertit-il. Nous allons faire un pas au bout de trois, d'accord ? Avance avec moi… Un, deux…

— Attends, attends, chuchota fébrilement la fille. Un, deux, *on avance*, ou un, deux, trois, *puis* on avance ?

Les yeux rivés sur la lame suspendue à quelques centimètres de son nez, il répondit du bout des lèvres.

— On avance à trois… donc, un, deux, *on avance*. Tu es prête ?

— Prête.

— Un, deux, *on avance.*

Jeff fit un pas pour se rapprocher de Harley. La lumière resta sur lui et la lame recula, toujours à la limite de l'obscurité.

Alors qu'il progressait, la lumière se refléta autour de lui et il tressaillit en voyant le sol jonché de débris blancs. Il frissonna en reconnaissant des os et des squelettes. Jeff fit un autre pas, soulagé de constater que la lumière le suivait. Du coin de l'œil, il aperçut une autre lame, la plus grosse qu'il ait jamais vue, en lévitation sur sa droite.

Au pas suivant, Harley apparut dans la lumière et Jeff s'agenouilla pour toucher le balai. Il était immobile, sans aucune vibration, comme s'il était endormi.

— Je l'ai. On revient. Prête ? Un, deux, *on avance.*

Dès l'instant où il entra dans la lumière, la torche se volatilisa et Jeff tomba à genoux. Il observa attentivement Harley, faisant courir ses mains sur le manche du balai.

— Il n'a pas l'air entaillé ni rien. Il est peut-être juste évanoui.

Sans lâcher Harley, Jeff dévisagea la fille et constata qu'elle avait de longs cheveux couleur maïs qui descendaient le long de son dos. Elle était presque aussi grande que lui et ses yeux brillaient d'une lueur rose clair qui lui faisait penser au quartz.

— Maintenant, nous sommes deux et demi coincés dans cette lumière. De mieux en mieux, fit-elle en secouant lentement la tête.

— Je m'appelle Jeff, et voici Harley le balai.

Elle hocha la tête, mais ne dit rien.

— Alors tu… ?

Au lieu de répondre, elle lui tourna le dos, s'assit par terre et serra ses genoux dans ses bras.

— … ne nous parles pas, conclut Jeff, terminant sa phrase en passant sa main dans ses cheveux.

— Tu n'as pas besoin de connaître mon nom. Je mérite d'être

emprisonnée dans cette lumière pour l'éternité. Laisse-moi toute seule.

— Un vrai rayon de soleil, fit Jeff en levant les yeux au ciel. Tu as peut-être envie de rester ici, mais moi, non. Je dois trouver un moyen de partir.

Il se leva, le balai dans une main, l'autre main sur la hanche, et il fronça les sourcils en regardant la jeune fille silencieuse qui lui tournait le dos, assise par terre.

— Il n'y a aucun moyen de sortir. Soit nous mourrons de faim, soit nous prendrons la sortie rapide comme les autres.

Elle désigna d'un signe de tête les os que Jeff avait aperçus un peu plus tôt.

— Je ne compte pas baisser les bras avant même d'avoir commencé à comprendre où nous sommes. Nous pouvons sans doute trouver une solution. Je dois au moins essayer. Et puis, mon meilleur ami a besoin de moi. Je dois trouver le remède qu'il lui faut. Donc je partirai d'ici, avec ou sans toi.

Jeff se leva et regarda au-dessus de sa tête.

— Peut-être que pour l'instant nous devons rester dans la lumière, mais je me demande ce qu'il y a là-haut.

Harley vibra et se dressa en position verticale. Jeff s'agrippa au manche pour s'assurer que le balai ne filerait pas par inadvertance dans l'obscurité.

— Oh, Dieu merci, tu vas bien, murmura-t-il. Du calme. Nous devons rester dans la lumière. Oui, nous sommes pris au piège ici, du moins pour l'instant. Et elle ne parle à personne parce qu'elle est déprimée, dit-il en tendant le pouce vers la fille, toujours assise dos à eux. Donc ce que je me dis, c'est que si nous retournons jusqu'à la porte, nous allons devoir visiter un nombre incalculable de pièces. Cette lumière doit bien provenir de quelque part. Je pense qu'il nous faut monter. Si ça ne fonctionne pas, il sera toujours temps de rejoindre la porte.

— Comment vas-tu monter ? demanda la fille à voix basse.

— Euh… eh bien, je suis un attrapeur de rêves. De la même manière que j'ai fait apparaître la torche. Je crois que je peux le faire.

— Tu es un attrapeur de rêves ? Elle va *adorer* ça.

— Elle ?

— Wiedzma, nous nous trouvons dans son château. C'est une affreuse sorcière, immonde et méchante !

La jeune femme s'exprimait d'un ton amer, la bouche en avant comme si elle venait de goûter quelque chose d'infect.

— C'est son château ? Elle va vraiment être ravie de me revoir.

Jeff fit la grimace.

— Te revoir ? Comment ça ?

— Je l'ai combattue il y a quelque temps. Elle avait enlevé mon frère, mais nous avons réussi à nous enfuir. Je suis sûr que ça l'a mise dans tous ses états, dit Jeff.

Le dos de la fille se redressa. Elle se leva et se retourna.

— Ton frère ?

Ses yeux clairs étaient grands et brillants comme des ampoules électriques.

— Oui, Matt.

— Matt, un garçon de six ans aux yeux bleus, avec un cheveu sur la langue. À peu près cette taille ? fit-elle en tendant la main à mi-cuisse.

Jeff hocha la tête. Il la regarda d'un air dubitatif.

— Matt est réveillé ? demanda-t-elle.

Ses paroles se bousculaient avec empressement.

— Il va bien, si ce n'est qu'il est persuadé de savoir parler aux chiens.

Jeff écarta ses cheveux de son front.

— Tu l'as aidé à s'échapper ?

— Pas tout seul. Madgwick était là, et Rig. Des guerriers…

Harley frappa de nouveau la cheville de Jeff, mais pas aussi vigoureusement que la première fois.

— Aïe, Harley, ça fait mal ! Angie et Harley *aussi* nous ont aidés, ajouta-t-il en lançant au balai un regard noir. Oh, et le plus gros dragon que j'aie jamais vu ! Un dur à cuire. J'aimerais qu'il soit avec nous en ce moment.

Jeff se tut et frotta sa cheville douloureuse d'un air absent.

La jeune femme se laissa tomber à genoux. Lorsqu'elle leva les yeux vers lui, son visage rayonnait.

— Rig.

Jeff plissa les yeux. Soudain, il comprit.

— Attends un peu : tu es Gwyndion !

Elle lui adressa le plus beau sourire qu'il lui ait jamais été donné de voir. Aussitôt, il le lui rendit.

— Rig et Madgwick sont à ta recherche, ajouta-t-il en haussant simplement les sourcils.

C'était la guerrière perdue à Drakmere, que tout le monde avait crue morte. Que ce soit lui qui l'ait retrouvée, voilà qui était franchement cool, si ce n'est qu'ils étaient toujours pris au piège.

— Et Thirza, et tous les prisonniers, se sont-ils évadés ? demanda Gwyndion en se rongeant l'ongle du pouce.

— Ils sont tous en lieu sûr. Mon grand-père, Thirza, est chez lui. Il passe son temps entre nous et les anciens. Thirza était bouleversé quand il s'est rendu compte qu'il ne te retrouvait pas, et tu aurais dû voir Rig… Il t'a cherchée comme un fou. Il a toujours su que tu étais vivante, et Madgwick a dit que Rig était à ta recherche depuis une éternité.

— Oh, Seigneur.

Il marqua une pause.

— Alors, qu'en dis-tu ? Ne devrait-on pas essayer de sortir d'ici ?

Gwyndion se leva faiblement et haussa ses frêles épaules.

— Je ne sais pas comment. Je n'ai aucun pouvoir.

Puis elle sourit et tendit la main dans son dos pour attraper ses cheveux et les nouer sur sa nuque.

— Moi, si, dit Jeff. Juste un peu, et ils ne sont pas très forts, ajouta-t-il en arquant ses sourcils.

— Tu as un plan ? demanda-t-elle.

Elle épousseta sa tunique maculée de taches, qui semblait autrefois avoir été orange, mais tirait à présent sur le marron. Sur les jambes, elle portait des bas qui présentaient tellement de trous qu'il était impossible d'en deviner la couleur.

— J'ai une idée. Harley, peux-tu t'envoler jusque là haut pour voir dans le plafond s'il y a un orifice par lequel passe la lumière ? Nous pouvons peut-être sortir par là. Sinon, nous devrons élaborer un plan pour rejoindre la porte sans nous heurter aux lames, mais j'ai le pressentiment qu'il nous faut passer par en haut.

Harley se dressa en position verticale et s'élança. Il redescendit et resta suspendu devant Jeff.

— Ce serait très utile si tu pouvais parler, dit Jeff. Essayons ça. Soulève-toi et baisse-toi pour dire oui, ou touche le sol pour dire non. Compris ? Pouvons-nous sortir par le haut ?

Harley opina.

— C'est un oui.

Jeff se gratta la tête.

— Je crois que le mieux, ce serait que je grimpe et que je lance une échelle de corde de là-haut.

Il ferma les yeux et fouilla dans les dossiers de rêves qu'il put trouver. Il y découvrit ce qu'il cherchait. Lorsqu'il ouvrit les yeux, un panneau scintillant se dressait devant lui, disparaissant dans la lumière au-dessus. Des cordes pendaient à ses pieds. Jeff noua la corde autour de sa taille avant de chercher les prises qui sortaient du panneau.

— Qu'est-ce que c'est ? demanda Gwyndion en s'avançant près de Jeff pour effleurer doucement la paroi.

— Je l'ai fait un jour dans un centre d'activités sportives, au centre commercial. C'est un mur d'escalade d'intérieur. Il y a des emplacements pour les mains et pour les pieds, tu vois ? On appelle ça des prises... Je crois. Ça ne va pas être facile, mais je crois pouvoir le faire, et ne t'inquiète pas, tu n'auras pas à escalader parce que déroulerait une corde pour te hisser jusqu'en haut.

— Et tu n'as pas de moyen plus facile de monter ? demanda Gwyndion en haussant les sourcils.

— Pour le moment, non, dit Jeff en se renfrognant.

Il escalada, mais il n'avait gravi que quelques mètres que déjà, il haletait. C'était difficile. Lorsqu'il leva les yeux, il tressaillit. Apparemment, il avait encore beaucoup d'efforts à fournir avant d'arriver en haut.

La sueur ruisselait dans son dos et il tendit péniblement les bras vers la prise suivante. Ses doigts commençaient à lui faire mal à force d'être crispés. Il s'arrêta lorsqu'un point de côté se fit sentir. Pourquoi avait-il cru que ce serait facile ? Il secoua la tête pour écarter ses cheveux trempés de ses yeux. Puis il prit une profonde inspiration et souffla bruyamment avant de poser sa main sur la prise suivante pour s'y accrocher. Il ne pouvait plus reculer maintenant. Gwyndion comptait sur lui. C'était son idée et il devait les faire sortir d'ici.

Le souffle court, il se hissait progressivement le long du mur. Enfin, il aperçut les contours du trou à travers lequel brillait la lumière, quelques mètres au-dessus de sa tête.

— Je ne suis plus très loin, s'écria-t-il.

— Parfait, lui répondit une voix douce au niveau de son épaule droite.

Jeff eut l'impression qu'un éclair venait de lui traverser le corps. Il perdit prise et dut griffer la paroi avant de parvenir à s'y raccrocher. Il tourna lentement la tête pour essayer de voir où se trouvait Gwyndion et comment elle avait réussi à monter aussi haut. Lorsqu'il l'aperçut, debout derrière lui, un pied de chaque côté de la queue du balai et le manche dans les mains, ses yeux lui sortirent de la tête. Harley, qui lévitait souplement, ressemblait à un bâton sauteur sans poignées.

Le visage de Jeff vira au rouge, encore plus qu'il ne l'était déjà à cause de l'ascension pénible. Il prit une inspiration et s'exclama :

— Harley ! Pourquoi est-ce que je m'épuise sur cette paroi alors que tu aurais pu me soulever comme tu le fais ? C'est nul. Franchement, c'est nul !

Gwyndion haussa les épaules.

— Tu semblais avoir très envie d'escalader, alors nous ne voulions pas gâcher ce bon moment. Je dis ça, je dis rien.

— Bon moment ? s'égosilla Jeff. Vous avez vraiment l'impression que je passe un bon moment ? J'ai chaud, je suis en nage et fatigué !

Il prit une profonde inspiration avant de reprendre ses vociférations, mais un mouvement en contrebas attira son attention et il baissa les yeux. Il faillit perdre de nouveau l'équilibre. La lumière remontait lentement vers eux, à présent, et d'énormes lames dorées s'élevaient à leur tour sous la lumière. Elles se croisaient dans un mouvement de ciseau et tranchaient l'air à quelques centimètres de la zone éclairée.

— La lumière remonte. Tu dois traverser le trou ! s'écria Jeff.

Gwyndion poussa un cri en baissant les yeux et en apercevant la lumière qui les suivait. Harley monta et flotta un instant près de la sortie.

— Vas-y, Gwyndion !

— Et toi ?

— Monte, j'arrive, grogna Jeff en agitant frénétiquement les bras sans tenir compte des protestations douloureuses que lui envoyaient ses doigts.

Jeff gardait les yeux rivés sur les prises devant son nez. Dans sa vision périphérique, il vit les pieds de Gwyndion disparaître dans le trou, au-dessus de sa tête.

Et s'il y avait de l'autre côté de ce trou quelque chose de pire que les lames en contrebas ? Bah, c'est trop tard maintenant, soit je monte, soit je me fais hacher comme une carotte, dit Jeff.

Il avait encore quelques mètres à gravir. Le vent soulevé par les lames faisait voleter son t-shirt et ses cheveux se soulevaient à chaque bourrasque. Il pinça les lèvres tout en se hissant le long de la paroi. Sans prévenir, Harley surgit brusquement devant lui. Jeff s'empara du manche, mais ses mains étaient moites et il ne parvint pas à s'accrocher au bois lisse du balai. Ses doigts ne cessaient de glisser.

— C'est inutile. Je n'arrive pas à me cramponner, mes mains sont trop humides, souffla-t-il.

Le balai remonta dans le trou. Jeff tendait le bras vers la prise suivante lorsque Harley réapparut dans l'autre sens, les poils de son plumeau en avant.

Jeff jeta un coup d'œil aux frontières de la lumière, juste sous ses pieds. Il lança une main vers le manche et grimpa sur la queue du balai, dans la même position que Gwyndion tout à l'heure. Quelques secondes plus tard, il franchissait le trou, tandis que les lames tranchaient l'air juste en dessous.

— C'était moins une, s'écria-t-il en cherchant Gwyndion du regard.

Mais il ouvrit la bouche en grand et écarquilla les yeux en constatant que Gwyndion avait disparu. Il était seul dans une petite pièce aux murs de pierre.

21

Rhed et Phoebe étaient assis sur un rocher, d'où ils regardaient Angie d'un œil méfiant. La sorcière faisait les cent pas. De temps à autre, elle s'arrêtait et reniflait les cheveux de Phoebe ou retroussait les lèvres de Rhed pour examiner ses mâchoires.

Elle ne cessait de grommeler en agitant les mains en l'air :

— Oh. Que faire ? Que faire ?

Phoebe et Rhed fixaient sur Angie de grands yeux étonnés, comme si des cornes avaient poussé sur sa tête.

Rig lança à Madgwick un regard en coin, les sourcils arqués. Madgwick hocha la tête et se leva en tendant les mains pour empêcher Angie de tourner en rond.

— Que se passe-t-il, Angie ?

Angie s'interrompit et le dévisagea. Ses pommettes hautes semblaient encore plus prononcées sur son visage livide, et ses grands yeux vert émeraude transpercèrent le guerrier.

— C'est Rhed ou Phoebe, dit-elle en inspirant à pleins poumons.

— Que voulez-vous dire, Angie ? demanda Rig.

— Rhed doit se rendre au plus vite auprès du prince de la forêt de Drakwood, sinon nous perdrons tout espoir. Regarde-le, il peut à peine bouger. Ses membres sont raides et ses organes internes seront bientôt tout aussi rigides. Il va manquer de temps.

— Oh, par le feu du ciel ! s'exclama Madgwick en refermant ses doigts dans ses cheveux.

— Quant à Phoebe, Zorka veut mettre la main sur elle. Nous devons donc trouver Watroc. Nous aurons besoin de lui pour nous débarrasser de Zorka. Si nous ne lui réglons pas son compte, le nombre de ses spectrifiés ne cessera d'augmenter jusqu'à ce qu'il ne reste plus rien d'indemne à Drakmere, et ensuite ils se déverseront dans les autres royaumes. Ce sera comme la peste. Je ne crois pas que Phoebe aurait bonne mine une fois changée en spectrifiée.

— Tonnerre et tremblements ! gronda Rig.

— Nous ne voulons pas être transformés en spectri-trucs… euh, en zombies, s'écria Rhed en rehaussant ses lunettes sur son nez d'un geste brusque.

Angie lui adressa un grand sourire avant de lui répondre :

— Non, ne t'inquiète pas. Tu n'intéresses pas Zorka. Si elle suçait ton sang, des fleurs lui pousseraient dans des endroits saugrenus. Je crois que nous sommes tous d'accord pour dire que ce serait une grande amélioration de sa personne, et en ce qui me concerne, je trouve qu'un peu de couleurs lui ferait le plus grand bien, surtout des nuances de rose et d'orange, pourquoi pas avec une touche de violet…

— Euh, Angie, murmura Madgwick.

Angie se mit à loucher et agita légèrement la tête, avant de reprendre joyeusement la conversation comme si de rien n'était.

— Mais si elle suce le sang de Phoebe, elle retrouvera sa jeunesse et sa beauté – ce n'est pas terrible en comparaison avec les fleurs, sans vouloir t'offenser, Phoebe, dit-elle en rejetant ses cheveux bouclés sur ses épaules.

Ses mèches rouges brillaient sous le soleil.

— Aucun souci, dit Phoebe en haussant les épaules.

Le regard qu'elle posait sur Angie laissait entendre qu'elle la prenait pour une folle.

— Donc vous dites que Rhed ne sera pas attaqué, car il est malade ?

— Exactement. Alors c'est Rhed ou Phoebe…

— Pourquoi pas les deux ? demanda Madgwick en haussant un

sourcil.

Angie tapa du pied et se tourna pour envoyer à Madgwick une réponse cinglante. Son doigt s'agitait déjà devant lui, mais Madgwick leva la main.

— Et vous ne pouvez pas donner à Rhed une potion pour ralentir le processus ? Ça le protègerait le temps qu'on trouve Watroc et qu'on expulse Zorka de Drakmere. Nous aurons toujours le temps ensuite d'entamer les négociations avec le prince de la forêt pour la libération de Rhed.

La bouche d'Angie se referma et elle tendit son cou long et fin. On aurait dit une tortue qui sort la tête de sa carapace.

— Je le savais ! C'était exactement mon idée.

Elle plissa les yeux en dévisageant Madgwick.

— As-tu entendu mes pensées, Madgwick ?

— Pas même un murmure.

Le guerrier se détourna pour cacher le sourire en coin et les fossettes qui le trahissaient.

Rig regarda Angie en claquant la langue. Les sourcils froncés, il repoussa sur son épaule sa longue queue de cheval noire qui alla pendre dans son dos.

— Bon, avez-vous une potion qui fasse l'affaire ? demanda Rig, les yeux brillants.

— Non, admit Angie en inspectant ses poches avant d'en sortir quelques fioles. Mais si nous les combinons avec celles que possède Madgwick, nous obtiendrons peut-être quelque chose. Qu'est-ce que tu as, Madgwick ?

Elle ajouta en souriant :

— Tu es si intelligent, Rig. Quelle bonne idée.

— C'était mon idée, bougonna Madgwick en alignant ses bouteilles sur un rocher avant de fouiller dans sa sacoche en cuir brun pour s'assurer de ne rien avoir oublié.

— Je n'aime pas la perspective de jouer les cobayes pour leurs potions, dit Rhed à Phoebe tout en fixant ses doigts, qui commençaient à s'étirer dans tous les sens comme de petites branches.

— Et moi, je n'aime pas la perspective de devenir un distributeur de sang ambulant pour une vieille chouette hargneuse, alors ressaisis-toi, répliqua Phoebe.

Angie marmonna dans sa barbe tout en examinant les différentes fioles. Elle choisit un flacon en verre et le posa sur la pierre devant elle. Elle versa dans le récipient transparent une goutte du liquide gris que renfermait l'une des bouteilles. Puis elle ajouta un soupçon de potion trouvée dans une fiole bleue, et secoua le tout avant de saupoudrer une pincée de poudre violette sur le mélange.

Elle se leva et, la bouteille brandie au-dessus de sa tête, tourna trois fois sur elle-même en grommelant tout bas. Puis elle s'assit et se débarrassa de ses chaussures pour révéler ses grands pieds. Concentrée sur la fiole, elle ajouta une autre goutte de liquide marron et une pincée de poudre supplémentaire. Elle resta par terre et regarda fixement la bouteille en agitant les mains, comme si elle jouait un morceau de musique complexe sur une harpe.

Puis elle ferma les yeux, baissa la tête et chanta à pleins poumons. Madgwick grimaça et Rig se voûta en rentrant le cou, comme pour esquiver un coup inattendu.

Rhed dégringola au bas du rocher sur lequel il était perché. Elle chantait si fort que les mots se cognaient les uns contre les autres. Ses orteils se recourbèrent. Le contenu de la fiole explosa en un feu d'artifice miniature.

— C'est terminé ! Bois ça, Rhed. Ça va nous faire gagner du temps.

— Je me sens bien, vraiment. Je n'ai pas besoin de ça, dit Rhed en se relevant tant bien que mal, malgré ses genoux qui refusaient de se plier.

Phoebe prit Rhed par la main et l'aida à se mettre debout. Elle dut le soutenir tant il titubait en essayant de garder l'équilibre.

— Et vous oubliez Jeff ? dit Rhed en regardant Madgwick pour changer de sujet.

Madgwick soupira.

— Chaque chose en son temps. Une fois que nous aurons réglé ce que nous pouvons régler ici et maintenant, nous nous pencherons sur ce qui a bien pu arriver à Jeff et l'endroit où il se trouve.

Rhed fixait le sol.

— Jeff m'a sauvé la vie, il m'a poussé vers le bord et…

Il était incapable de terminer sa phrase, comme si prononcer les mots risquait de les rendre réels.

— J'ai l'impression de ne rien faire du tout pour le retrouver. Je ne suis même pas certain qu'il soit encore en vie.

Phoebe se jeta au cou de Rhed, qui vacilla.

— Le balai est parti avec lui, donc il y a toujours une chance qu'il soit vivant. Ne baisse pas les bras.

Rhed leva les yeux.

— Mais…

— Bois cette satanée potion ! s'écrièrent-ils tous en chœur.

Rhed regardait la bouteille d'un œil soupçonneux, comme s'il se remémorait la dernière fois qu'il avait bu une potion – qui s'était avérée être du vomi de grenouille… répugnant. Il ouvrit la bouche pour dire quelque chose, mais devant la mine impassible de ses compagnons, il inclina le récipient et en avala le contenu.

— Pouah, c'est dégueu !

Il se frotta les lèvres et la langue du revers de la manche. Enfin, il tira la langue et écarquilla les yeux. Elle irradiait une lumière violette.

— Que fe paffe-t-il ? demanda-t-il, la langue toujours hors de sa bouche.

Bientôt, il afficha un sourire ensommeillé, ferma les yeux et bascula.

Rig le rattrapa dans un filet de poudre argentée et le déposa délicatement sur le sol.

— Que s'est-il passé ? Il va bien ? demanda Phoebe en se tordant les mains.

— Il est juste un peu assommé. Il se réveillera plus tard, lui dit Angie sur un ton rassurant.

Madgwick jeta sa poudre dans les airs et fabriqua une moto munie d'un side-car suffisamment grand pour contenir deux passagers. Il fit signe à Angie et à Phoebe de monter.

Angie regarda le side-car en plissant les yeux.

— Je ne monte pas là-dedans. Ça n'a pas l'air confortable du tout, regarde, il n'y a pas de coussins, ni même un appuie-tête. Et si nous percutons un arbre ?

Madgwick leva les yeux au ciel et pinça les lèvres. Il lança à Rig un regard qui valait mille mots.

Angie grommela, tapa dans ses mains, et le side-car se déplaça pour venir s'accrocher à l'arrière de la moto telle une remorque. De la poudre violette l'enveloppa comme une nuée et, lorsqu'elle se dissipa, le side-car s'était changé en un vieux sofa trois places défraîchi, dont le rembourrage et la mousse sortaient au niveau des coutures. Il était d'un affreux rose délavé qui semblait avoir cent ans. Mais il paraissait aussi confortable et doux, et les coussins étaient moelleux.

Phoebe sourit en sautant sur son côté du canapé et poussa un cri lorsqu'une ceinture s'attacha automatiquement sur ses genoux.

— C'est confortable, Angie.

— Eh bien, fit Angie d'un air dédaigneux en s'enfonçant dans le coussin. Je ne vois pas l'intérêt de voyager dans l'inconfort.

Rig posa Rhed, toujours profondément endormi, entre Angie et Phoebe. Il hocha la tête d'un air approbateur lorsque le sofa produisit un harnais qui s'attacha autour du torse de Rhed pour le maintenir droit et bien en place.

— Nous allons nous amuser. Mais tu ne souris donc jamais, Rig ? demanda Angie en faisant la moue.

— Non, répliqua Rig.

Madgwick non plus ne semblait pas d'humeur à rire.

— Comment sommes-nous censés traverser la forêt en tractant un gros sofa ?

Il monta sur sa moto et chaussa ses lunettes en poudre magique.

22

Jeff descendit du balai et se laissa tomber à genoux. Il était toujours pantelant et à bout de souffle après son ascension laborieuse le long de la paroi. Il cherchait Gwyndion, qui n'apparaissait nulle part. La pièce était fraîche et sentait la terre mouillée. Jeff décolla son t-shirt de sa poitrine pour essayer de faire passer un peu d'air sur son corps ruisselant. La salle ressemblait à un cachot avec des murs en pierres apparentes. Les blocs étaient larges et certains présentaient des sillons qui ressemblaient à des traces de griffes.

Jeff examina attentivement les encoches et il s'imagina la personne qui avait gratté la pierre de ses ongles. Il se figura ses doigts creusant les sillons. Le détenu avait dû rester longtemps enfermé ici pour pratiquer des griffures si profondes. Il observa les autres pierres et la mousse verte qui poussait entre les fissures. Avec mille précautions, il se dirigea vers les barreaux en fer verticaux de la porte. Il essaya d'actionner la poignée, mais la porte était verrouillée.

— Bon sang, où est Gwyndion et pourquoi sommes-nous enfermés dans cette pièce ? Nous devons trouver une sortie.

Il parlait à voix basse, s'adressant à Harley qui le suivait comme s'il découvrait lui aussi les murs et la porte de la prison. Jeff s'allongea par terre et regarda par le trou qu'ils venaient juste de franchir. Il s'écarta d'un bond. La salle en contrebas était plongée dans l'obscurité, la lumière était éteinte et une lame s'agitait juste en dessous, tranchant dans le vide.

— Il s'en est fallu de peu. Si mon nez était un poil plus long, il serait maintenant un poil plus court.

Jeff se leva et posa les mains sur ses hanches. Il commençait à se détendre.

— Nous ne pouvons pas redescendre, la lumière a disparu. Je n'aime pas ça. Mais enfin, où est partie Gwyndion ?

Jeff fit le tour de la pièce en tapant contre les murs pour essayer de déceler un son creux, puis il entreprit de tirer et de pousser les pierres en espérant que l'une d'elles se détacherait. Il s'acharna contre la porte, mais ne parvint qu'à soulever la poussière des gonds sans la faire céder d'un pouce. Ils étaient pris au piège. Enfin, il essaya de se glisser entre les barreaux étroits, mais il abandonna après quelques minutes d'efforts et de grognements.

— Harley. Toi, tu peux passer entre les barreaux ! Essaie de trouver Gwyndion.

Harley se dirigea vers la grille et se faufila à travers. Il resta un instant suspendu, comme s'il se demandait quel chemin emprunter, puis il fila dans le tunnel de gauche. Jeff s'appuya contre les barreaux pour tenter d'apercevoir Harley le plus loin possible, mais le balai ne tarda pas à tourner à l'angle d'un couloir.

— Génial, soupira Jeff.

Il passa les doigts dans ses cheveux, puis il se retourna, les mains sur les hanches, indécis. Il ouvrit son sac à dos pour voir si quelque chose avait réchappé aux dégâts de la boue. Le contenu avait l'air sale, mais rien n'était détruit.

C'est alors qu'on entendit un tintement, comme du verre ou des tasses en porcelaine. Il s'empressa de revenir vers les barreaux et il étouffa un cri en apercevant Gwyndion et Harley au bout du tunnel. Gwyndion portait quelque chose et elle souriait comme si elle était d'excellente humeur.

Elle posa ce qu'elle portait sur le sol, s'affaira sur la serrure, et la grille s'ouvrit vers Jeff dans un grincement sonore.

Jeff vit Gwyndion faire la grimace lorsqu'elle regarda par-dessus son épaule pour voir si quelqu'un l'avait entendue ouvrir la porte. Elle retourna dans le couloir et s'en revint avec une pierre noire et ronde qu'elle plaça devant la grille pour l'empêcher de se refermer.

— Que se passe-t-il ? Pourquoi m'as-tu enfermé ?

— Chut, je ne pouvais pas prendre le risque que tu t'en ailles fureter partout. Désolée, dit Gwyndion en se penchant, la paume tournée vers le sol comme pour faire taire Jeff.

Elle apporta ce qu'elle avait dans les bras et le déposa sur le sol, puis elle s'assit en faisant signe à Jeff de l'imiter.

Curieux de connaître la raison de ce manège, Jeff s'assit en face d'elle, croisa les bras et la dévisagea en fronçant les sourcils, le regard fixe.

— Où étais-tu ?

Elle leva les yeux vers lui, tout sourire.

— Je sais où nous sommes !

— Quoi ?

— Je sais où nous sommes, répéta-t-elle avec un léger sourire, visiblement ravie de sa découverte. Je meurs de faim. Je ne sais même plus quand j'ai mangé un morceau pour la dernière fois.

Elle rompit une miche de pain, en arracha une grosse bouchée et lui sourit en mâchant.

Le ventre de Jeff gronda et il sourit à son tour en s'emparant du pain pour y mordre à pleines dents. Il semblait tout juste sorti du four, et il était si sucré que Jeff regarda le morceau dans sa main pour y chercher de la confiture ou du chocolat. Il lança un bout de fromage dans sa bouche, ferma les yeux et laissa le fromage fondre sur sa langue.

— Où as-tu trouvé toute cette nourriture ? demanda-t-il, la bouche pleine.

Du jus coula sur le menton de Gwyndion lorsqu'elle mordit dans un fruit à l'apparence de fraise, mais noir avec des pépins blancs. Elle s'essuya le menton du revers de la main.

— De la cuisine… Tu vois ? Je te l'avais dit. Je sais où nous sommes.

Ils mangèrent en silence. Lorsqu'ils eurent le ventre plein, Jeff se redressa. Il avait l'impression que cela faisait des jours qu'il ne s'était pas senti aussi bien, même si sa mésaventure dans les sables mouvants ne remontait sans doute qu'à quelques heures. Il se rappelait ce que lui avait expliqué Rig un jour, que le temps s'écoulait différemment à Drakmere.

— Alors où sommes-nous ?

— Nous sommes au château de Drakmere.

Jeff regarda autour de lui comme s'il craignait brusquement que le château lui apparaisse sous un autre jour.

— Je croyais que nous étions dans celui de Wiedzma. Il me semble bien l'avoir entendue dire que personne ne pourrait jamais le trouver.

— C'est ce qu'elle m'a dit, à moi aussi. Quelles étaient ses paroles exactes, déjà ? « Diamants sur le lac, quarante-septième perle, tourbillonne sous le prisme, quand les gouttes ruissèlent. »

Gwyndion mordit de nouveau dans son fruit et mâcha vigoureusement avant d'avaler.

— Je la soupçonne d'avoir fusionné son château avec celui de Drakmere. C'est forcé, car je reconnais les lieux.

— Mais pourquoi ?

— Eh bien, tout le monde cherche son château et elle était si fière de prétendre que personne ne le trouverait jamais. Elle avait raison. Personne n'imaginerait jamais qu'il se situe au même emplacement que le château de Drakmere. Enfin, deux châteaux en un… pourquoi les gens y penseraient-ils ?

— Fusionner avec Drakmere ? C'est nul.

— Et puis, Drakmere bénéficie aussi d'un enchantement qui empêche quiconque y entre d'en sortir. C'est tout à fait logique. Je me demande si Grzegorz sait que son château est caché à l'intérieur.

— Donc en quelque sorte, elle a détourné Drakmere. Je dois le reconnaître, elle a du cran.

— Ils ne penseraient jamais à nous chercher ici. Ils ont déjà fouillé Drakmere de fond en comble, alors pourquoi reviendraient-ils sur leurs pas ? Même si nous savons où nous sommes, son plan fonctionne toujours, car nous sommes coincés. Nous ne pouvons pas sortir et nous ne pouvons transmettre aucun message à l'extérieur.

— Ce n'est pas forcément vrai, dit Jeff.

Gwyndion arqua les sourcils.

— Harley peut sortir. Il a réussi à faire entrer Angie et c'est lui qui nous a tous aidés à sortir la dernière fois. Peut-être parviendra-t-il encore à s'enfuir, mais nous devrons faire diversion quand il tentera une sortie.

— Harley peut sortir ? fit-elle en regardant le balai. C'est vrai ?

Harley se souleva en position verticale avant de tourner sur lui-même.

Jeff étouffa un rire dans sa main pour ne pas faire trop de bruit.

— Je crois que c'est un oui ! Il peut rejoindre directement Angie et lui dire où nous sommes.

Jeff bâilla.

— Merci pour ce dîner, Gwyndion. Je crois que c'était le meilleur repas que j'aie mangé depuis bien longtemps.

Gwyndion lui tapota la main.

— Tu dois te reposer un peu, et je crois que nous sommes en sécurité ici. Personne ne descend jamais, à moins d'y être obligé. Dors, maintenant.

Jeff se réveilla en sursaut. Il était incapable de dire depuis combien de temps ils dormaient et il n'avait pas la moindre idée de l'heure qu'il était. Il était sous terre depuis trop longtemps et son horloge interne était toute détraquée. Il se retourna. Gwyndion était en train de s'étirer dans un coin de la pièce.

— Gwyndion, comment se fait-il que tes yeux soient si roses ? Comme

180

du quartz clair. Les yeux de Rig et de Madgwick sont violets, et ils brillent. Je me posais juste la question...

Elle sourit sans conviction, d'un sourire qui n'atteignit pas ses yeux.

— Eh bien, quand j'ai perdu ma poudre, mon pouvoir a disparu avec elle et, avec le temps, la couleur de mes yeux s'est fanée. Ils sont passés de violet à rose clair. Si je redeviens une guerrière un jour, peut-être mes yeux retrouveront-ils leur teinte sombre d'autrefois. Je ne sais pas. Tellement d'années sont passées, peut-être trop. Tu as vu Rig ?

— Il m'a sauvé des ombres frémissantes, m'a appris que j'étais un attrapeur de rêves et m'a ensuite montré comment exercer mon don.

— Comment est-il maintenant ?

— Un caractère de cochon et toujours grognon, mais bon sang, cet homme sait se battre ! Même les ombres le craignaient. C'est le meilleur, avec Madgwick.

— Je ne connais pas Madgwick.

— Il est cool, lui aussi. S'ils savaient que nous sommes ici, ils viendraient sans hésiter. Ils sont restés volontairement pour te chercher, et bien sûr pour aider Azghar qui était submergé par les ombres frémissantes. Dis-moi, comment as-tu atterri dans cette salle, avec les lames pointées sur toi ?

— Wiedzma était furieuse quand elle a compris que, même si elle avait capturé une guerrière sandustienne, j'étais inutile sans poudre magique. Elle m'a enfermée dans cette salle il y a quelques jours. Je ne pense pas qu'elle ait eu l'intention de revenir me chercher.

La voix de Gwyndion resta un instant suspendue, comme si elle réfléchissait au sort qui aurait été le sien sans l'intervention de Jeff.

— Bon, et si on faisait un raffut de tous les diables pour donner à Harley une chance de s'en aller ? La dernière fois que j'ai traversé le château, je suis entré par un tunnel qui conduisait aux oubliettes, mais je ne pense pas être capable de le retrouver.

— Je connais cette sortie. C'est celle que Thirza a empruntée pour évacuer les prisonniers. Que proposes-tu ? Que Harley sorte par là ?

— Oui, nous allons faire diversion, et à notre signal, Harley s'envolera pour retrouver Angie.

— Mais comment Harley va-t-il s'enfuir ? La sortie est scellée par la magie.

— C'est vrai, mais la dernière fois, il a réussi à la franchir tout seul. Je ne sais pas si Angie a employé la magie pour nous faire sortir. Je n'aime pas l'idée de me faire pincer, peut-être Harley peut-il sortir et nous n'aurons qu'à nous cacher jusqu'à l'arrivée d'Angie.

— Et si Harley ne les trouve pas ? Et s'ils ne viennent pas à notre secours, ou qu'ils en sont empêchés ?

Jeff se gratta la tête.

— Dans ce cas, nous trouverons un autre plan, mais je suis sûr que Harley la retrouvera.

Il regarda le balai.

— N'est-ce pas ?

Harley dressa les poils en paille de son plumeau.

— Tu vois ? C'est le meilleur plan que nous ayons. Harley en est capable.

— Parce que tu es le plus chou des balais, susurra-t-elle en glissant les doigts sous le manche comme pour lui chatouiller le menton.

Harley se laissa tomber au sol dans un bruit sec, aux anges.

Jeff leva les yeux au ciel et secoua la tête en détournant le regard.

— Allez, les amis, ce n'est pas le moment de faire des câlins. Pfff.

Gwyndion les conduisit dans les tunnels des oubliettes. Ils arrivèrent enfin devant l'ouverture circulaire et Jeff posa un regard d'envie sur la forêt d'un vert éclatant qui s'étendait au-delà. Des éclairs orangés crépitaient devant l'entrée. L'électricité était si fine qu'on aurait dit une toile d'araignée. Jeff s'agenouilla et parla à Harley :

— Nous allons faire diversion et tu pourras filer d'ici. Ne t'inquiète pas pour nous. Ta seule mission, c'est de sortir sans embûches et de rejoindre Angie ou les guerriers pour leur dire où nous sommes.

Harley se dressa à la verticale et resta immobile, gagné par l'importance de sa mission.

— Au moins il ne fait pas trop sombre et rien ne t'attaquera. Tu seras à l'abri ici jusqu'au moment de sortir, dit Gwyndion à Harley.

Au bout de quelques minutes sans rien dire, Jeff se leva.

— Bon, et maintenant, aidons Harley à s'échapper.

Jeff et Gwyndion rebroussèrent chemin vers les cachots.

— Je déteste le laisser tout seul dans le noir, dit-elle en baissant les yeux.

— Tout ira bien, vraiment. Nous n'avons pas le choix. C'est notre seul moyen de leur faire savoir où nous sommes.

— Je commençais à bien aimer sa présence, renifla Gwyndion en se frottant le nez.

— Et moi, qu'est-ce que je suis ? Du foie de morue ? répliqua Jeff en espérant la faire rire.

Il sourit lorsqu'il l'entendit rire tout bas.

— Quel est le plan ?

— Faire du raffut, mais sans être repérés. Ce sera amusant ; chez moi, je n'ai jamais le droit de le faire.

Jeff regarda autour de lui.

— D'abord, nous devons faire le plein d'affaires et de provisions. Nous ignorons combien de temps nous allons rester. Et nous avons besoin d'un endroit sûr où nous cacher. Je suppose qu'il nous faudra revenir dans les oubliettes.

Jeff fit une drôle de tête à la perspective de séjourner dans la salle en pierre, froide et moisie.

— Pas forcément, si tu n'en as pas envie. Nous pouvons utiliser la chambre que Thirza avait préparée pour Matt après son enlèvement. Seul un sifflement bien précis est capable d'en ouvrir la porte. Thirza s'est assuré que seuls lui et moi connaissions cet air. Bien sûr, je comprends maintenant qu'il essayait de protéger Matt de Wiedzma et Grzegorz. Je t'apprendrai la mélodie.

— Parfait.

23

Il était impossible de rester fâché bien longtemps contre Angie. Phoebe et elle avaient des lunettes violettes pailletées qui faisaient ressortir leurs yeux, comme s'ils mesuraient trois fois leur véritable taille. Rhed portait un casque intégral scintillant aux allures de grosse sucette violette.

— Par où allons-nous, Angie ?

— Dans le sens contraire du vent pendant quelque temps. Je n'en suis pas certaine, mais j'en aurai le cœur net avant le croisement. Et ne te cogne pas aux arbres, Madgwick.

Madgwick serra les dents. La sorcière sous-entendait qu'il heurtait tous les obstacles de la route chaque fois qu'il montait sur une moto, et il n'appréciait pas cette accusation.

Ils filaient dans la forêt. Madgwick ne craignait pas que le sofa entre en collision avec les branches ou les troncs. Le siège était en pilote automatique. Parfois, il se séparait en deux ou trois parties avant de se ressouder, sautant même par-dessus les troncs couchés en travers de leur chemin ou esquivant les arbres. Angie faisait grise mine, mais Phoebe s'amusait beaucoup et hurlait comme sur des montagnes russes.

Rig fermait la marche pour surveiller que personne ne les suivait, mais aussi parce qu'Angie criait régulièrement : « gauche, droite » sans prévenir Madgwick à l'avance. Parfois, elle le forçait à faire demi-tour pour contourner un arbre avant de repartir dans la même direction.

À une ou deux reprises, Madgwick répliqua :

— Par le feu du ciel, Angie ! Prévenez-moi, mais arrêtez de nous faire

185

revenir en arrière sur plusieurs mètres !

Ils firent route jusqu'à ce que le soleil soit au zénith, l'heure de faire une halte pour déjeuner. Rhed venait à peine de se réveiller. Il regardait ses compagnons d'un air niais. Détendu à l'extrême, il demandait à tout le monde comment ils allaient, d'une voix tout ensommeillée.

Angie s'assit sur un tronc d'arbre et sortit son amulette.

— Azghar… Azghar, tu es là ? Terminé.

Le bourdonnement se fit entendre et, alors qu'Angie adressait un grand sourire à la ronde, Azghar répondit :

— Je suis là, quelles sont les nouvelles ? Terminé.

— Nous sommes à l'emplacement dont tu nous as donné les coordonnées, mais je ne vois qu'une maisonnette assez jolie, avec des fleurs et tout… Terminé.

— Alors vous y êtes. Soyez prudents. Il n'aime pas les visiteurs. Terminé.

Angie regarda l'amulette et se mordit la lèvre.

— Je me demande s'il est trop tôt pour apprendre à Azghar la formule « fin de transmission » alors qu'il maîtrise tout juste « terminé ».

Mais elle secoua la tête comme si cette éventualité était tout bonnement impensable.

— Nous y sommes, annonça-t-elle d'un ton guilleret en fourrant l'amulette dans la poche de son corsage.

— Nous y sommes ? Où ça ? demanda Madgwick en pivotant sur lui-même.

Rig posa les deux pieds à terre et sa poudre magique revint dans ses mains, tandis qu'il balayait les bois du regard.

— Je ne vois aucune maisonnette, Angie.

Elle lança alors une pincée de poussière violette et, devant leurs yeux, l'air se mit à onduler et à vibrer comme s'il dansait au son d'une musique inaudible qui ébranlait l'atmosphère. Ils clignèrent des paupières lorsqu'une cabane commença à prendre forme sous leur nez. Elle remuait comme de la gélatine, mais au fur et à mesure que la poussière s'estompait, le bâtiment devenait plus stable. Bientôt, dans la petite clairière, se dressait une coquette chaumière en pierres rondes. C'était une maisonnette de plain-pied, avec une véranda sur le côté. Un mince filet de fumée verte sortait de la petite cheminée. La porte était ronde et présentait plusieurs nuances de vert, étalées comme si elle avait reçu au fil des ans plusieurs couches de peinture de différentes teintes. On apercevait un heurtoir en laiton au centre de la porte verte, en forme de dragon enroulé vers le bas. De part et d'autre de la porte se trouvaient des jardinières garnies de gueules-de-loup en fleurs qui créaient un chatoiement orange et jaune vif chaleureux et accueillant.

— Un dragon vit ici ? demanda Madgwick en haussant les sourcils.

— Ne jamais sous-estimer les petites choses de la vie, Madgwick, elles ont tendance à vous mordre quand vous cherchez le grandiose.

Angie agitait le doigt comme pour avertir Madgwick, puis elle tapota ses poches et fit la grimace en sortant une petite bouteille rouge.

— Rhed et Phoebe, buvez une gorgée de ça, ainsi vous pourrez entendre Watroc et lui parler. Je crois que ce sera utile.

— Rig et Madgwick n'en prennent pas ? demanda Phoebe en lorgnant la fiole rouge d'un œil perplexe.

— Les guerriers sandustiens peuvent parler à tous les dragons et les comprendre, lui dit Rig.

Phoebe porta la bouteille aux lèvres de Rhed et lui versa quelques gouttes dans la bouche avant de se servir à son tour.

— Ce n'est pas si mauvais. On dirait du jus de canneberge, remarqua Phoebe en se léchant les lèvres avant de sourire à Rhed.

Angie se dirigea vers la porte verte.

— Je crois que je vais entrer pour voir si je peux discuter avec lui.

— Bonne idée. Nous attendrons ici et je surveillerai les environs, acquiesça Rig en hochant la tête, avant de s'éloigner à grandes enjambées dans la forêt.

— On dirait une chaumière de conte de fées, dit Phoebe en soupirant, la main contre son cœur comme s'il allait exploser tant la maisonnette était charmante.

Angie arriva devant la porte verte et cogna trois fois contre le bois à l'aide de la dent de dragon.

La porte s'ouvrit lentement. Après avoir agité la main sur son épaule, Angie se glissa à l'intérieur. La porte se referma violemment avant que les autres aient eu l'occasion d'apercevoir quoi que ce soit.

Madgwick se mit à faire les cent pas autour du sofa tout en scrutant les bois à la recherche de Rig.

— Madg, est-ce que ça va ? bredouilla Rhed avec un sourire mitigé.

— Ça va. Merci, Rhed.

Soudain, les cheveux se dressèrent sur la tête de Madgwick. Il s'accroupit en entendant des bruits de bois fendu. Rig surgit alors de la forêt, une épée scintillante à la main.

— Ils arrivent, les spectrifiés arrivent.

— Je croyais qu'ils ne se déplaçaient que de nuit, à moins que ce ne soit que Zorka ?

— Je n'en sais rien, mais ils arrivent.

— Par le feu du ciel, nous allons devoir tenir bon et nous battre en attendant Angie.

— Ils sont trop nombreux, Madgwick. Ce ne sont pas juste des ombres frémissantes ni même des criatures, ce sont des spectrifiés.

Rig souleva Rhed du sofa et le jeta sur son épaule.

Rhed produisit un gargouillis, mais resta la tête en bas. Ses dreadlocks tombèrent devant sa figure.

Rig resserra sa poigne autour du garçon.

Madgwick s'approcha de Phoebe, qui avait toujours du mal à décrocher sa ceinture de sécurité. Ses yeux couleur chocolat étaient écarquillés par la peur, comme si elle craignait d'être abandonnée pour servir de repas à Zorka. Madgwick tira sur son harnais et le coupa aisément en deux à l'aide d'une petite dague scintillante.

— Allez, Phoebe.

Il la dégagea et elle se leva d'un bond en serrant la main de Madgwick dans la sienne.

— Reste derrière moi, lui enjoignit Madgwick.

Rig déposa Rhed sur le seuil, devant la porte verte. Le garçon était incapable de plier ses membres et il s'assit, jambes tendues devant lui. Rhed tourna la tête d'un bloc vers Phoebe.

— Ça va, Pheebs ?

— Ça va, Rhed, dit Phoebe.

Madgwick et Rig s'avancèrent pour faire en sorte que le combat n'ait pas lieu trop près des enfants assis devant la porte du dragon.

De petites boules de poudre rebondissaient dans la main de Madgwick. Rig se tenait dans une posture de guerrier, jambes écartées, sa longue épée scintillante brandie au-dessus de son épaule. Il avait les yeux plissés, prêt pour l'assaut.

Les buissons bougèrent et quatre spectrifiés en sortirent en titubant. Ils aperçurent les guerriers qui les attendaient de pied ferme. Avec des mouvements saccadés, ils se regardèrent comme s'ils se demandaient comment interpréter les regards menaçants que leur lançaient les guerriers. Ils se tournèrent vers les ténèbres rassurantes pour les contempler d'un œil morne. Enfin, ils aperçurent Phoebe derrière les guerriers et s'élancèrent brusquement, agités de soubresauts comme s'ils subissaient des électrochocs ou étaient manipulés comme des marionnettes. Ils tendirent vers Phoebe leurs doigts crochus.

— N'y pensez même pas, déclara Madgwick.

Les guerriers attaquèrent, fendant l'air et projetant une traînée étincelante de poussière pailletée qui retomba sur les spectrifiée. Rig bondit en avant et asséna un coup de pied au spectrifié en atterrissant contre sa poitrine, l'envoyant rouler à la renverse.

Madgwick se déplaçait comme un boxeur, à gauche, puis à droite, se baissant et bougeant constamment, donnant des coups de lame précis jusqu'à ce que le spectre s'effondre mollement sur le sol. Madgwick et Rig échangèrent un signe de la tête, mais alors qu'ils baissaient leurs armes, d'autres spectrifiés surgirent en vacillant de la forêt.

— Même si je m'amuse comme un fou, je crois que nous devrions battre en retraite. Mais d'où viennent-ils ? Quand Zorka a-t-elle eu le temps de créer tous ces spectres ? demanda Rig en levant les mains pour exprimer sa confusion.

Les deux guerriers reculèrent vers Rhed et Phoebe qui se recroquevillaient contre la porte verte. Phoebe avait déjà aidé Rhed à se lever et elle le maintenait contre le panneau.

— Frappe, Phoebe. Trois fois, comme Angie l'a fait. Dépêche-toi, dit Madgwick.

Phoebe donna trois coups contre le bois à l'aide du heurtoir dent de dragon et la porte s'ouvrit. Attrapant Rhed par le bras, elle le bouscula pour lui faire franchir le seuil. La porte allait se refermer, mais Phoebe laissa son pied dans l'encadrement pour que les deux guerriers aient le temps de passer à leur tour. Les spectrifiés affluaient par dizaines dans la clairière.

— Courez, courez, courez, criait Phoebe, à bout de souffle, pour encourager les guerriers.

Elle tenait la poignée d'une main tremblante. À l'approche des guerriers, elle poussa sur la porte pour l'ouvrir en grand. Les spectrifiés les suivaient de près, mains tendues, leurs doigts formant des crochets qui se tortillaient pour les atteindre.

Rig et Madgwick rejoignirent la porte en même temps. Rig plongea à ras de terre et fit un roulé-boulé, laissant à Madgwick la place d'entrer par la voie des airs, dans un bond prodigieux. Ils franchirent le seuil au même moment, comme s'ils avaient synchronisé leur entrée.

Phoebe referma la porte d'un coup sec et y pesa de tout son poids. Des corps vinrent s'écraser avec fracas contre le montant. La porte s'entrouvrit légèrement sous le choc et Phoebe redoubla d'efforts pour la maintenir fermée en plaquant son dos contre le bois.

— Aidez-moi, à l'aide, s'écria Phoebe.

Les guerriers poussèrent à leur tour et, leur force aidant, ils ne tardèrent pas à entendre le déclic de la porte qui se verrouillait.

Rhed les regardait s'arc-bouter d'un air las.

Une fois que la porte se fut refermée, ils se tournèrent pour regarder l'intérieur de la chaumière et étouffèrent un cri. Ils ne se trouvaient pas du tout à l'intérieur d'une maisonnette, mais ils se tenaient sur une plage de sable fin et doré. On aurait dit que les rayons du soleil dansaient sous leurs pieds. De l'eau turquoise venait lécher le rivage en douces vagues ondoyantes surmontées d'une fine écume blanche. Les vagues roulaient et s'incurvaient comme pour leur sourire et les accueillir chaleureusement. La mer était longée par une étroite bande de sable qui semblait s'étirer à l'infini. De part et d'autre de la plage se dressait un mur aquatique. Ils levèrent les yeux et crurent que l'eau allait se refermer au-dessus de leurs têtes et les engloutir. Ils avaient l'impression de se trouver dans le rouleau d'une vague gigantesque. Lorsqu'ils se baissèrent, l'eau vint se fracasser avec force. La vague se brisa et l'eau jaillit, mais ils ne reçurent aucune éclaboussure.

Un grondement retentit et Rig poussa un cri. Il se jeta sur Phoebe et Rhed pour les plaquer au sol et ils roulèrent un peu plus loin, échappant in extremis à la tornade d'eau qui venait de s'abattre comme un entonnoir à l'endroit où ils se tenaient quelques secondes plus tôt.

Les vagues déferlaient de tous côtés. Madgwick aperçut un gros œil vert, dont la taille était amplifiée par l'effet grossissant de l'eau. Lorsqu'il regarda de nouveau, l'œil avait disparu. Madgwick s'élança pour protéger

Rhed et Phoebe qui étaient toujours allongés et regardaient d'un air paniqué le chaos qui sévissait tout autour d'eux.

— Il y a quelque chose dans l'eau, hurla Madgwick en tournant et se retournant pour examiner le mur aquatique qui les entourait.

— Qu'est-ce que tu as vu ?

— Un œil, un très gros œil cruel...

Rig entendit un grondement derrière lui et bondit instinctivement. Mû par son élan, il exécuta un saut périlleux tout en souplesse tandis qu'une épaisse masse verte passait sous son corps comme pour essayer de lui faire perdre l'équilibre.

— Bon sang, qu'est-ce que c'était ? s'exclama Madgwick en décrivant un cercle, tout en maintenant Phoebe derrière lui pour la protéger.

— Je crois que c'était une queue. Rhed ! Reviens, s'écria Rig.

Ses sourcils se touchèrent presque lorsqu'il aperçut Rhed, qui s'éloignait d'un pas mal assuré sur l'étroite bande de plage. Soudain, il vit avec stupeur un dragon se dresser sur ses pattes arrière, prêt à attaquer Rhed d'un coup de patte.

Rig ramena son bras vers lui et poussa un grognement tout en projetant en direction de Rhed une boule de poudre, sorte de boulet de canon scintillant. La boule de poudre explosa en atteignant le sol et se déploya autour de Rhed comme une cape protectrice. Le gros dragon vert frappa, mais sa patte rencontra la bulle solide. Ses dents tranchantes comme des lames de rasoir se refermèrent sur l'écran pailleté pour essayer de le percer. La bulle n'éclata pas, mais elle roula plus loin, et Rhed bascula à la renverse. Bouche bée, il regarda la créature qui flottait au-dessus de lui. Le dragon se dressa de toute sa hauteur et disparut en un clin d'œil dans le mur d'eau tumultueuse.

L'eau se mit à monter sous la bulle de Rhed, qui commença à flotter, emportée par le reflux des vagues. La boule s'agitait et tournait légèrement à la surface.

— Il est à l'abri à l'intérieur, rien ne pénétrera cette bulle, s'écria

Madgwick tout en entraînant une Phoebe réticente, qui avait esquissé un mouvement vers la boule tournoyante de Rhed.

Lorsque la bulle ralentit enfin, ils virent Rhed à l'intérieur. Le garçon souriait et les saluait d'un geste faible.

Rhed articula :

— Ça va, Rig ?

Rig leva le pouce en guise de réponse.

— Ce n'est pas un dragon sympathique. Où est Angie ? demanda Madgwick en roulant des yeux à gauche et à droite, à la recherche d'un signe dans le mur aquatique annonçant la prochaine attaque.

Une ombre attira son attention et il poussa Phoebe loin de lui. La jeune fille alla rouler au sol tandis qu'il se retournait pour affronter le dragon qui revenait. La créature traversa le mur d'eau, se ruant sur Madgwick, et lui perça la jambe de sa longue dent pointue. Soulevant le guerrier par sa jambe, le dragon l'envoya tournoyer dans les airs avant de le rattraper dans sa gueule comme si Madgwick était une cacahuète. Les mâchoires claquèrent en se refermant autour du guerrier.

Le dragon poussa un rugissement et de la vapeur jaillit de ses naseaux lorsqu'il secoua la tête.

Phoebe se mit à hurler et recula en rampant pour s'éloigner du monstre penché sur elle.

— Madgwick ! cria Rig.

Le guerrier lança sur le dragon toute une série de boules de canon scintillantes avec une telle rapidité et une telle rage que les projectiles semblaient en proie aux flammes.

24

Ils étaient bien à l'abri dans l'ancienne chambre de Matt. Jeff trouvait cette pièce à son goût, il y avait même une immense salle de bain. La chambre était isolée dans un coin oublié du château, laissée sans surveillance depuis que Matt n'y était plus prisonnier. Ce serait facile d'aller et venir sans être vus.

Gwyndion avait dessiné un plan du château sur le mur à l'aide d'un morceau de craie. Jeff essayait de mémoriser l'agencement des couloirs et, plus important encore, du chemin pour revenir à la chambre. Il y avait de nombreux passages secrets et tunnels cachés qui conduisaient aux quatre coins du vaste château. S'ils jouaient finement leur partie, personne ne se rendrait compte de leur présence. Jeff regardait par la fenêtre à la recherche d'une sortie éventuelle au cas où ils resteraient coincés dans la chambre.

— Je suppose que nous pouvons descendre sur le toit en contrebas et, de là, atteindre la fenêtre voisine, dit Jeff. Ou alors, nous pouvons essayer de descendre jusqu'en bas. Pourquoi sommes-nous dans l'incapacité de sortir, alors que nous pouvons passer par cette fenêtre ?

Jeff se pencha à l'extérieur et leva les yeux vers le ciel.

— Attention, Jeff ! l'avertit Gwyndion, avant de poursuivre. La magie du château ne se limite pas aux sorties, mais elle est dirigée vers l'intention de partir. Tu peux sortir par la fenêtre ou te promener dans les jardins si tu n'as aucune intention de quitter le château. En tout cas, on ne peut pas la duper, alors n'essaie même pas. Si la moindre idée d'évasion ou de sauvetage te vient, le château te refoulera aussitôt à l'intérieur avant que tu aies eu le temps de dire ouf.

— Me refouler ? Comment ?

— Comme un élastique, je suppose. Et il t'entraînera directement en plein milieu de la salle du trône pour que tu sois sûr de te faire prendre. Alors maîtrise tes pensées si tu sors par les fenêtres.

— Ça ne va pas être facile, parce que je ne pense qu'à une chose, m'échapper. Alors à moins que nous soyons secourus, et nous n'avons aucune idée de quand ça se produira, nous sommes coincés ici.

— Et ça pourrait durer très longtemps. Le risque, c'est que plus tu restes ici, plus tu oublies ton ancienne vie. Bientôt, tu ne voudras plus partir, car tu ne connaîtras rien d'autre que ces murs. C'est un cercle vicieux, tu vois...

— Mais toi, tu te souviens toujours de ta vie, non ?

— Quand Matt a invoqué Azghar le dragon, une fissure s'est produite, qui a rompu le charme du château. J'ai retrouvé mes souvenirs après cette fissure. Mais l'enchantement a été réparé et tous les nouveaux venus, comme toi, par exemple, seront affectés par le sortilège en place.

— Alors, pas de temps à perdre. Aidons Harley à sortir d'ici. Reste à la fenêtre et surveille-le, regarde s'il réussit à s'enfuir dans la forêt.

— Sois prudent, lui dit Gwyndion.

Jeff se mordait la lèvre tout en rasant le mur du couloir. Il s'était faufilé près de deux gardes assoupis. Tout le monde dormait et il se demanda quelle heure il pouvait bien être.

Il cherchait la salle dont Gwyndion lui avait parlé. Ce serait parfait pour la diversion qu'il avait prévue. Il secoua la tête et jeta un œil derrière lui.

Me suis-je aventuré trop loin ? C'est peut-être au bout de ce couloir de traverse, se dit-il. Lorsqu'il trouva enfin la salle, Jeff fut tellement soulagé qu'il brandit son poing en l'air.

Il risqua un autre coup d'œil dans le couloir, des deux côtés, avant de se ruer dans une vaste salle le long de laquelle une vingtaine d'armures luisantes se dressaient comme des statues. On aurait dit d'anciens chevaliers, téméraires et rutilants.

Jeff n'avait pas envie de perdre son temps à admirer les statues, mais leur présence l'intriguait. Il estimait qu'il avait de la chance de ne pas encore avoir été découvert et il ne voulait pas en abuser.

Il ferma alors les yeux et pénétra dans sa salle de simulation. Les rêves défilèrent comme sur une bobine de film, lui révélant les rêves actuellement disponibles.

— Allez, les petits, rêvez à ce qui m'intéresse… quelqu'un doit forcément le voir en rêve, murmura-t-il comme pour pousser un enfant, par la force de la pensée, à rêver précisément à l'objet dont il avait besoin.

Le léger grincement d'une porte qui s'ouvre lentement le fit sursauter et il se retourna. La salle était faiblement éclairée et il distinguait à peine les portes. Il haussa les épaules et se mordit la joue.

— Reste concentré. Ce n'est pas le moment de laisser ton imagination te jouer des tours, Jeff, s'imposa-t-il à voix basse.

Il commençait à perdre l'espoir de trouver l'objet qu'il cherchait lorsque ce dernier jaillit dans sa conscience. D'un geste aussi vif que l'éclair, il s'en empara et quitta le simulateur.

Jeff se déplaça furtivement d'une armure à l'autre, jetant les pétards déjà allumés à l'intérieur des heaumes ouverts.

— Désolé, les mecs, dit-il lorsqu'il eut terminé.

Il lui en restait quelques-uns, qu'il lança dans la pièce avant de prendre ses jambes à son cou. Il avait à peine débouché dans le deuxième couloir lorsque la première détonation se produisit. Comme le pétard se trouvait à l'intérieur du métal, il retentit avec fracas. Les lambeaux du pétard rebondirent contre la paroi et l'armure se renversa. Bientôt, les autres mèches furent consumées.

Bang, bang, bang !

Le bruit des pétards était assourdissant. Il allait crescendo, passant du bourdonnement d'un essaim d'abeilles à des sifflements et craquements dignes de canons de guerre. Enfin, on entendait aussi le tintement aigu des morceaux de métal qui s'entrechoquent. Lorsque les armures s'effondrèrent les unes sur les autres, un vacarme et des crissements effroyables résonnèrent dans les couloirs.

Jeff plongea derrière un rideau lorsqu'un garde passa en quatrième vitesse, son épée dégainée et son casque vissé sur sa tête, en hurlant :

— Drakmere est attaqué, Drakmere est attaqué !

Jeff attendit que deux autres gardes soient passés avant de quitter sa cachette et se ruer dans le couloir. Il atteignit la porte et s'empressa de siffler le petit air que lui avait appris Gwyndion.

Une fois à l'intérieur, il referma la porte et s'adossa contre le panneau pour essayer de reprendre son souffle. Gwyndion ne s'était toujours pas retournée, mais elle scrutait attentivement le paysage. Une fois qu'il fut en mesure de parler, il se précipita vers la fenêtre.

— Il a réussi, tu as vu quelque chose ?

— Il est sorti, oui, je l'ai vu atteindre la forêt, mais…

L'anxiété rendait sa voix plus aiguë que d'habitude.

— Mais ?

— Une horde d'ombres frémissantes l'ont pris en chasse, comme un nuage d'orage noir.

— Oh, non ! fit Jeff, le cœur serré. Je les avais oubliées. Elles l'ont rattrapé ?

— Je l'ai bien regardé. Il a zigzagué en filant entre les arbres, selon une trajectoire tellement folle que les ombres ne cessaient de se percuter les unes les autres. La scène aurait été comique si je n'avais pas si peur qu'il se fasse prendre. La prochaine fois que je le verrai, je le gronderai. Il a même pris le risque de frapper certaines ombres frémissantes comme s'il s'amusait. Elles l'ont poursuivi dans la forêt. Je l'ai regardé jusqu'à ce qu'ils disparaissent de ma vue.

— Oh, Harley… Bon, au moins il est dehors.

Jeff se laissa tomber contre la fenêtre et contempla le soleil couchant. Son visage inquiet était baigné par les derniers rayons. Il se demandait combien de temps il faudrait à Harley pour retrouver Angie, ou les deux guerriers, Madgwick et Rig.

25

Les écailles du dragon étaient dures et les balles rebondissaient sur lui avant d'atterrir dans l'eau, tout autour. À chaque impact, le dragon tressaillait et se secouait, même si les balles ne semblaient pas plus douloureuses qu'une piqûre de moustique.

Il s'avança d'une démarche pataude en balançant son épaisse et longue queue derrière lui, tel un chat furieux. Ses yeux étaient d'un vert perçant, avec des iris jaune vif qui s'étrécirent lorsque le dragon les braqua sur Rig. Ses écailles luisantes donnaient l'illusion qu'un liquide miroitant couleur jade coulait sur son corps en un mouvement constant.

La lumière de la poudre magique rebondissait contre ses écailles pour créer un effet nacré. Comme Azghar, ce dragon avait aussi de grosses piques blanches qui couraient le long de sa colonne vertébrale. Deux cornes blanches dépassaient de son front. Les griffes de ses orteils palmés étaient larges et incurvées. Les bordures de ses ailes, plaquées contre ses flancs, ressemblaient à des algues souples qui claquaient dans le vent. Quelques coquillages gris et rugueux étaient accrochés à ses piquants. Il se balançait sur les côtés tel un cobra prêt à attaquer. De la vapeur s'échappait de ses naseaux tandis que la jambe de Madgwick pendait à l'extérieur de sa gueule garnie de dents courbes. Il pouvait avaler le guerrier d'une simple déglutition, sans même s'en rendre compte.

Conscient que la vie de Madgwick était entre ses mains, Rig façonna sa poudre pour transformer ses boulets de canon en fléau d'armes, qu'il se mit à faire tournoyer lourdement dans les airs au-dessus de sa tête.

— Arrêtez ! Tous les deux, *arrêtez* ! hurla Angie en accourant vers eux sur la plage.

L'énorme dragon posa sur elle un regard dédaigneux et secoua légèrement la tête.

Rig avait presque l'impression que de la fumée sortait de ses propres narines lorsqu'il lança un regard noir à la créature.

— Pose-le tout de suite, sinon je t'exécute.

Le dragon baissa la tête et l'avança vers Rig. Il ouvrit la gueule avant de la refermer, comme s'il mastiquait du chewing-gum, défiant Rig de tenter quoi que ce soit.

Rig serra les dents et repoussa ses épaules en arrière.

Lorsqu'Angie arriva, elle se planta entre les deux, les bras tendus sur les côtés comme pour les séparer dans une bagarre de cour d'école.

— Ça ne nous aide vraiment pas. Watroc, je sais qu'il a bon goût, mais repose-le. *Tout de suite.*

Le dragon rejeta la tête en arrière et la jambe de Madgwick fut emportée au fond de sa gueule, disparaissant totalement.

Rig poussa un grondement et se plaça en position de combat. Son épée vibrait dans sa main, aiguillonnée par sa colère.

Angie leva un doigt pour ordonner à Rig d'attendre. Elle se tourna vers le dragon.

— Pose-le maintenant, Watroc, ou sinon…

Elle parlait d'une voix calme, dépourvue du ton légèrement amusé qui la caractérisait d'habitude.

Rig était tellement stupéfait par sa voix apaisante que sa poudre revint se blottir au creux de sa main, le laissant vulnérable face au dragon.

Watroc contracta sa mâchoire en dévisageant Angie, comme pour tester ses limites. Elle arqua les sourcils et inclina la tête sans détacher ses yeux des siens. Le dragon souffla et recula avant de s'avancer de nouveau. Cette fois, il ouvrit la bouche et cracha un Madgwick évanoui sur le sable, comme un vulgaire sac de pommes de terre. Puis il s'en alla le long de la plage.

— Attends, Watroc, il faut que nous parlions, lança Angie tandis qu'il s'éloignait.

Rig se précipita vers Madgwick, qui était couvert d'une substance poisseuse. Il l'allongea sur le dos et vérifia ses signes vitaux.

— Il respire, annonça-t-il en sentant le pouls de Madgwick et en inspectant ses yeux. Mais apparemment, il a perdu connaissance.

Rig fouilla dans le sac de Madgwick et en sortit une fiole de potion verte. Il souleva légèrement la tête du guerrier et versa une goutte dans sa bouche.

Ensuite, Rig tendit à Angie un autre flacon qu'il avait tiré de sa poche et lui fit signe de l'aider à interrompre le saignement des plaies en y badigeonnant un peu de pommade blanche.

— Nous devons rappeler Watroc. Nous avons besoin de lui, déclara Angie tout en aidant Rig à prodiguer les premiers soins à son ami.

— Est-ce vraiment obligatoire ? demanda Rig.

Phoebe se pelotonna sur le sable, les yeux rivés sur le dragon qui se dandinait en s'éloignant sur la plage. Il reniflait et soufflait de la vapeur sur son sillage. Rig et Angie étaient affairés autour de Madgwick, tandis que Rhed fredonnait, dans la grosse bulle de poudre envoyée par Rig.

Elle se leva et suivit lentement le dragon. Sans doute l'avait-il entendue ou sentie, car il finit par s'arrêter. Il se retourna et la fusilla du regard comme pour la défier d'avancer.

Lorsqu'elle atteignit la queue du dragon, elle posa une main hésitante sur l'une de ses piques. La pointe était tellement énorme que Phoebe ne parvenait même pas à refermer sa main autour. Elle fit courir ses doigts sur la pique, de sa base jusqu'à son extrémité, émerveillée par sa texture si lisse. Lentement, elle remonta le long de la queue tout en laissant glisser ses doigts sur les écailles.

Le dragon se crispa comme s'il ignorait ce qui était en train de se produire et regarda la jeune fille debout à côté de lui, qui ne semblait pas effrayée le moins du monde.

Phoebe continua jusqu'à arriver sous la gueule de Watroc. Elle pencha alors la tête en arrière et leva les yeux vers le dragon.

— Je n'avais jamais vu un dragon si beau, si puissant et fort ! Tes écailles ressemblent à de *l'eau* quand tu bouges. Tu le savais ? murmura-t-elle.

Le dragon renifla avant de baisser la tête pour venir placer son œil au niveau de Phoebe. Il cligna très lentement des paupières, une seule fois.

À ce moment-là, Rig leva la tête et resta bouche bée en comprenant brusquement que Phoebe courait un grand danger. Elle était trop loin pour que le guerrier la rejoigne si le dragon décidait de l'attaquer.

— Phoebe !

La jeune fille entendit Rig crier. Elle se retourna et le vit bondir sur ses pieds en ramenant le bras contre son corps, prêt à lancer un jet de poudre. Angie interrompit son geste en l'attrapant par le coude.

— Attends, fit-elle.

— C'est trop dangereux, se récria Rig en essayant de dégager son bras de la poigne de fer de la sorcière.

— Attends, Rig.

La voix d'Angie était sereine et rassurante.

— C'est ce qu'on appelle le lien. Cela se produit parfois quand un dragon rencontre une âme avec laquelle il entre en connexion. Comme lorsqu'Azghar s'est lié au frère de Jeff, Matt, lors de son enlèvement.

Rig hocha la tête. Qui pouvait oublier Azghar volant à tire d'ailes avec le minuscule petit Matt sur le dos, rebondissant et braillant de joie ? Pourtant, tout le monde était convaincu que le grand dragon des airs n'allait faire qu'une bouchée du jeune attrapeur de rêves.

— S'il s'agit bien du lien, alors il serait prêt à mourir plutôt que de laisser Zorka faire du mal à Phoebe, dit Angie en souriant. Nous autres, en revanche… eh bien, nous n'en restons pas moins au menu !

Phoebe leva les yeux vers Watroc. Ses cheveux bruns bouclés descendirent en cascade dans son dos lorsqu'elle pencha la tête en arrière pour regarder le dragon féroce dans les yeux. Il tapa ses deux pattes avant et renifla en secouant la tête. Puis il poussa un formidable rugissement dans l'eau au-dessus de leurs têtes, qui se fendit en deux et se mit à ruisseler sous la force du cri. Comme si un éclat de lumière avait brusquement attiré son attention, il cessa de rugir. Il regarda attentivement Phoebe qui souriait à pleines dents. Son appareil dentaire argenté scintillait.

— Il ne manquait plus que ça. Angie, voilà un autre problème à régler. On ne peut pas dire que nous manquions de soucis en ce moment. Un de plus ou un de moins… fit Rig. Phoebe, reviens ici tout de suite, s'écria-t-il en désignant ses pieds.

Phoebe l'écouta et commença à rebrousser chemin. Entretemps, Madgwick s'était adossé contre un rocher. Chaque geste lui arrachait une grimace.

Lentement, le dragon se tourna et suivit Phoebe en balançant la tête.

Angie agita la main.

— Tout le monde, je vous présente Watroc. Watroc, voici Rig. Le guerrier qui a failli te servir de dîner s'appelle Madgwick. Tu viens de rencontrer Phoebe et le garçon dans la bulle, que tu as essayé de transformer en sucette géante, c'est Rhed. Nous avons besoin de ton aide et le temps presse.

— Non, gronda Watroc.

— Comment ça, *non* ? fit Angie en haussant les sourcils.

— Je vous aide déjà beaucoup en ne vous dévorant pas jusqu'au dernier !

Watroc tourna la tête vers Madgwick.

— Sauf toi. Tu étais très savoureux.

Il se tourna ensuite vers Rhed.

— Quant à lui, je m'en servirai de cure-dents. Une odeur de bois, qu'il dégage, ce gamin…

Angie se dressa de toute sa hauteur pour paraître plus grande et lui lança un regard sévère. Elle adressa un signe du doigt au dragon, comme pour lui demander de se baisser à son niveau. Lorsqu'il pencha la tête, elle s'empara de ses grosses moustaches blanches épaisses comme des tuyaux et l'attira plus près, jusqu'à ce que son visage vienne toucher son nez. Elle siffla alors d'une voix doucereuse :

— Maintenant écoute-moi, espèce de lézard disproportionné. Tu ne toucheras ni l'un ni l'autre, sinon tu auras affaire à moi.

D'un air vexé, Watroc dégagea ses moustaches, pencha la tête en arrière et poussa un rugissement. De la vapeur sortait de ses naseaux.

Rig cligna des yeux, stupéfait d'entendre la rage vibrer dans la voix d'Angie. Il esquissa un sourire narquois lorsque Watroc renifla, comme s'il riait.

— Je ne doute pas que tu pourrais me transformer en crapaud géant s'il t'en prenait l'envie. Oh, Angie, ça faisait si longtemps que tu ne m'avais pas fait rire.

Le rugissement montait des profondeurs de son ventre.

— C'est si drôle !

Son hilarité se calma enfin et il s'accroupit devant Angie, la fixant de son œil vert.

— Angie, pourquoi es-tu venue chez moi ?

— Watroc, je suis porteuse de mauvaises nouvelles. Azghar est coincé dans une amulette, Zorka est à Drakmere. Rhed se transforme en arbre, Jeff est au bout de la boue, le balai a disparu et nous n'avons toujours pas retrouvé Gwyndion…

— Depuis quand Azghar est-il dans une amulette ? Et comment Zorka est-elle sortie de l'endroit où nous l'avions envoyée ? gronda Watroc.

— Euh… eh bien…

Angie se racla la gorge.

— Azghar est *à l'abri* dans cette amulette et… et, disons que la question n'est pas là. Le *problème*, c'est Zorka. Et nous ignorons *comment* elle a bien pu se libérer, mais en tout cas, elle nous pourchasse.

Watroc ferma un instant les paupières, d'un air pensif, avant de brusquement les rouvrir pour s'exclamer :

— Non, je crois que je ne vais pas vous aider, en fait. C'est bien trop d'émotions.

Rig ouvrit et referma la bouche. Ses sourcils se rencontrèrent sur son front. Angie gardait les yeux braqués sur Watroc.

— Très bien, ne nous aide pas, dans ce cas ! s'écria-t-elle. Nous nous rendrons dans la forêt de Rhed et nous lui trouverons un remède sans toi.

Elle prit une grande inspiration et passa les mains sur sa jupe pour la lisser, avant de reprendre :

— Phoebe, je sais que c'est *toi* que Zorka veut attraper, et je te promets que nous ferons tout notre possible pour te protéger. Mais il vaut mieux que tu te fasses à l'idée de devenir bientôt une spectrifiée.

Angie secoua la tête et posa la main sur l'épaule de Phoebe.

— Je suis désolée, ma petite. Si tu préfères, je peux toujours te changer en crapaud.

— Quoi ? se récria Phoebe.

Elle regarda Rig et Madgwick en ouvrant de grands yeux, puis elle se tourna vers Watroc. Les taches dorées de son regard scintillèrent lorsqu'elle le posa sur lui.

— Le choix est simple, en réalité : zombie ou crapaud, crapaud ou zombie, comme vous les appelez.

Angie afficha un grand sourire. Elle claquait des doigts à chaque option qu'elle présentait.

— Attends, Angie, dit Madgwick.

Il devait s'accrocher à Rig pour tenir debout. Watroc se cabra avant d'abattre ses lourdes pattes. Il hocha la tête vers Phoebe et tonna :

— Pourquoi Zorka voudrait-elle la transformer en spectrifiée ?

Phoebe chuchota sans détacher son regard apeuré des yeux du dragon :

— Elle veut me sucer le sang pour redevenir jeune. Elle a dit que, parce que j'ai entendu sa chanson, c'est de mon sang qu'elle a besoin.

Watroc rejeta la tête en arrière et rugit jusqu'à ce que l'eau se mette à trembler tout autour d'eux et que des gouttes leur tombent sur la tête comme une pluie d'orage.

— Les affaires reprennent, dit Angie.

— N'est-ce pas merveilleux ? s'exclama Angie en s'asseyant sur le sofa rose, solidement attaché sur le dos de Watroc et parfaitement ajusté au creux de sa nuque.

Phoebe et Rhed étaient assis à côté d'elle et avaient bouclé leurs ceintures de sécurité. Cette fois, ils avaient tous les deux une bulle de poudre argentée scintillante sur la tête, comme un bocal à poissons renversé. Madgwick et Rig s'étaient accrochés à une pique sur le dos du dragon et ils portaient eux aussi un bocal en argent vissé sur le crâne.

— Nous sommes prêts, lança Madwick dans son bocal, d'une voix étouffée.

— Ah, enfin ! Pourquoi faut-il que ce soit moi qui transporte tout le monde ? Et Angie, ce rose est si laid. J'espère que personne ne me verra, grommela Watroc en étendant ses ailes avant de s'élancer dans l'eau.

Sa queue servait de gouvernail, battant à droite et à gauche, tandis qu'il nageait à grande vitesse, ses passagers sur le dos.

26

Jeff rentra la tête après avoir jeté un œil à l'angle d'un couloir. Le garde tourné dans sa direction avait le regard dans le vague et le garçon n'était pas certain qu'il l'ait aperçu.

Il revint sur ses pas, une main contre le mur pour ne pas perdre l'équilibre. Pour étouffer le bruit de ses chaussures, il essayait de ne pas poser le talon par terre. Il s'attendait à voir débouler le gardien à l'angle du couloir d'un instant à l'autre. Il tressaillit lorsque des mains l'empoignèrent et le tirèrent à travers une tenture décorative derrière laquelle s'ouvrait un petit passage secret dans le mur.

Gwyndion avait collé son doigt contre ses lèvres pincées. Au bout de quelques secondes, il entendit le garde passer à l'endroit précis où il se tenait encore un peu plus tôt.

Jeff attendit que les bruits de pas s'estompent dans le couloir avant de souffler :

— Où étais-tu ?

Elle tendit un sac, qu'elle montra à Jeff :

— Chut, j'ai volé un sac de provisions dans la cuisine. Ça devrait nous permettre de tenir quelques jours. Par ici.

Elle ouvrit la voie dans l'étroit passage. Jeff dansa d'un pied sur l'autre tout en jetant des coups d'œil furtifs par-dessus son épaule avant de la suivre. Ils semblaient progresser dans les entrailles mêmes du château. Il entendit des voix étouffées qui devinrent de plus en plus fortes au fur et à mesure qu'ils se rapprochaient.

Jeff s'immobilisa en reconnaissant la voix de Wiedzma, ainsi que celle de Grzegorz. Il serra l'épaule de Gwyndion pour l'arrêter et lui fit signe de tendre l'oreille.

— Wiedzma ! tempêtait le roi. Quelque chose cloche avec mon château.

Il gémissait.

— Il se passe des choses un peu partout, des choses mystérieuses. Mon château saigne. Que se passe-t-il ? Fais quelque chose !

— Moi non plus, je n'ai pas la moindre idée de ce qui se passe, répondit Wiedzma. J'ai hurlé quand j'ai vu ça. Jamais encore je n'avais été témoin d'une telle horreur. Les murs semblaient ruisseler de sang et d'autres viles sécrétions. J'ai essayé toutes sortes d'enchantements, mais rien n'y fait.

Le volume de sa voix s'intensifiait avant de décroître, comme si elle faisait les cent pas dans la pièce.

— Je vous le dis, Grzegorz, ça ne s'arrêtera pas, et ça ne partira pas. Ça se répand comme une maladie ! Je m'en vais sur-le-champ chercher une solution dans mon livre de sorts et de formules.

Gwyndion regarda Jeff en haussant les sourcils.

— On appelle ça des graffitis, chuchota-t-il à son oreille.

Gwyndion se renfrogna, mais à sa mine dénuée d'expression, il était évident qu'elle n'avait pas la moindre idée de ce qu'étaient des graffitis. Elle ouvrit la bouche, mais Jeff leva le doigt pour l'interrompre. Il voulait écouter la conversation entre Wiedzma et Grzegorz.

— Eh bien, il était temps, dit Grzegorz. Regarde dans ton livre de magie. J'aimerais aussi savoir pourquoi mes statues en armures se sont animées quand personne ne les surveillait. Elles ont fait un sacré raffut, des coups et des explosions ! Du feu et des étincelles sortaient de leurs casques. Sont-elles possédées ? Et pendant que tu y es, découvre comment mettre un terme à cette attirance répugnante que j'éprouve pour les mouches, grommela-t-il. Depuis que cette sorcière, Angie, m'a changé en grenouille, je les suis partout en m'imaginant différentes recettes pour les cuisiner.

Cette idée semblait l'attrister.

— C'est dégoûtant, fit Wiedzma d'un air dédaigneux.

— Et mon pied ? continua le roi. Il est toujours endormi. Que comptes-tu faire ? C'est de la faute de ce petit morveux d'attrapeur de rêves si mon pied s'est posé sur cette potion de sommeil de ta composition. Attends un peu que je mette la main sur lui.

Comme Wiedzma ne répondait pas, Grzegorz reprit en lui demandant :

— Tes criatures sont-elles rentrées ? Ça fait un moment que tu les as envoyées pour enlever cet enfant. Pourquoi es-tu incapable de faire les choses correctement, Wiedzma ?

Les jambes de Jeff se dérobèrent sous lui et il sentit le sang quitter son visage. Horrigan avait réussi à se débarrasser des criatures envoyées après lui. Mais en avaient-ils lancé d'autres aux trousses de Matt ? Il leva les yeux et vit que Gwyndion aussi avait la bouche grande ouverte. Ses yeux rose clair étaient écarquillés de surprise.

— Ne m'agacez pas, Grzegorz ! Vous savez que ce n'est pas facile de kidnapper un enfant humain, surtout maintenant que cet avorton est protégé par les guerriers. D'autant plus qu'ils ont dressé une perle de lune autour de la forêt et de la ville, et nous ne pouvons plus nous approcher de lui.

Jeff souffla l'air qu'il retenait dans ses poumons. Les guerriers surveillaient Matt et personne ne s'approcherait de lui. Il ramena sa tête tout près du mur, jusqu'à ce que son visage vienne toucher la pierre froide. Grzegorz avait changé de sujet de conversation.

— Cette femme si laide, euh… Zorka. Ne disait-elle pas qu'elle avait vu des enfants à Drakmere ? demanda Grzegorz. Pourquoi était-elle si certaine que tu les attraperais pour les lui envoyer ? Rassure-moi, tu ne comptes pas te plier à sa volonté.

Pendant la pause qui suivit, Jeff se figura le roi en train de se caresser la barbe.

— D'ailleurs, s'il y a des enfants à Drakmere et que l'attrapeur de rêves est l'un d'eux, alors nous pouvons utiliser ses amis pour le contraindre à coopérer.

Jeff secoua la tête et regarda Gwyndion.

— Comment sont-ils au courant pour Zorka ?

Avant que Gwyndion puisse ouvrir la bouche, ce fut Wiedzma qui répondit.

— Bien sûr que non, je ne lui remettrai personne. S'ils sont à Drakmere, ils m'appartiennent. J'étais là avant elle. Et puis, une fois qu'ils seront ici, au château, ce sera trop tard pour elle. Elle ne pourra pas entrer.

— Eh bien, en tout cas, sa fumée et sa voix ont réussi à entrer, elles. Comment est-ce arrivé ?

— Ne vous mêlez pas de ce que vous ne comprenez pas, Grzegorz. La magie se présente dans des dimensions différentes.

Jeff recula en prenant conscience que la voix de Wiedzma s'était rapprochée. Il agita la main pour faire signe à Gwyndion de reprendre la marche et il s'empressa de la suivre.

À peine avaient-ils tourné à l'angle du tunnel qu'ils entendirent les pas de Wiedzma dans l'étroit passage menant en sens inverse. Ils se hâtèrent jusqu'à l'ancienne chambre de Matt et Jeff se précipita vers la fenêtre pour regarder la forêt et le ciel bleu.

— Rhed et Phoebe courent de sérieux ennuis. Ils ne pourront pas échapper à Zorka *et* à Wiedzma. Je ne peux pas rester ici et attendre des secours qui ne viendront peut-être jamais. Je dois m'enfuir.

— Mais, Harley... commença Gwyndion.

— Nous n'avons aucune garantie que Harley les retrouvera... Madgwick, Rig ou Angie. Qu'en savons-nous, d'ailleurs ? Peut-être ne sont-ils même plus à Drakmere. Ce que je sais, en revanche, c'est que mes amis sont en danger et je dois les aider… d'une manière ou d'une autre. Ils ne seront pas de taille à affronter la situation délicate dans laquelle je les ai moi-même entraînés. Je dois les tirer de là.

Gwyndion le rejoignit devant la fenêtre.

— Mais comment ?

Jeff leva les mains au ciel.

— J'improvise au fur et à mesure. Je n'ai aucun plan. Je sais juste que je dois m'en aller.

Il garda un instant le silence avant de se frapper le front.

— Bien sûr ! Je suis un attrapeur de rêves, oui ou non ?

— À quoi penses-tu ?

— Chez moi, dans la forêt, alors que j'avais besoin de m'échapper, j'ai trouvé une porte dans un rêve. J'ignore qui l'avait rêvée, mais c'était bien une porte. Je peux toujours essayer d'en trouver une autre.

Gwyndion fronça les sourcils en se rongeant un ongle.

— Je doute que ça fonctionne avec le sort de protection qui enveloppe ce château. Nous risquons de finir dans la salle du trône et je suis à peu près certaine que tu ne trouveras que des portes qui ouvrent sur d'autres pièces de ce château. Mais comme je n'ai pas de meilleure idée, essayons toujours.

Jeff ferma les yeux et entra dans sa salle de simulation. Le courant d'air qui lui parvint était étrange. En temps normal, la salle des rêves était parfaitement calme. Jeff n'aperçut rien d'inhabituel. Le meuble de classement apparut devant lui et il passa les images en revue à la recherche d'une porte.

— Jeffff… murmura une voix rauque.

Il fit volte-face et ses yeux balayèrent les recoins de la pièce, mais il était seul. Il aurait juré avoir entendu son nom.

— Il y a quelqu'un ? chuchota-t-il.

— Jeffff, écoute, reprit la voix.

— Je ne vous entends pas. Ohé !

Jeff inclina la tête, mais le murmure s'était estompé dans la nuit.

Le garçon attendit d'entendre à nouveau la voix, mais elle avait disparu. Sous le choc, il fut d'abord incapable de mettre la main sur une image de porte. Mais il persévéra et finit par en trouver une. Il s'en empara et ouvrit les yeux.

Lorsqu'il se retourna, il découvrit une porte dressée au milieu de la chambre, suspendue dans un cadre imposant. Le montant était en bois sombre et elle était encadrée par des bandes de cuivre.

Malgré l'excitation que lui procurait cette découverte, il se tourna vers Gwyndion et déglutit.

— Tu sais, il vient de se passer quelque chose de très étrange dans ma salle des rêves.

— Quoi donc ? demanda Gwyndion.

— Quelqu'un ou quelque chose a murmuré mon nom. Je l'ai peut-être simplement imaginé.

Il secoua la tête et reporta son attention sur la porte au milieu de la chambre.

— Je ne sais pas où nous allons atterrir. Je crois que nous devrions emporter quelques affaires, comme de la nourriture, au cas où nous ne pourrions pas revenir. Dieu merci, tu as fait une petite visite à la cuisine tout à l'heure pour chiper quelques provisions.

— Bonne idée.

Gwyndion s'affaira dans la pièce avant de lancer sur son épaule un sac rempli à ras bord de nourriture et autres objets. Elle jeta un regard circulaire, fit la grimace et adressa à Jeff un bref hochement de tête. Lorsqu'il tendit la main, Gwyndion glissa sa petite main dans la sienne et la serra.

— Allons-y.

27

Le corps de Watroc fendait l'eau comme un couteau plongé dans une pastèque mûre. Il donnait de puissants coups de queue à gauche et à droite. Les piques le long de son dos et de sa queue séparaient les eaux en deux courants distincts.

Madgwick se tourna péniblement vers Angie.

— Comment va Rhed ? demanda-t-il.

Ses mots résonnèrent dans le scaphandre en forme de bulle.

— Je ne sais pas trop, c'est difficile à dire en voyageant sous l'eau. Je ne crois pas que son cou était aussi épais tout à l'heure, si ? lui répondit Angie d'une voix forte.

Rig examina la masse d'eau à la recherche d'un éventuel signe d'attaque. Tout était étrange et mystérieux, à l'image du reste de Drakmere.

— Personne ne serait assez stupide pour attaquer un dragon aussi gros que Watroc, lança Madgwick à Rig.

Sa voix, étouffée par l'eau, lui parvint comme un lointain gazouillis.

Rig hocha la tête. Il constata alors que la jambe de Madgwick, que Watroc avait croquée, n'était toujours pas cicatrisée et répandait une traînée rouge dans leur sillage. Rig ouvrit de grands yeux en regardant autour de lui pour s'assurer qu'ils n'étaient pas suivis par des prédateurs attirés par l'odeur du sang.

Des formes sombres se détachaient dans l'eau, si rapides qu'elles lui paraissaient floues. Rig envoya un jet de poussière argentée sur la jambe de Madgwick, qui sursauta à ce contact inattendu. La poudre s'enroula autour de sa jambe, agissant tel un bandage.

Madgwick se contorsionna pour voir s'ils étaient suivis et tendit un doigt fébrile en direction de Rig.

— Je sais, lui lança Rig en faisant tournoyer un fouet étincelant qu'il maniait comme un lasso au-dessus de leurs têtes.

Le dragon dévia de sa trajectoire et s'arrêta si brutalement que Rig et Madgwick furent projetés sur le côté. Ils se raccrochèrent énergiquement à une pique pour rester debout.

Watroc se retourna, prêt à affronter leurs poursuivants. Il pencha la tête en arrière et poussa un rugissement si féroce que l'eau sembla bouillonner avant de s'écarter pour lui laisser la place. Lui aussi avait senti la trace du sang dans l'eau. Les formes sombres s'arrêtèrent à leur tour et se laissèrent soulever par le courant, reculant avant de revenir à la charge.

— Arrêtez de me suivre. Je ne suis pas de bonne humeur et j'ai faim, ordonna-t-il d'une voix de basse, grave et menaçante.

Une voix aiguë s'éleva des fonds marins.

— Vous transportez de nombreux morceaux de viande. Donnez-nous-en un, pour partager, et nous vous laisserons tranquille.

— Des morceaux de viande, pfff, fit Watroc en reniflant. Ils ne sont pas comestibles, en revanche vous l'êtes. Je peux sentir votre chair, vos écailles et vos yeux !

— Qui êtes-vous pour nous refuser un bon morceau de viande ? gronda l'une des dangereuses formes sombres.

— Je suis Watroc, le dragon. Approchez-vous !

Les voix changèrent aussitôt de ton.

— Watroc, le monstre des profondeurs ?

Aussitôt, les silhouettes s'éloignèrent en toute hâte, dans un tourbillon de bulles et de nageoires.

— Décidément, je ne peux jamais manger ce qui me fait envie, ronchonna Watroc en tournant la tête pour adresser ses reproches à Madgwick.

Watroc se retourna et, d'un puissant coup de queue, se propulsa vers la surface. Autour d'eux, l'eau était de plus en plus claire sous la lumière.

Ils jaillirent hors de l'eau et les bulles protectrices autour de leurs têtes éclatèrent en projetant des grains de poussière magique dans toutes les directions. Watroc continua sur sa lancée et s'envola. Rig ferma les yeux en sentant les rayons du soleil baigner son visage d'une douce chaleur.

— J'ignorais que vous pouviez voler, lança Madgwick à Watroc.

— Je ne peux pas voler, lui répondit Watroc en battant des ailes au-dessus de l'eau.

— Quoi ? s'exclama Madgwick.

Il baissa les yeux et aperçut la surface miroitante en contrebas, dont les vagues blanches de plus en plus petites formaient des rouleaux écumants.

— Je suis un dragon d'eau, mais ce sera peut-être moins dangereux pour vous si je vole un peu.

— S'il ne peut pas voler, alors comment se fait-il que nous soyons toujours dans les airs ? demanda Madgwick à Rig.

Rig ne répondit pas, mais il cherchait la terre du regard. Elle lui apparut sous la forme d'un minuscule point dans le lointain.

Ils se maintenaient à une hauteur régulière, tandis que Watroc décrivait sans le moindre effort d'amples mouvements d'ailes. Dans un soubresaut, les ailes se mirent à battre plus vite et ils amorcèrent leur descente vers l'eau. Rig et Madgwick se crispèrent en prévision de l'impact et ils resserrèrent les liens de poudre qui les retenaient aux piques de Watroc.

Angie et Phoebe poussèrent un hurlement incontrôlable. Elles tendaient les bras comme pour repousser le mur aquatique qui se rapprochait d'elles à grande vitesse. Rhed, qui ne se rendait compte de rien, souriait à tout le monde. L'impact était imminent. Watroc percuta la surface de l'eau, où il ricocha comme un galet sur un lac d'huile.

Un vrombissement de turbines à moteur se déclencha. Alors qu'ils ralentissaient et que les guerriers s'apprêtaient à fabriquer de nouvelles bulles de poudre magique pour le voyage sous-marin qui les attendait, Watroc releva la tête et ses ailes s'arrachèrent à l'eau. Dans un bruit de succion et un *pop* retentissant, il s'éleva au-dessus de la surface en direction du ciel, montant progressivement dans l'azur.

— Bon sang, mais à quoi joue-t-il ? s'écria Angie.

Ses cheveux étaient mouillés et plaqués contre son visage et ses bras étaient toujours tendus devant elle, comme pétrifiés par la peur. Phoebe avait la bouche grande ouverte, figée dans un cri silencieux, et les yeux bien fermés. Elle était trempée jusqu'à l'os.

— Je peux rester dans les airs jusqu'à ce que le contenu de mes chambres à air s'épuise, puis je dois faire le plein en eau pour produire de la vapeur, leur expliqua Watroc. Oh, comme j'aime atterrir à plat. C'est un moyen si délicieusement violent d'entrer en contact avec l'eau.

Le dragon rejeta la tête en arrière et rugit de plaisir. Il s'amusait comme un petit fou.

— Mais que ferons-nous quand vous n'aurez plus d'eau à disposition pour faire le plein ? demanda Madgwick, bouche bée.

Watroc répondit sans cacher son agacement :

— Qu'est-ce que vous ne comprenez pas dans « dragon d'eau » ? Azghar est un dragon d'air. Il peut nager sous l'eau, mais il a besoin d'air pour propulser ses ailes, dans l'eau comme ailleurs. Moi, j'ai besoin d'eau. Sans eau, je ne peux que marcher, ce que je n'ai aucune intention de faire. Je déteste la marche à pied.

— Moi aussi, s'exclama Angie.

Bientôt, ils rebondirent à nouveau sur l'eau. Phoebe avait le sourire jusqu'aux oreilles, comme si c'était le meilleur tour de manège de sa vie. Angie hurlait si fort que son visage vira au pourpre.

— Il y a un poisson vivant dans mes cheveux, retire-le, Phoebe ! Pouah. Maintenant, je sens la marée. Je veux mon balai, où est mon balai ? se lamenta-t-elle.

Watroc et ses passagers subirent un dernier atterrissage ventral des plus violents qui projeta des gerbes d'eau à la ronde. Laissant l'étendue derrière eux, Watroc se souleva une nouvelle fois dans les airs et survola la terre. Il s'éleva dans le ciel et prit la direction des eaux chatoyantes d'un lac que l'on apercevait dans le lointain.

— Tu crois qu'il va y arriver ? s'écria Madgwick, inquiet.

— Je crois que ce sera juste. Notre prochain atterrissage forcé risque de secouer un peu, répondit Rig dans le vent.

Angie se pencha vers Watroc pour lui hurler par-dessus les bourrasques :

— Nous n'y arriverons pas !

Watroc renifla et ses ailes cessèrent de battre lorsqu'il se laissa planer dans les airs.

Angie agita les mains et deux faisceaux lumineux jaillirent au bout de ses doigts. Les rayons se mirent à tournoyer en s'entremêlant jusqu'à former deux tornades, qui passèrent sous les ailes de Watroc pour le soutenir. Le vent soufflait dans les dreadlocks de Rhed, à présent chargées de feuilles vertes.

Watroc vira de l'aile et poussa un rugissement amusé.

— Ça chatouille, Angie. Arrête.

Les tornades décrurent comme ils se rapprochaient du lac, laissant Watroc dériver au-dessus des collines. Dans une éclaboussure, le dragon atterrit à plat ventre sur le lac et s'arrêta à quelques pas du bord.

Les hurlements retentissants furent accompagnés par des cris de triomphe et des applaudissements. Watroc grogna. Ils étaient fous d'avoir douté de sa capacité à atteindre le point d'eau. Angie tapa dans ses mains et s'enfonça dans son sofa rose détrempé, sans se plaindre d'être mouillée, pour une fois.

28

Jeff franchit la porte, entraînant Gwyndion derrière lui. Il lui serrait fermement la main pour s'assurer que rien ne les séparerait, une fois de l'autre côté.

Le passage était sombre. Pendant quelques instants, ils eurent l'impression de se trouver dans un espace entre deux portes. Puis ils pénétrèrent dans une autre pièce et clignèrent des paupières en regardant autour d'eux. Ils étaient toujours dans le château, mais on aurait dit une chambre. Il n'y avait personne.

— Où sommes-nous ? murmura Jeff.

— Ce n'est pas bon, répondit Gwyndion en écarquillant les yeux. Nous devons sortir d'ici. C'est la chambre à coucher de Grzegorz.

Elle commença à lui tirer la main pour retourner par là où ils étaient arrivés.

— C'est donc la chambre de cette fouine de roi, tiens tiens… Visitons un peu. Reste près de la porte et dis-moi si tu entends quelqu'un arriver, dit Jeff en souriant.

Il se dirigea à pas lents vers la table et se sentit grimacer en fronçant le nez. Sur la table étaient posées une brosse pleine de cheveux et plusieurs *barrettes*. Jeff tira la langue, comme s'il avait un haut-le-cœur. Sur le côté de la table se trouvait un buste, sans doute en marbre. La tête ne présentait aucun trait distinct. Perchée sur son crâne, il y avait une couronne en or sertie de joyaux étincelants de toutes les couleurs – rouge, bleu, blanc, jaune et vert – répartis le long du bord.

— Il a dû les faire remplacer, parce que Matt a ramené des pierreries à la maison, en prétendant que c'étaient des billes. Je suis sûr que ça le rendra fou de constater qu'elles ont à nouveau disparu.

À l'aide d'une pince à cheveux, Jeff délogea les joyaux de leurs supports et les glissa dans sa poche : d'autres billes pour Matt. Puis il se dirigea vers le lit et resta un moment immobile, plongé dans ses pensées. Il lança enfin un sourire espiègle à Gwyndion en haussant les sourcils d'un air provocateur.

— Je remercie le ciel pour les jumeaux Quinn. J'espère rendre justice à leur cause.

— Qui sont les jumeaux Quinn ?

— Deux frères, à mon école, les champions des farces et attrapes. Ils ont tout un attirail consacré aux farces.

Il brandit son sac à dos pour le lui montrer.

— Mais ils ne jouent de mauvais tours qu'aux brutes.

La mine concentrée, il fouilla le contenu de son sac pour en extraire des objets qu'il inspecta. Il se demandait s'il pouvait les utiliser, et surtout, comment. Son visage s'illumina lorsqu'il sortit un sac en plastique rempli de tapettes à souris.

— C'est quoi, des brutes ?

— Les brutes, ce sont les gens qui font du mal aux autres pour le plaisir, comme Grzegorz et Wiedzma. Mais ils finissent toujours par recevoir ce qu'ils méritent au bout du compte. Aide-moi à mettre ça en place, nous allons donner à Grzegorz de vraies raisons de se plaindre. Ce sera amusant.

Jeff retira le couvre-lit et expliqua à Gwyndion comment préparer un piège à souris. Elle poussa un glapissement lorsque l'un d'eux se referma en claquant au moment où elle l'installait.

— Ça fait mal, gémit-elle en se suçant le doigt.

— C'est le but, s'esclaffa Jeff.

Bientôt, le matelas fut jonché de tapettes à souris, sur lesquelles ils étendirent la couverture légère en prenant soin de ne pas les déclencher. S'éloignant du lit, Jeff se dirigea vers la vitre et l'ouvrit. La brise était fraîche. Il se rendit dans la salle de bain et en sortit en agitant une savonnette, qu'il entreprit de frotter contre le sol tout autour de la fenêtre, formant une généreuse couche mousseuse.

— Avec un peu de chance, il dérapera et passera par la fenêtre, dit Jeff en contournant le parquet glissant.

Enfin, il se dirigea vers la penderie. Il cherche dans son sac à dos et en sortit un tube blanc de super glu avec laquelle il s'empressa de sceller les portes. Il sourit devant la mine ébahie de Gwyndion avant de coller la couronne percée d'emplacements vides sur la tête du buste en marbre.

— D'où sors-tu tout ça ? souffla-t-elle en portant sa main à sa bouche, comme pour réprimer un fou rire.

— J'ai toujours eu envie de posséder un sac de farces et attrapes, et maintenant j'essaie juste d'utiliser tout ce qu'il contient. Il y a tellement de tours super cool à jouer.

Soudain, Gwyndion plaqua son oreille contre la porte.

— Eh, quelqu'un arrive !

— C'est le moment de partir…

Jeff ferma les yeux et un nouveau passage apparut. Il attrapa la main de Gwyndion et ils la franchirent en hâte.

Lorsqu'ils atterrirent, Gwyndion étouffa un cri et poussa Jeff à l'abri des regards. Ils se cachèrent derrière un large fauteuil, avant de rejoindre à quatre pattes un rideau suspendu pour se dissimuler derrière.

— Où sommes-nous ? demanda Jeff à l'oreille de Gwyndion, d'un ton crispé.

— Dans la salle du trône, gémit-elle en fermant les yeux.

Jeff jeta un œil de l'autre côté du rideau et aperçut Wiedzma, debout devant un miroir. Elle était absorbée dans son propre reflet. Lorsqu'elle se déplaça sur le côté, Jeff constata qu'elle épiait Grzegorz en train de marcher dans un couloir. Comme d'habitude, le roi boitait à cause de son pied endormi.

Gwyndion donna à Jeff un petit coup de coude.

— C'est un miroir révélateur. Elle croit que c'est un secret, mais tout le monde le connaît sauf Grzegorz. Elle peut tout voir. Nous avons de la chance qu'elle ne nous ait pas vus dans la chambre du roi !

Gwyndion regardait la sorcière en plissant les yeux.

Jeff recula vivement lorsque Wiedzma tourna soudain la tête vers les rideaux au fond de la salle. Par-dessus son épaule, elle lissait ses cheveux raides d'un bleu éclatant, qui pendaient dans son dos. Son grain de beauté mouvant était pile au milieu de son menton et remontait lentement vers sa joue.

— Pourquoi ai-je l'impression que quelqu'un me regarde ? demanda-t-elle dans le vide, d'une voix douce et désinvolte. Ce château me donne la chair de poule. Je devrais en parler à Grzegorz.

Elle claqua la langue et passa près du rideau, sa robe vert clair froufroutant derrière elle.

Les portes se refermèrent brusquement et Jeff et Gwyndion demeurèrent seuls dans la salle du trône.

Jeff poussa un soupir de soulagement. Il sortit et regarda fixement le miroir.

— Nous n'avons pas beaucoup de temps. Il faut faire vite.

Il se pencha sur son sac à dos à la recherche du rouleau de papier aluminium qu'il y avait aperçu un peu plus tôt.

— Qu'est-ce que c'est ? demanda Gwyndion au-dessus de sa tête.

— C'est une feuille réfléchissante. Maintenant, il me faut de l'eau savonneuse.

Gwyndion se dirigea vers une porte latérale et revint quelques secondes plus tard avec de l'eau et un tissu rouge.

— C'est toujours dans la pièce d'à côté, au cas où quelqu'un ait besoin de se laver les mains, mais ils ne s'en servent jamais. Quel est ce plan à base d'eau savonneuse ?

— Tu verras, dit Jeff.

Il mouilla le miroir et posa une feuille réfléchissante dessus. Du plat de la main, il en lissa les irrégularités et les bulles. Bientôt, le miroir était couvert d'aluminium et les bords étaient à peine distincts. La feuille collait au verre grâce au savon.

— Voilà, maintenant elle ne verra plus rien, sauf son reflet.

Gwyndion se campa devant la surface brillante et se toisa du regard. Elle sourit et ses yeux roses pétillèrent.

— C'est vraiment… comment dis-tu, déjà ?

— Cool, répondit Jeff en souriant.

Jeff fouilla dans le sac à dos. Il en sortit deux cannettes colorées et les secoua vigoureusement, grimaçant en entendant le claquement sec à l'intérieur. Ils essayaient tellement d'être discrets que le petit bruit de la secousse résonnait comme des coups de feu dans la salle silencieuse.

— Prends ça et vaporise les murs. Trace une couche épaisse pour que ça dégouline.

Gwyndion souleva les bombes dans ses mains et se renfrogna.

— Tu es sûr que c'est une bonne idée ? Ça me semble un peu méchant. Je crois que ce n'est pas bien.

Jeff sentit le rouge lui monter aux joues et il répliqua :

— C'est vrai, ce n'est pas bien de vandaliser l'intérieur de quelqu'un, mais j'ai été poursuivi par des criatures et des ombres frémissantes. Et chez moi, elles essaient toujours d'enlever mon frère. Rhed est en train de se transformer en arbre. Wiedzma et une vieille harpie planifient notre capture pour que la sorcière puisse sucer le sang de Phoebe. J'en ai assez d'être gentil. L'heure de la vengeance a sonné.

Il fronça les sourcils et regarda autour de lui. Il avait parlé avec une telle virulence qu'il en avait oublié de rester silencieux, mais la salle était toujours vide.

— Des graffitis.

Elle afficha un large sourire, comme si elle savait qu'elle allait bien s'amuser.

Jeff se dirigea vers un mur et commença à vaporiser sa peinture. Il n'avait encore jamais rien tagué et il n'aurait jamais fait une telle chose chez lui, mais c'était plutôt amusant. Il dessina des squelettes stylisés, des os et de grands yeux ronds. En ruisselant, la peinture donna au mur un aspect sinistre. Une fois que les bombes furent vides, il recula pour admirer leurs dessins.

— Quelle horreur… c'est parfait ! chuchota-t-il.

La vaste salle avait un haut plafond et des voûtes en pierre. Elle était vide à l'exception des rares meubles dispersés çà et là et des tentures ternes qui recouvraient les murs de pierre. Il ne lui restait plus grand-chose à bricoler, si ce n'est le fauteuil. Il s'en approcha. C'était un meuble en bois, peint en or. On aurait dit une pâle imitation de trône, fabriquée à la hâte. Juste derrière s'étendait une tache dorée. Jeff ne s'attarda pas près du fauteuil en bois, qui semblait de toute manière sur le point de tomber en morceaux.

— Qu'est-ce que c'est ?

— C'est ce qu'il reste du trône officiel depuis que le dragon l'a fait fondre.

Gwyndion porta la main à sa bouche pour se retenir de rire.

— Grzegorz était dévasté.

Puis elle regarda derrière elle vers la voûte de l'entrée, comme si elle craignait d'avoir passé trop de temps dans la salle.

Jeff lui jeta un coup d'œil.

— C'est l'heure de rentrer.

Ils sortirent de la salle du trône pour pénétrer dans une pièce latérale, en prenant soin de refermer derrière eux.

— Essayons une autre porte, dit Gwyndion. Je ne me suis plus sentie aussi libre et enjouée depuis des années ! C'est grisant, mais à la fois un peu effrayant. Quand Wiedzma a découvert que j'étais une guerrière, elle m'a fait torturer jusqu'à ce qu'elle se rende compte que je n'avais aucun pouvoir, et que je n'avais plus grand-chose de guerrier. Alors elle m'a jetée dans cette salle aux lames.

— Mais tu peux retrouver tes pouvoirs, n'est-ce pas ?

— Sans doute faut-il que je rentre chez moi pour que mes pouvoirs soient réparés. Chez moi. Cela fait si longtemps, je ne sais même pas si j'y retrouverai ma place.

Elle soupira et lissa sa tunique sale comme si ce geste pouvait apaiser ses craintes.

Jeff leva les yeux vers elle.

— Bien sûr, tu retrouveras ta place : chez toi, c'est chez toi. En même temps, je suis chez moi en permanence, et pourtant, j'ai parfois du mal à trouver ma place.

Il ferma les yeux et un autre passage s'ouvrit. Une forte odeur de soufre s'en dégageait.

— Jeff, tu es sûr que tu veux entrer là-dedans ? demanda Gwyndion.

— Nous verrons bien où ça nous mène, répondit Jeff avec assurance en lui prenant la main, avant de s'avancer.

La première chose qu'il aperçut fut un tapis vert odorant qui ressemblait aux dépôts d'algue sur la mare près de chez lui.

— Beurk, fit-il.

Il jeta un coup d'œil à Gwyndion, qui avait plaqué la main contre sa bouche, les yeux grands ouverts.

— C'est la chambre de la sorcière. C'est là que dort Wiedzma. Nous devons nous en aller ; il ne faut pas se faire pincer ici. Elle nous fera subir des atrocités si elle nous attrape ! Jeff, tu m'écoutes ? Il faut partir.

Jeff avait envie de regarder autour de lui. C'était la pièce la plus sinistre qu'il ait jamais vue. Une curieuse horloge était posée sur le manteau de la cheminée. Elle n'avait pas d'aiguilles, mais des yeux effrayants qui clignaient lentement en suivant ses déplacements.

Jeff contourna le tapis au centre de la chambre. Il était d'un vert éclatant si visqueux qu'il semblait presque radioactif. Les murs nus étaient en pierres de taille, dans les interstices desquelles on devinait de la mousse.

Il sortit une bombe de peinture de son sac à dos et traça les mots : « Bisous d'Angie » en grosses lettres violettes. Il espaça bien les mots de sorte que le mur tout entier en soit recouvert. La peinture était épaisse et coulait légèrement, laissant comme des traînées de sang.

Il recula pour contempler son œuvre.

— Pas mal, voilà qui devrait la rendre folle. Elle ne supporte pas Angie.

Gwyndion attendait près de la porte. Elle se mordait la lèvre en sautillant d'un pied sur l'autre. Jeff était sur le point de la rejoindre lorsqu'il aperçut du coin de l'œil une bibliothèque poussée dans un coin, partiellement cachée par un voile de dentelle noire aux allures de toile d'araignée. Sur l'étagère se trouvait un gros livre épais grand ouvert. Jeff dévia de sa trajectoire pour aller le regarder.

— Qu'est-ce que tu fais ? souffla Gwyndion.

Jeff glissa sous le tissu en s'efforçant de ne pas toucher l'affreuse toile d'araignée. Il examina la page à laquelle le livre était ouvert ; la recette d'une potion.

Le manuel était très épais et les pages jaunies paraissaient fragiles. Les illustrations figuraient sur papier glacé. Certaines étaient stupéfiantes, avec des motifs de fleurs qui ressemblaient à des feuilles d'arbres. Jeff tourna soigneusement la page et découvrit une autre recette, avec un poème qui ressemblait à *un sort*. Il écarquilla les yeux et poussa un sifflement discret, avant de se retourner, le sourire aux lèvres.

— Je crois que j'ai trouvé son livre de sorts et de formules. C'est ça ! Si nous trouvons le bon sortilège, alors nous pourrons sortir d'ici… tout de suite.

Jeff feuilleta les pages, en essayant à la fois de ne pas les abîmer et de se dépêcher. Après un temps qui lui parut infini, bien qu'il n'ait en réalité duré que quelques secondes, Jeff tomba sur une page intitulée :

« Enchantement du château ».

— Trouvé !

Il fourra le grimoire dans son sac à dos et rejoignit précipitamment Gwyndion, qui l'attendait en se rongeant les sangs.

Avant qu'il ait eu le temps de dire quoi que ce soit, des claquements retentirent dans tout le château, suivis de hurlements affolés. C'était Grzegorz, qui avait décidé de faire une petite sieste et était monté sur son lit, où tous les pièges à souris l'attendaient. Le hurlement haut perché se situait à mi-chemin entre la colère et la peur.

Jeff sourit à Gwyndion, qui semblait avoir oublié toutes ses inquiétudes à l'idée de se faire surprendre dans la chambre. À présent, elle dissimulait son rire derrière ses mains pour étouffer le bruit.

— Il doit croire que sa chambre est possédée. Tiens, nous devons sans doute être tout près pour l'entendre aussi nettement. Je crois qu'il est temps d'y aller. On ferait mieux de se faufiler discrètement. Je n'ai pas envie d'atterrir à nouveau dans sa chambre, on risquerait de se faire pincer ! dit Jeff en entrouvrant la porte qui donnait sur le couloir et en glissant un œil par l'entrebâillement.

Deux gardes s'éloignaient en lui tournant le dos. Ils discutaient avec entrain, les mains levées et les doigts tendus. Jeff fit signe à Gwyndion d'attendre, puis il lui indiqua de le suivre. Ils se glissèrent à l'extérieur et remontèrent le couloir à pas de loup, dans la direction opposée.

Wiedzma sortit en coup de vent de la chambre de Grzegorz en hurlant :

— Oh, cessez de pleurnicher pour vos joyaux disparus, Grzegorz, vous avez dû les perdre quelque part.

Jeff et Gwyndion avaient presque tourné à l'angle du couloir lorsqu'un cri perçant foudroya Jeff. Wiedzma les avait vus.

— Espèces d'idiots ! lança-t-elle aux gardes. Attrapez-les ! Ils sont juste derrière vous ! Ramenez-les-moi, bande de bons à rien !

Les gardes s'animèrent brusquement et se lancèrent à la poursuite des intrus. Jeff tira des obstacles derrière lui pour essayer de ralentir leur course : une armure en métal tomba, ainsi que des chaises, une table et un gros vase hideux. Il essaya de trouver un portail, mais dans sa panique il s'avéra incapable de rejoindre sa salle. Ils franchirent une porte en toute hâte et la refermèrent violemment. Gwyndion s'y adossa en plantant ses talons dans le sol. Jeff s'arc-bouta pour pousser une lourde armoire devant la porte. Les gardes cognaient contre le bois en appelant des renforts.

— Faites le tour, trouvez une autre entrée, s'exclama l'un des soldats.

Jeff prit le bras de Gwyndion et ils se ruèrent dans une autre pièce. Ils claquèrent la porte et la barricadèrent avec tout ce qui leur tombait sous la main. Ainsi, ils poursuivirent de salle en salle. Tout en courant, Jeff réfléchissait. Ils avaient une chance folle d'avoir trouvé par hasard la chambre de Wiedzma, et d'avoir découvert l'existence du livre : ce livre même dont ils avaient besoin pour rompre l'enchantement du château. Une telle chance ne se présenterait plus jamais. Il savait ce qu'il leur restait à faire.

— Nous devons nous séparer, lança-t-il à Gwyndion, à bout de souffle, tandis qu'ils barricadaient une autre porte.

— Non, nous restons ensemble, répondit-elle en ahanant, allongeant ses foulées pour suivre Jeff dans le couloir.

Les gardes avaient réussi à passer et avaient repoussé l'armoire. À présent, ils enfonçaient la deuxième barricade.

— Nous avons besoin de temps pour trouver ce sort, et nous ne pouvons pas le faire en courant. Il faut nous séparer. Je vais les distraire. Ça te laissera le temps de te rendre jusqu'à la sortie du tunnel et de trouver le bon sortilège. Je l'ai vu dans le livre ! Interromps l'enchantement du château et sors avec ce livre. Cours sans t'arrêter jusqu'à la forêt.

— Jeff, non, je ne veux pas partir sans toi !

— Je vais les occuper ici pour te laisser le temps de trouver le sortilège à réciter. Je crois que, quand le sort du château sera désactivé, je le saurai et je parviendrai à m'enfuir. Tout ira bien.

Jeff prit une profonde inspiration avant de souffler un bon coup.

— Ensuite, quand tu seras dans la forêt, ne t'arrête pas pour m'attendre : continue.

Gwyndion secoua la tête.

— Je préfère rester avec toi, nous partirons ensemble.

— Cette fois, il est hors de question que tu sois encore retenue. Tu pars en premier. Vas-y, Gwyn. Trouve ce sort, romps le charme et tire-nous d'ici.

— Mais…

— Pas de « mais » qui tienne, Gwyndion. Tu dois le faire, c'est notre seule chance d'évasion.

Jeff avait du mal à chuchoter.

— Nous ne pouvons pas rester cachés pour toujours. Jusqu'à présent nous avons eu de la chance, mais maintenant qu'ils sont au courant, nous allons nous faire pincer et nous serons à jamais pris au piège ! Et si Harley ne trouve personne, personne ne saura où nous sommes.

Il lui fourra le livre dans les mains.

Gwyndion le cala sous son bras. Elle se hissa sur la pointe des pieds pour embrasser Jeff sur la joue.

— On se voit dans la forêt, Jeff. Promets-moi que je te reverrai dans la forêt.

— C'est promis. Maintenant, vas-y.

Il regarda attentivement par-dessus son épaule.

Gwyndion lui adressa un sourire hésitant avant de se retourner pour détaler par une porte latérale. Elle traversa la pièce voisine et disparut derrière une tenture.

Jeff la regarda partir. Plus que tout, il avait envie de la suivre, mais c'était leur seule chance. À présent, il avait une mission à accomplir : il devait occuper les gardes.

Il tenta de se calmer, ferma les yeux et chercha sa salle de simulation. Une bourrasque froide lui souleva les cheveux, comme s'il se tenait devant une porte ouverte. Il se retourna, mais ne vit personne. Pourtant, il avait la désagréable sensation d'être observé. Il entendit un léger froissement, comme celui des feuilles mortes en automne.

— Sans dragon, chuchota une voix inconnue.

Un frisson glacial lui parcourut le corps.

29

Watroc s'ébattait dans les eaux bleues étincelantes. Il était fier de montrer à Phoebe ses cabrioles aquatiques. La jeune fille tapait frénétiquement des mains, sur le rivage, mouillée par les éclaboussures de ses plongeons acrobatiques. Elle était détrempée, mais ça ne semblait pas la déranger.

Angie étudiait Rhed. Elle fit signe à Madgwick et Rig de la rejoindre. Le garçon était réveillé et posait sur eux un regard paisible.

— Qu'est-ce que j'ai raté, les garçons ?

Angie examinait les oreilles de Rhed.

— Je vois des excroissances. Le changement est en train de se produire. Le scaphandre a dû rompre le sort que j'avais mis en place pour ralentir sa transformation en arbre.

Elle dévisagea Rig et Madgwick, et ajouta :

— Nous devons nous rendre sans plus tarder dans la forêt de Drakwood.

— Et Zorka ? demanda Madgwick en se mordant la lèvre, les yeux rivés sur Rhed.

Rig répondit d'une voix calme :

— Zorka nous trouvera et nous nous occuperons d'elle quand il le faudra. Si je me souviens bien, nous pouvons longer la côte pour nous rendre jusqu'à la forêt qui a adopté Rhed.

Les jambes raides, le garçon se dirigea vers Phoebe qui tendit automatiquement la main pour l'aider à garder l'équilibre.

Madgwick l'appela :

— Rhed, Rhed.

Mais Rhed ne se retourna pas.

— Twigwig ? lança Angie.

Rhed la regarda en souriant :

— Oui ?

— Le changement est rapide, admit Rig en fronçant les sourcils.

Ils avancèrent sur le rivage, Rig en tête, tandis que Madgwick fermait la marche. Leur poudre magique pendait mollement comme des cordes dans leurs mains, prête à les défendre à tout moment.

Watroc glissait sur l'eau, Phoebe assise sur sa nuque. Elle lui parlait, mais personne n'entendait ce qu'ils se disaient, car le son de sa voix ne portait pas jusqu'au rivage.

Angie grommelait tout bas en agitant les bras lorsqu'une violente explosion brisa le silence. De la poudre violette se répandit alentour. Elle hurla en s'envolant avant d'atterrir sur le sol, les fesses en l'air. De la poudre scintillante l'entourait en tournoyant. Madgwick et Rig se précipitèrent vers elle pour l'aider à se relever. Elle tituba et tomba dans les bras de Rig, mais lorsqu'il la regarda, le guerrier faillit s'effondrer à son tour.

— Qu'y a-t-il ? Que s'est-il passé ? cria Madgwick en balayant les environs du regard, craignant une attaque.

Angie se leva et rejeta ses cheveux sur ses épaules. Rig et Madgwick la dévisagèrent avec stupéfaction, la bouche grande ouverte. Ils clignèrent des yeux en contemplant le teint de pêche d'Angie et son adorable petit nez en trompette.

— Ouah, Angie, tu es magnifique, s'exclama Phoebe, les yeux écarquillés.

Abasourdie, la jeune fille comparait mentalement la nouvelle silhouette d'Angie avec la sorcière qu'elle était encore dix minutes plus tôt.

— Et mes brillants à dents... comment sont-ils ? demanda Angie en retroussant les lèvres pour essayer de leur montrer l'ensemble de sa dentition.

— Quels brillants ? demanda Phoebe.

La jeune fille avait beau essayer de fermer sa propre bouche, elle n'y parvenait pas. Elle n'arrivait pas à détourner le regard.

— Je crois que ce sort, quel qu'il soit, vous a rendue très belle, mais il a oublié de vous doter d'un appareil dentaire, dit Madgwick en souriant.

— Bon sang de bois ! Alors c'est qu'il n'a pas fonctionné comme il faut... attendez ? Aaaah. Où sont mes orteils ?

Rig posa les yeux sur ses pieds avant de lever vers elle un regard perplexe.

— Vos orteils sont toujours là.

Angie tonna :

— J'avais six orteils à chaque pied, maintenant je n'en ai plus que cinq, *pourquoiiii* ? Je *dois* retrouver mes orteils. Tout ce que je voulais, c'étaient des brillants à dents !

— Eh bien ! Maintenant vous êtes jolie, euh, vraiment très jolie. Arrêtez de vous plaindre, vous récupérerez vos orteils plus tard, répliqua Rig sèchement.

Cette discussion de gamine capricieuse commençait à lui taper sur les nerfs.

Sans cesser de grommeler, Angie fabriqua un fauteuil inclinable pour Rhed, afin qu'il puisse s'étirer en restant assis. Ses genoux cagneux ne se pliaient plus. Le fauteuil resta suspendu au-dessus du sol et suivit la nouvelle et splendide Angie comme un chien perdu. Il était rouge vif et des particules de poussière violette l'entouraient. Elles chatouillaient le nez de Rhed et le faisaient éternuer. Ses lunettes dégringolaient à chaque nouvelle crise. Il ne pouvait plus plier les bras et ses doigts étaient tendus comme des bâtons, si bien que Madgwick l'aidait constamment à remonter ses lunettes sur l'arête de son nez.

Le guerrier fit la grimace en constatant que Watroc et Phoebe étaient toujours aussi proches et discutaient avec animation. De temps à autre, Phoebe tournait la tête pour lancer à Angie un regard admiratif.

— Je n'aime pas que Phoebe soit amie avec un dragon, surtout un dragon qui a essayé de me manger.

— Je crois qu'elle est en sécurité là où elle est, répondit Angie. Watroc ne laissera personne s'approcher d'elle maintenant. Laisse-la faire. Et ne prends pas cette histoire de grignotage trop personnellement, Madgwick, il se trouve que tu sens bon et que tu dois sans doute être savoureux.

Rig revint vers eux au pas de course et sursauta de nouveau en apercevant Angie. Il ne restait plus de la sorcière qu'il connaissait que ses cheveux, sa personnalité et sa voix.

— Quelque chose arrive. J'entends des battements d'ailes dans le ciel. J'ignore ce que c'est, mais ça se rapproche à toute vitesse.

Madgwick et Rig se campèrent devant Angie et Rhed en position d'attaque. Phoebe était toujours assise sur le dos de Watroc, mais il avait levé la tête et il montrait les dents. Ses crocs luisaient si intensément dans la lumière du soleil que le reflet sur l'eau éblouit les guerriers, qui durent se protéger les yeux.

Ils observaient la forêt, mais n'apercevaient aucun mouvement. Soudain, Angie poussa un hurlement et passa en trombe devant Madgwick et Rig sans que ni l'un ni l'autre n'ait le temps de l'arrêter. Ses cheveux volaient dans toutes les directions, donnant à ses mèches rousses des allures de flammes. Puis elle agita les bras en l'air comme une vieille folle.

— Mon balaiii ! hurlait-elle.

Harley surgit de la forêt et s'arrêta net. Il tournoya à la verticale, comme s'il venait de reconnaître la voix d'Angie. Il s'élança avant de décrire une autre pirouette dans les airs, tel un danseur classique. Angie et son balai se jetèrent l'un sur l'autre et roulèrent sur le sol. La sorcière riait et des larmes coulaient sur son visage tandis qu'elle serrait son bien-aimé balai.

— Mon balai, oh, mon petit balai, roucoulait-elle en boucle.

Rig regarda Madgwick en arquant les sourcils. Ce dernier lui rendit son regard et secoua la tête, avec un sourire en coin.

— Où étais-tu, mon balai ? demanda alors Angie.

Soudain, ses joues perdirent leurs couleurs et elle recula, comme si elle venait de recevoir une gifle.

— Tu n'es *pas* mon balai ?

Rig et Madgwick se raidirent et regardèrent autour d'eux avant de se tourner vers la forêt, craignant qu'Angie soit victime d'une ruse.

— Tu *es* mon balai, mais… d'accord, si tu veux… Pourtant tu ne l'as jamais *dit*… fit Angie en se grattant la tête. Non, j'aime bien. Oui, non ça ne me dérange pas. Tant que ça te plaît. Toi aussi, tu m'as manqué. Tu trouves ? J'avais envie d'avoir des brillants à dents comme Phoebe, et puis *voilà* ce qui est arrivé.

Elle renifla.

— Et j'ai aussi perdu des orteils.

Elle étreignit une nouvelle fois son balai. Le dialogue d'Angie tenait plus du monologue, mais elle semblait trouver cela normal.

— Dis, Angie, tu veux bien partager ? lança Madgwick en agitant la main vers le balai.

— Il s'est choisi un nouveau nom. Maintenant, il s'appelle Harley, annonça fièrement Angie avant de se tourner vers le balai. C'est la bonne prononciation ? demanda-t-elle d'un air anxieux.

— Balai ! s'exclama Phoebe en se mettant debout sur le dos de Watroc.

Le dragon tendit la queue, offrant un pont que la jeune fille utilisa pour descendre avant de sauter sur le sol.

— Harley. Il s'appelle Harley, il faut t'y habituer, s'exclama Angie.

— Harley… Où est Jeff ? demanda Rhed d'une voix rauque.

Ses yeux brillaient derrière ses lunettes.

— C'est ce que nous aimerions tous savoir.

Rig croisa les bras sur sa poitrine.

Harley se mit alors à décrire des cercles, tournoyant et basculant, voletant autour d'eux comme s'il essayait de leur raconter une histoire avant de retomber dans les bras d'Angie.

— Regarde-toi, avec toutes ces traces de morsure. Je vais te rafistoler. Bientôt, tu seras comme neuf, lui dit Angie d'une voix apaisante en caressant le manche à balai.

— Angie ! Concentrez-vous ! Et Jeff, alors ? s'écria Rig.

— Harley dit… Harley, quel joli nom, ça sonne si bien.

— *Angie* ! s'exclamèrent en chœur Rig et Madgwick, avec une telle force qu'elle sursauta.

— Jeff *et* Gwyndion se trouvent dans le château de Wiedzma. Écoutez comme c'est amusant : Wiedzma a caché son château à l'intérieur ou sous celui de Drakmere. Je ne comprends pas exactement comment c'est possible, mais ça ressemble bien à Wiedzma. Bref, ils ont fait de mauvaises rencontres, avec des créatures affreuses et des lames acérées.

Phoebe et Rhed frissonnèrent.

— Quand Harley est parti, personne ne s'était rendu compte que Jeff était caché dans le château ni que Gwyndion s'était échappée de la prison de Wiedzma. Le plan de Jeff pour faire évader Harley a fonctionné, visiblement, puisqu'il est avec nous. Mais Jeff et Gwyndion sont toujours pris au piège.

— Il est vivant, il est vivant ! s'écria Phoebe en dansant autour du fauteuil de Rhed, tapant dans sa main au deuxième tour.

Rig jeta un coup d'œil à Madgwick et dit :

— Ils sont coincés, mais au moins, ils sont ensemble.

Harley s'écarta d'Angie et flotta au-dessus de Rhed. Il donna deux petits coups sur sa tête, comme s'il frappait contre une porte. Rhed sourit faiblement, trop fatigué pour en faire plus.

Angie examina Rhed tout en répondant à Harley.

— Oui, à ce point. Tu en es sûr ? Oh bon sang, ce n'est pas une bonne nouvelle. Vraiment ?

Rig et Madgwick regardèrent Angie d'un air impatient, curieux de connaître la traduction de ce dialogue de sourds.

— Nous manquons de temps, comme je le craignais. Harley connaît le prince de la forêt qui a adopté Rhed. Ils sont durs en affaire, Harley doit nous accompagner.

Son regard alterna entre Rig et Madgwick et elle entortilla ses cheveux autour de ses doigts, comme si elle hésitait à prendre une importante décision.

— Je n'aime pas quand nous nous séparons, mais vous devriez essayer de retrouver Jeff et Gwyndion au château de Drakmere, tous les deux. Mon petit doigt me dit que la chance de notre jeune attrapeur de rêves ne va pas tarder à tourner.

— Mais, et… ? commença Madgwick.

— Watroc, Rhed, Phoebe et mon Harley à l'intelligence spectaculaire nous dirigeront vers la forêt de Drakwood. Si Zorka nous rattrape - et elle le fera -, Watroc, Harley et moi-même nous chargerons de protéger Phoebe.

Elle se tourna vers Rig et Madgwick, un sourire radieux aux lèvres.

— Mais essayez de vous dépêcher, parce que nous aurons besoin de vous.

Rig inclina la tête, puis il gratifia chacun de ses compagnons d'un long regard. Sans une parole, il tourna les talons et s'élança en direction de la forêt. Sa poudre magique volait autour de lui comme un nuage de neige. Lorsqu'il atteignit la lisière du bois, il chevauchait une moto scintillante qui filait entre les arbres dans la pénombre.

Madgwick tapota le cou rugueux de Rhed, qui se fendillait déjà comme de l'écorce. Il adressa un clin d'œil à Phoebe, mais se contenta d'un regard bref en direction de Watroc, qui le lui rendit d'un air las.

Enfin, Madgwick fit un dernier sourire à Angie avant de suivre Rig dans la forêt.

30

Jeff se dévissait le cou, comme si cela pouvait l'aider à mieux entendre le chuchotement. Que voulait dire la voix et que signifiait « sans dragon » ?

— Je ne vous entends pas bien… dit-il prudemment.

Que disait-elle, « sans dragon » ou « cent dragons » ? Son esprit lui jouait des tours. À présent, il n'entendait plus aucun murmure.

Il secoua la tête et essaya de se concentrer sur ce dont il avait besoin, à savoir des roues. Il lui fallait des roues. Il ouvrit les yeux et entendit les gardes monter les escaliers quatre à quatre à l'autre bout du couloir. De toute évidence, ils avaient trouvé un moyen de contourner les salles barricadées.

Il laissa tomber sur le sol le skateboard qu'il venait de récupérer dans un rêve et fila dans le couloir en se propulsant sur un pied. Il prit de la vitesse et sauta par-dessus trois marches en faisant tournoyer la planche dans les airs avant de retrouver son appui au sol.

— Pas mal ! s'exclama-t-il en souriant.

Les roues faisaient du bruit sur les pavés et les gardes ne savaient pas sur quoi il était juché. Sans doute croyaient-ils qu'il dirigeait une sorte de monstre tapageur. Il allait si vite que le vent faisait flotter ses cheveux. Il fusait dans les couloirs, son sac sur le dos et les bras tendus pour garder l'équilibre. Bientôt, il eut distancé les gardes.

Soudain, les hurlements de Wiedzma se firent entendre au loin.

Il s'arrêta pour fouiller son sac à dos. S'il y avait toujours quelques affaires utiles, il n'en restait plus beaucoup. Quelques boules puantes, une autre bombe de peinture, un rouleau de papier toilette. Il fronça les sourcils. Qu'était-il censé faire avec ça ? Enfin, il trouva une poignée de pétards.

Il fourra tous les objets qu'il put dans ses poches et reprit sa course dans les couloirs. Il avait une mission : occuper les gardes pour les détourner de Gwyndion.

Son skateboard sous le bras, il se rapprocha des cris. Il s'assura que les gardes le voient déboucher à l'angle d'un couloir, avant de faire mine de se baisser pour ne pas être repéré. Il remonta sur sa planche quand l'un de ses poursuivants apparut au bout du couloir. Jeff se baissa et bouscula le garde, qui alla dévaler les escaliers. Profitant de son élan, il sauta par-dessus une statue renversée dont les membres jonchaient le couloir. Il brandit le poing en entendant un garde trébucher sur la statue et s'écraser au sol dans un fracas retentissant.

Un éclat de lumière verte frappa la rampe d'escalier juste devant lui et il se baissa, manquant de perdre l'équilibre. Il jeta un œil par-dessus la rampe et aperçut Wiedzma, debout au milieu du hall d'entrée. Elle le regardait fixement. Ses yeux vert foncé pétillaient de méchanceté et ses cheveux d'un bleu éclatant flottaient autour d'elle.

Le cœur de Jeff se serra lorsqu'il lut la cruauté dans son regard. Ses sourcils étaient si froncés qu'ils se touchaient presque. Sa bouche était une fine ligne et ses lèvres étaient pincées. Son grain de beauté noir demeurait à présent au bout de son nez. Elle décrivit des mouvements complexes avec les doigts avant de tendre les paumes, projetant des boules de lumière verte dans sa direction.

Jeff repoussa la rampe et se pencha pour essayer d'esquiver les sorts qu'elle lui lançait. Il chercha la boule puante dans sa poche et son cœur cogna lorsqu'il prit le risque de s'arrêter pour l'affronter. Il ramena son bras et, visant avec la plus grande précision, il lança la boule puante. Cette dernière atteignit sa cible et la percuta en pleine poitrine. La boule éclata et les yeux de la sorcière s'ouvrirent en grand.

— Quel sort viens-tu de me jeter, affreux gamin ? Ahhh, c'est immonde !

Elle se couvrait la bouche et le nez, si bien que ses mots étaient étouffés.

— Grzegorz, aidez-moi ! Il m'a ensorcelée !

Elle se tâta le corps, ce qui ne fit que répandre davantage le liquide jaune nauséabond sur sa robe. Elle s'égosilla de plus belle lorsque l'odeur l'atteignit de plein fouet.

Jeff déglutit en voyant son visage virer au rouge.

— Je dois y aller, lança-t-il avant de donner une impulsion à son skateboard.

Derrière lui, un grondement s'éleva. On aurait dit le rugissement d'une tornade. Jeff risqua un œil derrière lui et tressaillit en apercevant les ombres frémissantes. Elles s'extrayaient péniblement d'un nuage noir qui tournoyait autour de Wiedzma. La sorcière vociférait comme si elle était devenue folle.

— Voyons comment tu jettes des sorts à mes ombres, espèce de... espèce de... Ahhh, mais ça *pue* ! Qu'est-ce que c'est ? Aaah !

Jeff détala dans le couloir. Les ombres frémissantes le suivaient. Il avait des ennuis. Les ombres étaient les petits toutous de Wiedzma, des créatures malveillantes, noires et vaporeuses, aux yeux rouge sang. Il ne voyait que leurs yeux, même s'il savait d'après ses expériences précédentes qu'elles étaient très fortes et étaient armées de dents cruelles.

La dernière fois, il avait failli ne pas réchapper aux ombres. Il aurait sans doute été dévoré, mâché et recraché sans l'intervention opportune de Madgwick et Rig. Il s'empara du rouleau de papier toilette et passa les doigts à l'intérieur de sorte que le papier se déroula et voleta dans le vent derrière lui. Jeff n'était pas certain que ce soit très utile, sauf à déboussoler les ombres frémissantes. Leurs hurlements lui transpercèrent les oreilles lorsqu'elles s'élancèrent à sa poursuite dans le couloir.

— Maintenant, ce serait le bon moment pour désactiver le sortilège,

Gwyn, haleta Jeff en essayant de prendre de la vitesse.

Les murs devenaient de plus en plus sombres au fur et à mesure que les ombres l'entouraient. Il pouvait sentir leur souffle et leurs dents qui claquaient dans ses cheveux.

Il entendit un craquement lorsqu'elles attrapèrent son sac à dos. Battant des bras et des jambes, il fut soulevé dans les airs.

31

Gwyndion progressait tant bien que mal dans le tunnel des oubliettes. Elle n'avait pas de temps à perdre, mais elle jeta un œil dans toutes les cellules pour s'assurer qu'elles étaient vides. Deux jeunes hommes, dix-huit ou dix-neuf ans tout au plus, étaient assis dans le coin d'un cachot, voûtés par le désespoir.

— Préparez-vous ! leur chuchota-t-elle. Préparez-vous à fuir !

Ils se levèrent et s'approchèrent de la porte de la cellule, pleins d'espoir, mais également méfiants.

Gwyndion se laissa tomber à genoux et ouvrit le livre. Elle avait envisagé de le faire au dernier moment, mais à présent qu'il y avait des prisonniers à délivrer, elle devait les conduire hors des oubliettes. Ils ne trouveraient jamais la sortie tout seuls.

Elle feuilleta les pages.

— Allez, allez, *allez.*

Elle n'était pas aussi soigneuse que Jeff avec les pages, et elle serrait les dents.

— Voilà. Attendez, il manque quelque chose, murmura-t-elle en sentant ses joues perdre leurs couleurs.

Elle tourna la page et soupira de soulagement.

— La suite est là.

Vous qui êtes épuisés, goûtez à ma douceur,
Marchez dans les jardins, oubliez vos rancœurs,

Que l'air magique illumine votre esprit,
Laissez le château diriger votre vie.

Or si l'envie vous prend de réveiller ces murs,
De connaître les récits et les drames qu'ils murmurent,
Prononcez ces mots pour les réaliser.
Trouvez la liberté et ceux que vous aimez,
Dans la rosée de l'aube et la nuit éternelle,
Ouvrez les portes en grand et déployez vos ailes.

Gwyndion se leva et récita les paroles, tournée vers la porte du cachot. Des étincelles orange crépitèrent entre les barreaux avant de s'embraser. Elle referma le livre et agita les mains pour faire signe aux jeunes hommes de quitter leur cellule.

Elle n'attendit pas qu'ils la rejoignent, mais elle sortit en trombe du cachot en direction de la sortie. Les deux prisonniers la suivaient au pas de course dans les tunnels.

Lorsqu'elle arriva près de l'entrée, Gwyndion était à bout de souffle. Elle lança une poignée de brindilles à travers l'ouverture. Quelques étincelles orange apparurent, mais aucun éclair. Elle pinça les lèvres, serra le livre contre sa poitrine et franchit le seuil.

Les prisonniers débouchèrent derrière elle dans le soleil aveuglant. Lorsqu'elle atteignit les arbres de la forêt, elle se retourna et posa sur le château un regard lourd d'angoisse. Les jeunes hommes l'encadraient et chacun lui prit un bras. Ils la portèrent jusqu'aux bois, la traînant à moitié.

Elle avait beau protester et leur dire qu'elle attendait quelqu'un, ils lui répondirent qu'ils devaient se mettre à l'abri loin du château.

***

Jeff sauta à terre, abandonnant le sac à dos dans la gueule d'une ombre qui avait déjà commencé son travail de mastication. Il lança le rouleau de papier toilette dans les airs et se rua dans une salle au bout du couloir.

Il jeta un œil par-dessus son épaule et aperçut des ombres frémissantes qui suivaient la fausse piste du papier toilette. Il s'arrêta net et rebroussa chemin jusqu'à la porte. Les ombres s'étaient agglutinées autour des bandelettes flottantes et bondissaient comme pour essayer de les attraper. Il avait l'impression de voir un chat jouer avec un rayon laser, sautant et rebondissant, le ratant pour mieux revenir à l'assaut – si ce n'est, bien sûr, que les ombres frémissantes étaient composées de brume sombre et trouble. Jeff regrettait de ne pas avoir d'autre rouleau à leur lancer.

— Bande d'idiotes écervelées, dit-il avant de refermer silencieusement la porte et de glisser une chaise sous la poignée.

Il passa furtivement de salle en salle, à la recherche de la sortie qui menait au jardin du château. Il ignorait comment il allait bien pouvoir s'évader, mais si Gwyndion avait réussi à rompre le charme, alors il lui serait certainement plus utile de se trouver près de la muraille plutôt qu'au fin fond du château.

Il trouva enfin la sortie et s'avança dans les jardins. Quelques buissons parsemés de jacinthes bleues longeaient les murs du château, lui offrant une cachette pour se dérober aux regards. Certes, cela ne repousserait pas les ombres frémissantes, mais avec un peu de chance, elles étaient toujours en train de poursuivre le rouleau de papier toilette. Il rampa dans les taillis qui poussaient sous une fenêtre. À peine s'était-il baissé qu'il entendit Wiedzma et Grzegorz entrer dans la salle au-dessus de sa tête.

— Que se passe-t-il ? tempêtait le roi. Regarde ce qu'on a fait à ma couronne, Wiedzma ! Je veux que les coupables croupissent aux oubliettes pendant le restant de leurs misérables jours ! Et tous ceux qui étaient au courant seront jetés au cachot avec toutes leurs familles. Le roi bon et juste, c'est terminé.

Grzegorz grogna et l'on entendit le bruit sourd d'un objet sur le sol.

Jeff sourit en imaginant le roi en train de traîner le lourd buste en marbre avec lui.

— Oh, ça suffit avec votre stupide couronne, Grzegorz ! L'attrapeur de rêves est ici ! Rassemblez les gardes ! hurla Wiedzma. Il nous faut mettre la main sur ce garçon. J'ai oublié son nom. Jips, Jops, Jeff quelque chose. Gardes !

La voix du roi changea brusquement de ton.

— Wiedzma, c'était quoi, ça ? Je viens d'apercevoir un éclair orange de l'autre côté de la vitre.

Au volume de sa voix, Jeff devina que Grzegorz s'était approché de la fenêtre.

Jeff s'aplatit contre le mur du château au cas où Grzegorz regarderait au-dehors. Soudain, il entendit Wiedzma hurler et il sursauta de frayeur, faisant frémir le buisson dans lequel il était tapi.

— Un éclair orange ! Par les étoiles filantes ! Ça veut dire que l'enchantement du château s'est désactivé. Non, non, non !

On entendit un froissement d'étoffe. Jeff comprit que Wiedzma faisait les cent pas.

— Je vais chercher mon grimoire pour réparer le sort avant que quelqu'un se rende compte qu'il a été rompu.

Il y eut une pause.

— Si Zorka apprend que l'attrapeur de rêves est ici, elle enverra ses spectrifiés et je ne veux pas laisser entrer ces choses répugnantes dans mon... euh, notre château.

— Et tes criatures ? Appelle-les pour qu'elles retrouvent l'attrapeur de rêves, ordonna Grzegorz en frappant le rebord de la fenêtre.

— Je ne peux pas, répondit Wiedzma en claquant la langue. Je les ai toutes envoyées capturer ce morveux de Matt. Elles ne sont pas rentrées.

Elle s'interrompit, comme si leur absence la perturbait, puis elle poursuivit :

— Je n'aurais peut-être pas dû toutes les envoyer en même temps, mais tant pis. J'appellerai mes ombres frémissantes. Où sont-elles ?

En entendant le bruit de ses pas s'estomper, Jeff en déduisit qu'elle était sortie de la salle.

Elle a réussi, songea Jeff, *c'est le moment*. Son cœur battait la chamade lorsqu'il se hissa légèrement pour jeter un œil par-dessus le rebord de la fenêtre.

Grzegorz se trouvait à l'autre bout de la salle, assis sur le fauteuil en bois qui craquait sous son poids. Jeff ferma les yeux et se rendit dans sa salle des rêves, où il parcourut les images. Il savait avec précision ce qu'il cherchait.

Toujours dans son simulateur, il se retourna pour regarder derrière lui. Apparemment, la salle des rêves était vide et plongée dans le noir. Il trouva l'image qu'il souhaitait et s'apprêtait à s'en saisir lorsqu'il entendit un grondement menaçant qui lui serra le cœur. Il tendit la main vers l'image et ouvrit les yeux ; la salle s'évanouit en un instant.

Sur l'épaule droite de Jeff coulait une substance blanche poisseuse, qui ressemblait étrangement à un filet de bave. Jeff serra les dents et déglutit, puis il secoua la tête. Il s'inquièterait une prochaine fois de ce qui se trouvait dans sa salle.

Jeff s'élança vers la muraille du château et se pencha sur le bord. La hauteur était impressionnante. Des hurlements et des coups retentirent à l'intérieur du château, comme si quelqu'un frappait les armures métalliques sur le sol. Puis le cri strident de Wiedzma lui parvint. *Bon sang, cette femme passe son temps à hurler*, se dit-il.

Il inspira profondément et recula du bord pour prendre son élan avant de sauter. Cette fois, il se jeta aussi loin du mur que possible, les bras en croix. Il sentit le vent lui soulever les cheveux et lui gifler les joues lorsqu'il décolla du parapet et dégringola vers la forêt en contrebas. Son t-shirt flottait autour de lui comme il prenait de la vitesse. Il tira alors sur la corde et vit un parachute rouge et jaune s'ouvrir au-dessus de sa tête – sa dernière trouvaille parmi les rêves.

Il sourit et baissa les yeux en oscillant paresseusement vers la cime des arbres. Il s'était échappé et, pour l'instant, il était libre. Le château s'éloignait derrière lui. Deux petites silhouettes le montraient du doigt. On aurait dit qu'un nuage noir gonflait à l'intérieur du palais.

Oh, non, ce sont sûrement les ombres frémissantes, se dit-il.

Il manœuvra les cordes à gauche et à droite pour essayer de se rapprocher du sol, et poussa un cri en atterrissant directement dans les arbres verts. Les branches craquèrent et lui cinglèrent le visage. Il s'arrêta brutalement, suspendu à quelques mètres au-dessus du sol. Le reste de son parachute était coincé dans le méli-mélo de branchages au-dessus de sa tête.

Jeff tira sur les sangles et il tomba par terre comme une lourde pierre. Même si un tapis d'aiguilles de pin amortit sa chute, l'atterrissage n'en fut pas moins brutal. Il resta allongé, essayant de reprendre son souffle, entouré du parfum des pins. C'était la meilleure odeur qu'il ait jamais sentie. Il finit par bouger et fit la grimace en éprouvant un élancement à la cheville, sur laquelle il avait atterri.

Il se redressa et regarda autour de lui tout en se frottant la cheville. Il avait réussi. Il était sorti du château et avait rejoint les bois. À présent, il devait mettre autant de distance que possible entre lui et le château.

Il s'enfonça dans la forêt en titubant. Il ne pouvait qu'espérer que Gwyndion ne s'était pas attardée près de l'entrée, mais qu'elle aussi avait poursuivi son chemin dans les bois. Un hurlement se fit entendre et il jeta un œil derrière lui. Il manqua de trébucher en voyant les ombres frémissantes se déverser par-dessus la muraille du château et s'étendre comme d'épais volutes de fumée.

— Oh, zut… elles arrivent, dit-il d'une voix étranglée.

32

Rig serrait les dents. Ils n'avaient pas de temps à perdre. Gwyndion et Jeff étaient vraisemblablement dans le château, et ils avaient besoin d'un plan pour les sortir de là. Il leur faudrait ensuite retrouver leurs compagnons, car la menace de Zorka était sérieuse.

Ils devaient non seulement protéger Phoebe de l'attaque de Zorka, mais également empêcher ses morts vivants d'envahir les terres de Drakmere et de se propager aux autres royaumes.

Rig et Madgwick voyageaient plus vite que jamais, enjambant les racines, traversant les ruisseaux et fendant les hautes herbes qui ondulaient à perte de vue. Ils franchirent des collines et des prairies parsemées de fleurs bleues et roses.

Bientôt, Rig sentit un changement s'opérer dans la forêt environnante. Ils pénétraient dans les bois qui entouraient le château de Drakmere. Cette forêt était plus sombre, les arbres étaient plus rapprochés, comme pour repousser la lumière du soleil. Les troncs étaient enveloppés d'une écorce rugueuse, parcourue de profonds sillons. Leurs branches basses, chargées de feuilles vert foncé, semblaient alourdies par la mousse et le lierre qui les enserraient.

Rig se dressa sur sa selle et la roue arrière se mit en travers du sentier lorsqu'il s'arrêta brusquement.

— Que se passe-t-il ? demanda Madgwick, à bout de souffle, en s'arrêtant près de Rig.

— On dirait que quelqu'un court.

— Ou que quelqu'un est poursuivi.

Rig redémarra. De la boue giclait sous la roue de sa moto tandis qu'il fusait en direction du bruit. Il distinguait vaguement trois silhouettes qui couraient dans la forêt. Il y avait là une personne de petite taille qui portait un objet lourd, ainsi que deux hommes.

D'abord, il crut que ces derniers poursuivaient la silhouette frêle, mais Rig vit l'un des hommes l'aider à franchir un gros tronc d'arbre qui leur barrait le passage. Rig fronça les sourcils en voyant la forêt s'obscurcir sous l'effet des ombres frémissantes qui avaient pris en chasse les fuyards.

Le guerrier se concentra sur la mystérieuse silhouette, aussi petite que celle d'un enfant. Ce n'était pas un enfant, mais une jeune femme svelte avec des cheveux couleur maïs qui flottaient derrière elle. Rig resta un instant à la dévisager. Était-ce possible ?

Ils débouchèrent dans une clairière. La jeune femme trébucha alors sur une racine et roula à terre, où elle resta allongée, hors d'haleine. Les ombres frémissantes s'arrêtèrent, avant de s'avancer lentement au-dessus d'elle, comme pour savourer l'attaque imminente. La jeune femme se dressa avec peine sur ses genoux, puis elle bascula en position accroupie. Elle était sans défense, mais elle faisait face aux ombres avec une détermination farouche.

Rig poussa un rugissement guerrier à glacer le sang et les veines de son cou se gonflèrent. Il descendit d'un bond de sa moto et la poudre magique revint sans effort dans ses mains, où elles formèrent aussitôt une longue épée rutilante. Il exécuta un saut périlleux par-dessus Gwyndion et atterrit souplement devant elle. Il se dressa alors entre la jeune femme et les ombres menaçantes.

À présent qu'il était avec elle, la jeune femme n'était plus démunie ! La cape du guerrier flottait derrière lui, claquant comme sous les assauts d'un vent violent. Il brandissait une longue épée dans une main et un court bâton scintillant dans l'autre. Il avait envie de leur crier de garder leurs distances, mais dans sa rage, les mots lui échappèrent en un puissant rugissement. Il bondit en avant et attaqua, glissant sous les ombres pour les poignarder en se relevant. Son bâton assomma un ennemi, que Rig s'empressa de trancher en deux. La brume s'évapora aussitôt dans une petite détonation presque inaudible.

Du coin de l'œil, il vit que Madgwick s'était joint au combat et repoussait les ombres qui menaçaient les deux jeunes compagnons de Gwyndion. Ils se pressaient autour d'elle, les yeux écarquillés sur leurs visages livides, leurs regards alternant entre Madgwick et Rig, comme s'ils se demandaient qui était un ami et qui était un adversaire dans la mêlée qui faisait rage.

Rig n'osait pas regarder Gwyndion. Elle était toujours à genoux, mais il sentait ses yeux rivés sur son dos, comme si elle suivait ses moindres mouvements. Il devait vaincre les ombres frémissantes et s'assurer qu'elle était en sécurité avant de pouvoir enfin se noyer dans son regard.

Il fit un pas sur le côté et bondit dans les airs, lançant sa lame à l'horizontale pour trancher une ombre en deux. Il s'accroupit en atterrissant, avant de sauter de nouveau, maniant avec une précision redoutable son épée de poudre, comme s'il s'agissait d'une extension de son bras. Il était rapide et intrépide, massacrant les ombres avec une rage froide qui émanait de lui telle une bourrasque glaciale.

Madgwick bondit comme un ressort et lança son filet, qu'il noua fermement jusqu'à ce que les ombres prises au piège explosent en crissant. Il atterrit sur une jambe pour ménager sa blessure. La douleur lui arracha une grimace sans pour autant le ralentir. Il tendit les paumes et des éclairs en jaillirent sous forme de dagues mortelles qui fendirent l'air en direction des ombres frémissantes.

Ces dernières glapirent sous la vive lueur de l'éclair, semblable à un orage électrique. Après quelques éclats lumineux, les ombres se dissipèrent.

Madgwick fit volte-face, prêt à attaquer les ombres suivantes, mais ils étaient seuls. Ils avaient détruit toutes les ombres frémissantes – ou du moins, celles qui restaient avaient battu en retraite dans la forêt.

Après s'être assuré que les jeunes hommes étaient indemnes, Madgwick les accompagna dans les bois en direction de leurs foyers et de leurs familles. Il courut à leurs côtés jusqu'à ce qu'ils se soient suffisamment éloignés des ombres pour continuer tout seuls. Les deux fugitifs le saluèrent pour le remercier et Madgwick revint vers Rig et Gwyndion.

Rig tournait toujours le dos à Gwyndion lorsque la brume de la dernière ombre frémissante retomba sur le sol. Il ferma les yeux, comme s'il avait du mal à le croire. Gwyndion était vraiment là. Après tant d'années de recherche minutieuse et de chasse aux indices, elle était enfin à portée de main. Il ne savait pas comment affronter son regard et les reproches qu'il risquait d'y lire.

— Marigold, dit-elle dans un souffle, comme si elle non plus n'en croyait pas ses yeux.

Rig ouvrit les yeux et ses épaules s'affaissèrent à la mention de son nom. Seule Gwyndion l'appelait Marigold. Elle avait une voix douce comme des rayons de miel, qui apaisa son âme. Il se retourna et, alors qu'il ouvrait la bouche pour lui demander pardon d'avoir mis si longtemps à la retrouver, il tituba sous l'impact de la jeune femme qui venait de sauter à son cou pour le serrer dans ses bras.

— Gwyndion, commença-t-il.

Elle posa un doigt sur ses lèvres pour le faire taire.

— Nous aurons tout le temps de discuter plus tard, mais pour l'instant, nous devons retrouver Jeff. Je pense… j'espère qu'il est sorti quand j'ai désactivé l'enchantement du château. Si tel est bien le cas, alors il sera sans doute poursuivi comme nous l'avons été.

Rig referma sa grande main sur les petits doigts posés contre son cœur et il se tourna vers Madgwick, qui revenait en scrutant les bois.

— Madgwick, voici Gwyndion. Mon amour perdu, et maintenant retrouvé.

Rayonnante, Gwyndion regarda Rig, puis sourit à Madgwick.

Ils chevauchèrent leurs motos à travers bois. Gwyndion était montée derrière Rig, sur son destrier de poudre, et avait passé les bras autour de sa taille.

Madgwick se tournait régulièrement pour observer la forêt. Soudain, il sourit en apercevant Jeff qui accourait vers lui entre les arbres.

Les bras de Jeff étaient tendus de part et d'autre de son corps, pour l'aider à garder l'équilibre tandis qu'il filait sous les branches et bondissait par-dessus les racines. Il semblait boitiller, mais il était rapide. Le sourire de Madgwick s'effaça lorsqu'il vit toutes les ombres frémissantes qui se bousculaient à ses trousses.

Il siffla et Jeff leva la tête. Le visage du garçon s'illumina comme un néon lorsqu'il aperçut Madgwick.

— Par ici, lança Madgwick, comme Jeff se précipitait vers lui.

La moto avait disparu et Madgwick était debout, les jambes pliées. Des boulets de canon scintillants rebondissaient dans ses mains, comme s'il les soupesait. Il lança les projectiles en direction des ombres. Ses lancers étaient précis et manquèrent de peu l'oreille de Jeff avant de percuter les ombres de plein fouet. Ces dernières explosèrent sous le choc, créant un feu d'artifice étincelant. Madgwick se tourna sur le côté et sa poudre se dissolut avant de prendre la forme d'un arc. À peine avait-il décoché une flèche qu'une nouvelle flèche pailletée prit sa place, prête à être envoyée. Jeff dépassa Madgwick en trombe, sans s'arrêter, et s'enfonça dans la forêt.

Le guerrier lança une énorme hache à travers une ombre frémissante qui essayait de passer et la coupa en deux. Il s'accroupit et abattit sa lame sous l'ombre suivante, dont la partie supérieure se détacha. Madgwick y plongea son épée et l'écouta exploser lorsqu'elle se désintégra. Il se retourna, mais les dernières ombres s'étaient retirées dans la forêt.

Madgwick fit volte-face et s'élança à la suite de Jeff. Lorsqu'il le rattrapa, le garçon était appuyé à une main contre un arbre, plié en deux, et de l'autre main se cramponnait les côtes.

— Qu'est-ce qui ne va pas ? Tu es blessé ? demanda Madgwick en courant vers lui.

Jeff sourit.

— Je vais bien, juste un point de côté. Bon sang, ce que je suis heureux de te voir ! Mais nous devons retrouver Gwyndion.

Jeff haletait en se tournant pour scruter les bois qu'il venait juste de traverser en quatrième vitesse, comme s'il s'attendait à voir Gwyndion surgir entre les arbres.

— Elle est avec nous, et elle va bien.

C'est alors que Gwyndion et Rig firent leur apparition. Leur moto avait disparu et ils écartaient les fougères pour se frayer un chemin entre les troncs.

— Jeff, Jeff, tu as réussi, nous nous sommes échappés ! s'écria Gwyndion en riant lorsqu'elle émergea des bois.

Elle se précipita vers Jeff qui la rejoignit en ouvrant les bras. Le garçon éclata de rire et la fit tournoyer en s'exclamant :

— Tu as réussi, tu as rompu le charme du château.

— Et toi, tu as rendu Wiedzma complètement folle, je pouvais entendre ses cris jusque dans les oubliettes.

Jeff la posa au sol et elle retourna près de Rig d'un pas léger. Il regarda alors les guerriers et se mit à parler avec empressement :

— Rhed est gravement malade. Il est en train de se transformer en arbre. Ils sont dans les ruines d'un château, mais j'ignore où. Wiedzma a envoyé des criatures à la poursuite de Matt, et il y a une sorcière du nom de…

— Zorka. Nous sommes au courant, nous l'avons rencontrée. Elle n'est pas très agréable, n'est-ce pas ? Nous devons les retrouver avant la prochaine attaque de la sorcière, intervint Rig avec un sourire désabusé.

— Avant l'attaque de Zorka *et* de Wiedzma. Wiedzma aussi veut mettre la main sur nous et elles sont entrées en contact dans son château. Wiedzma n'a pas semblé ravie d'apprendre que Zorka était à Drakmere.

Jeff regarda fixement les guerriers en fronçant les sourcils.

— Où est Harley ? dit-il en se mordant la lèvre et en regardant autour de lui comme s'il espérait que le balai apparaîtrait par magie.

— Rhed, Phoebe *et* Harley sont avec Angie et Watroc. Horrigan surveille Matt. Allez, venez. Les ombres frémissantes se sont éloignées, mais elles reviendront avec des renforts... les lâches ! termina Rig.

Madgwick tira une petite bouteille rouge de sa sacoche et la tendit à Jeff.

— Bois un peu, cette potion te permettra d'entendre Watroc et de parler avec lui.

Jeff avala une gorgée.

— C'est bon, comme du jus de canneberge. Qui est Watroc ?

— Un dragon très affamé, Jeff. Viens, nous devons rejoindre les autres. Nous te raconterons tout en chemin.

33

Wiedzma arpentait la salle. Elle pivota et, en passant, lança un coup de pied dans une chaise et une table qui se renversèrent.

— Comment un attrapeur de rêves a-t-il pu m'échapper ? Pire encore, il était ici et je l'ignorais !

Elle s'arrêta devant son miroir et affronta son reflet renfrogné. Plaçant ses mains en coupe autour de ses yeux, elle s'appuya contre le verre pour tâcher de voir au-delà de sa propre image. Elle claqua la langue de dégoût en se détournant.

— Ce miroir ne fonctionne pas ? Je ne vois rien à l'intérieur.

— Il n'y a rien qui cloche avec ton miroir. Mais je vais te dire, moi, ce qui ne va pas dans ce château ! s'exclama Grzegorz. Une guerrière sandustienne était cachée entre ces murs sans que je le sache. Un attrapeur de rêves a rompu le sortilège de mon château et a aidé les prisonniers à s'évader, du moins le peu que nous avions réussi à enfermer. Puis il s'est non seulement échappé de ce château, mais il a aussi déjoué tes ombres maléfiques. Mon beau palais est rempli d'ombres frémissantes et de criatures, et elles sont laides, Wiedzma, très laides !

— Hmm, grommela Wiedzma qui le regardait en croisant les bras. Arrêtez de lorgner cette mouche, Grzegorz !

— Il se trouve que j'aime les mouches, figure-toi, elles sont savoureuses. Ooh, regarde, en voilà une autre.

— C'est répugnant ! dit Wiedzma.

Son grain de beauté remonta sur l'aile de son nez.

— Je n'y peux rien. Comme je l'ai dit, ce sont encore les effets de ce sortilège de crapaud qu'Angie, cette affreuse sorcière, m'a jeté.

Ses yeux voletaient à gauche et à droite comme s'il suivait le plan de vol d'une mouche qui bourdonnait juste devant lui.

Wiedzma leva la main, lasse d'entendre Grzegorz parler de mouches à longueur de temps. Elle l'interrompit :

— Mais comment ai-je pu passer à côté de la présence de cet attrapeur de rêves ? Il a parcouru tout mon château et l'a retourné contre moi. Les murs saignent, du sang rouge, jaune et bleu… Les statues me hurlent dessus, si fort qu'elles crachaient des étincelles. Je ne comprends même pas ce qu'elles me crient. Et où est passé mon livre de sorts et de formules ? Et…

Grzegorz renifla bruyamment avant d'achever la phrase de la sorcière :

— Et tu pues !

— Je le savais ! s'exclama Wiedzma en humant ses bras et ses cheveux. Je me suis lavée, encore et encore, mais ça ne part pas. Non seulement j'ai les cheveux bleus, mais maintenant, voilà que je sens mauvais. Aaaah !

— Tu as laissé Zorka entrer dans ce château. Comment est-ce arrivé ? Et d'abord, pourquoi ton château se trouve-t-il dans *mon* château ?

Grzegorz vociférait en tapant du poing sur l'accoudoir de son fauteuil en bois.

Wiedzma le fusilla du regard. Elle avait les yeux grands ouverts et sa lèvre inférieure tremblait. Elle se mit à tordre ses mains comme si elle lui lançait un sort quand soudain ses narines se froncèrent et frémirent, atteintes par des effluves nauséabonds. Elle fit volte-face et aperçut une légère colonne de fumée. Grzegorz tendait frénétiquement le doigt vers un coin de la salle, où les fissures dans le mur dégageaient des fumerolles jaunâtres.

Grzegorz ramena sa main devant sa bouche et son nez pour se protéger des relents d'œufs pourris. Wiedzma s'empressa de tisser sa barrière enchantée pour cantonner la fumée dans un coin de la salle.

Soudain, le visage de Zorka apparut dans la fumée. Il n'était pas stable, mais ondulait au rythme des particules qui palpitaient et dansaient dans les airs.

— Wiedzma, j'ai attendu ton appel. Tes criatures et tes ombres frémissantes ont-elles attrapé la fille, comme je te l'avais demandé ?

Le visage pivotait à gauche et à droite, examinant la pièce.

— Où est-elle ?

— Non, admit Wiedzma d'une voix grave avant de se redresser comme si elle avait décidé de lui tenir tête. Ce n'est pas la fille que je veux, mais le garçon.

— Si *je* n'obtiens pas la fille, *tu* n'obtiendras pas le garçon.

Le visage de Zorka s'étira jusqu'à occuper tout le mur.

— Si tu me croises, Wiedzma, je te détruirai. Je t'enlèverai tout ce que tu possèdes. Chaque mouvement de main de chaque sort jamais créé par toi. Chaque mot que tu as prononcé, chaque rire, chaque pensée cruelle. Tout m'appartiendra, jusqu'à ton essence même. Ton existence sera mon existence. Maintenant, envoie-moi toutes tes ombres serviles et ces criatures dont tu es si fière, qu'elles se joignent à mes spectrifiés. Je ne peux pas atteindre la fille toute seule, elle est sous protection. J'attends juste que l'un des guerriers baisse sa garde pendant un instant pour mettre la main sur elle.

Le visage s'estompa dans le mur avant de surgir à nouveau avec une telle vitesse que Wiedzma recula d'un bond et que Grzegorz sursauta sur son trône.

— Et quelle est cette odeur, Wiedzma ? Tu empestes !

Enfin, le visage de Zorka se dissipa avec la fumée, évacuée par les fissures du mur.

Grzegorz était recroquevillé sur son fauteuil. Son pied ronflait bruyamment. Il murmura :

— Elle est partie ?

Wiedzma regardait fixement le mur vide, absorbée dans ses pensées.

— Elle me fait peur. Je ne l'aime pas du tout et je ne veux plus la voir dans ce château. Wiedzma, vas-y. Pars chercher ces... ces... ces petites personnes. Comment les appelle-t-on, déjà ? Les *enfants*. Beurk. Trouve-les et ramène-les ici. D'ici là, l'enchantement du château sera restauré et nous pourrons négocier avec Zorka. Nous lui donnerons celui qu'elle veut en échange des autres, puis elle nous laissera tranquilles.

Grzegorz s'adossa dans son fauteuil. Soudain, les pieds de la chaise cédèrent et il s'effondra par terre en étouffant un cri.

Il hurlait toujours des jurons et des obscénités lorsque Wiedzma sortit de la salle du trône pour s'engager dans le couloir. Tandis qu'elle marchait, une tornade noire se forma et tourbillonna derrière elle. Elle leva les bras et ses ombres frémissantes se déployèrent autour d'elle comme une cape, la dérobant aux regards.

34

La queue de Watroc décrivait de puissants mouvements tandis qu'il fendait les eaux du lac Therreur. À cette vitesse, ils atteindraient vite l'autre rive. Angie, qui avait conservé son apparence juvénile, voltigeait autour d'eux sur son balai. Phoebe et Rhed étaient bien attachés sur l'immonde sofa rose sanglé au cou de Watroc.

— Je déteste avoir un fauteuil sur la nuque, et j'ai faim, maugréa Watroc en tournant la tête sur le côté pour examiner le sofa.

— Arrête de gémir comme un bébé, répliqua Angie.

— C'est juste que je n'ai absolument pas l'air effrayant avec un sofa rose attaché sur le dos ! Comment un dragon est-il censé obtenir le respect affublé de ce truc ? grogna Watroc. Mais bon, regarde-toi, Angie. Tu n'es pas vraiment l'archétype de la sorcière redoutable en ce moment.

Il dévoila ses dents pour lui sourire, sans cesser de nager.

Ils arrivèrent enfin au bord, où Angie sauta sur la plage pour scruter la lisière des bois. Les arbres étaient si serrés qu'on aurait dit un rideau sombre tiré devant eux. Les branches étaient chargées de feuilles vertes qui se balançaient et s'inclinaient, comme pour épier les nouveaux venus sur le rivage.

C'était la forêt de Drakwood, où résidait le prince en personne. Angie claqua des doigts et le sofa glissa au sol. Rhed hochait la tête et arborait une mine rêveuse qu'Angie n'aimait pas du tout.

— Phoebe, je crois que tu devrais rester avec Watroc, près de l'eau, dit

Angie.

— Mais j'ai envie d'accompagner Rhed. Il a l'air vraiment bizarre.

— Nous avons tous l'air un peu bizarres de temps à autre, mais les spectrifiés arrivent et tu seras mieux protégée avec Watroc. Harley et moi, nous allons emmener Rhed. Et puis, tu pourras nous regarder depuis la plage, ce n'est pas loin, juste là-bas.

Phoebe grogna, mais retourna auprès de Watroc, qui lui adressa un sourire effrayant plein de dents avant de la hisser sur sa tête.

Angie, Harley et un Rhed tout ensommeillé, attaché sur le sofa rose, se dirigèrent vers l'orée du bois. Au fur et à mesure qu'ils se rapprochaient, la première rangée d'arbres sembla croître en volume. On comptait environ huit troncs, dont les sillons rugueux de l'écorce ressemblaient à des lignes de chemin de fer. Leurs branches oscillaient, produisant un bruissement discret, comme si les feuilles commentaient l'arrivée du petit groupe.

Angie s'arrêta brusquement. Elle rejeta ses cheveux par-dessus ses épaules et joignit les mains devant elle.

Du bout des lèvres, elle demanda à Harley :

— Tu en es sûr ?

Elle reprit d'une voix forte :

— Je suis Angie, la sorcière, et j'aimerais m'entretenir avec le prince de la forêt de Drakwood.

Les arbres semblèrent se pencher sur elle, comme s'ils essayaient de l'intimider pour la punir d'avoir osé présenter une telle requête.

Angie les regarda en fronçant les sourcils et croisa les bras sur sa poitrine. Elle pinça les lèvres.

— Ne jouez pas à qui intimidera l'autre avec moi, gronda-t-elle avant de repousser une branche d'arbre qui s'était avancée pour la toucher.

La branche recula dans un froissement de feuilles.

— Je voudrais lui parler maintenant – à l'échelle du temps humain, et non la notion qu'en ont les arbres. Alors poussez dans sa direction et allez le chercher.

Impatiente, Angie tapa du pied et tambourina des orteils sur le sol. Son pied était toujours menu et délicat, ce qui ne faisait que l'énerver davantage. Les arbres se penchèrent et s'écartèrent, faisant trembler la terre qui s'effrita lorsque leurs racines se soulevèrent. Une fois que les arbres se furent replantés un peu plus loin, se contentant de prendre racine comme s'ils avaient poussé là, Angie scruta entre les troncs sans parvenir à apercevoir le prince. Soudain, sa voix retentit à l'intérieur de la forêt.

— Bienvenue dans la forêt de Drakwood. Vous m'avez apporté le petit Twigwig. Je vous en remercie chaudement.

Angie esquissa un moulinet de la main, comme pour faire une révérence, mais elle resta bien droite.

— Je présente mes salutations au prince de la forêt de Drakwood.

Elle se racla la gorge.

— Le garçon assis dans mon beau fauteuil rose, là-bas, a récemment été adopté. Mais la transformation doit être interrompue afin qu'il reste un enfant. Même si c'est un drôle d'enfant, je l'admets.

— Aahhh, fit la voix.

L'arbre isolé passa devant ses gardiens. Il était majestueux, paré d'une belle écorce aux allures d'écailles déployant toute une palette de nuances naturelles. Son tronc était marron chocolat, avec des bandes blanches et des rayures couleur crème.

— Son destin a été scellé et je n'en changerai pas le cours. Il prendra place parmi nous. Il en sera fait ainsi sans aucun déploiement de force. Un arbre il deviendra, et avec les arbres il vivra en harmonie.

Angie leva les mains au ciel et gonfla ses joues.

— Tout ça m'a l'air formidable et très chaleureux, mais le garçon a déjà un foyer. Ce serait inconsidéré de le transformer en arbre sans son consentement.

Le prince des arbres se pencha aussi bas que son tronc le lui permettait et répondit à Angie d'une voix tonitruante qui souleva ses cheveux comme si elle se tenait devant un ventilateur.

— Vous me mettez très en colère et je n'ai pas envie de discuter des méthodes d'adoption de la forêt de Drakwood avec une sorcière insolente.

Angie se redressa et dégagea ses épaules. Ses sourcils tremblaient et son air avenant avait cédé la place à une mine furibonde.

— Écoutez, si vous ne comptez pas interrompre cette adoption, alors je n'aurai pas le choix. Je vais devoir sévir. Le transformer en grenouille, par exemple. Je suis certaine qu'il préférerait encore être un crapaud plutôt qu'un arbre. Les verrues, c'est tellement plus seyant.

Les arbres frémirent et agitèrent leur feuillage. Angie s'adressa à Harley, qui la poussait dans le dos :

— Je sais bien que je l'ai fâché, mais honnêtement, il ne me facilitait pas les choses, n'est-ce pas ?

Le prince parla d'une voix grave.

— La destination finale, sur ce point nous pouvons nous accorder, mais le garçon appartient maintenant au monde végétal. J'appelle Twigwig pour qu'il vienne prendre sa place à mes côtés.

Rhed se leva en titubant, les jambes raides et les gestes empruntés. Il avait aux lèvres un sourire béat. Il passa près d'Angie d'un pas hésitant. Bouche bée, elle le vit fermer les yeux et s'immobiliser. Tout son corps devint inerte et ses bras se soulevèrent légèrement comme s'ils se changeaient en branches. Un oiseau d'un bleu vif, à la gorge orange, se posa sur son bras.

— Arrêtez ! *Arrêtez !* hurla Angie.

Mais il était trop tard. Rhed avait disparu et Twigwig le remplaçait. Ses pieds s'ancrèrent dans le sol et se plantèrent à côté de la forêt, surplombant le lac qui miroitait au loin.

Angie se tourna vers le prince. Elle avait les joues rouges et ses yeux verts lançaient des éclairs. Elle s'exclama :

— Avant de vous en aller, vous avez intérêt à le libérer de cette malédiction. Il ne serait pas raisonnable pour vous d'avoir une sorcière comme ennemie.

La voix de l'arbre avait des accents amusés lorsqu'elle répondit :

— Twigwig est enfin rentré chez lui. Pour vous, il est trop tard. Pas besoin de méditer sur ce point, ni de s'asseoir et d'attendre. Comme vous ne pouvez plus rien y faire, notre marché est rompu. Ce qui est fait est fait. Twigwig est un arbrisseau et moi, très chère sorcière, j'ai gagné.

Angie sourit alors en regardant les arbres, qui reculèrent lentement, dubitatifs devant son apparente nonchalance.

— Je vous aurai prévenus, et sachez que je peux *toujours* faire quelque chose. La colère d'une sorcière ne connaît pas de limites. Vous allez devoir assumer ce que vous venez de faire, prince de la forêt de Drakwood.

Elle agita la main et sa poudre violette fusa dans toutes les directions, s'infiltrant dans les troncs en bordure de forêt. Des craquements retentissants et des grincements sinistres accompagnèrent les détonations qui se mirent à crépiter. Bientôt, des grenouilles de toutes tailles – petites, grosses, certaines plus vertes que d'autres – sautillaient partout. La plupart d'entre elles présentaient d'affreuses verrues et elles semblaient hébétées et confuses, bondissant par-dessus les cailloux et se cognant contre les arbres sans trop savoir où aller.

— Ah, ah ! s'esclaffa Angie en brandissant le poing au-dessus de sa tête.

Les arbres qui restaient gardèrent d'abord le silence, sous le choc, puis une tempête sembla éclater. Les arbres rugirent, leurs troncs se bousculèrent avec fracas et leurs branches se balancèrent. La forêt paraissait animée par la colère. Le visage d'Angie était à l'orage et elle regarda d'un œil flamboyant les traits figés de Rhed. Sa poudre violette scintillante tournoyait autour de son crâne comme un halo. De petits éclairs zébraient l'air environnant.

— Combien, Harley ? Seulement vingt-trois ? Par les étoiles filantes, je peux faire mieux que ça !

Elle agita les mains et les arbres les plus proches se penchèrent pour esquiver son tir. Elle lança sa poussière magique, qui vint rebondir contre les troncs avec la force d'une tempête de sable. Les arbres craquèrent, gémirent et claquèrent lorsqu'ils se changèrent en grenouilles couvertes de pustules. Ils se mirent à sautiller à l'aveuglette, se heurtant les uns les autres et se grimpant dessus. Les coassements étaient assourdissants.

— Arrêtez, vile mégère ! hurla le prince.

— Trop tard, prends ça, et ça ! répondit Angie en s'égosillant.

Ses mains décrivaient un ballet autour de sa tête et la poudre violette volait dans la forêt. Les arbres disparaissaient dans des nuages de paillettes et les grenouilles erraient sans but, de plus en plus nombreuses. Si la sorcière était prise de fou rire, elle n'avait pourtant pas l'air de s'amuser. C'était un rire dément qui tétanisait les autres arbres, prêts à tout pour s'éloigner d'elle.

35

Jeff était assis derrière Madgwick, sur sa moto brillante qui filait à travers bois. Sur sa tête était vissé un casque argenté intégral étincelant de mille feux. Il lança un regard agacé à Gwyndion, qui était montée derrière Rig sur sa moto. La jeune femme ne portait que des lunettes transparentes.

— Pourquoi suis-je obligé de porter un casque et pas Gwyndion ? cria Jeff dans l'oreille de Madgwick.

— C'est une guerrière, fut la réponse brève de Madgwick.

— Mais elle n'a pas de pouvoirs. En fait, j'en ai même plus qu'elle, grommela Jeff.

Rig jeta un œil à Madgwick.

— Il a raison, essayons de lui faire retrouver ses pouvoirs.

Ils ralentirent et s'arrêtèrent. Jeff était stupéfait par l'ouïe fine de Rig, qui avait entendu sa conversation avec Madgwick malgré le vrombissement des moteurs et le vent.

— Rig, d'accord, on le fait, mais vite. J'ai le mauvais pressentiment qu'on a besoin de nous.

— Que fait-on ? demandèrent en chœur Jeff et Gwyndion.

Rig prit la main de Gwyndion et la plaça dans la sienne, paume vers le haut.

— Ça ne marchera peut-être pas, mais il se peut aussi que ça réveille la poudre magique en toi. Au mieux, ta poudre est en sommeil, au pire elle est déjà morte et n'est plus qu'un tas de cendres. Mais si le redémarrage fonctionne, alors tu commenceras peu à peu à sentir renaître le pouvoir en toi. Tu es prête ?

Il versa un peu de poudre qui se mit à irradier dans la paume de Gwyndion. Il lui ferma la main et la garda entre ses doigts. La main de la jeune femme s'illumina et tout son corps fut rempli d'une lumière presque liquide.

— C'est merveilleux, Rig, et c'est chaud. C'est sans doute la première fois que je ressens de la chaleur depuis des années, murmura-t-elle sans détacher ses yeux des mains de Rig qui s'étaient mises à luire.

Rig la lâcha et, lorsqu'elle ouvrit la paume, elle sursauta en constatant que la poudre avait disparu. Sa peau scintillait et pétillait, comme si des diamants étaient logés sous son épiderme.

Madgwick donna à Jeff quelques explications :

— La poudre de Rig est bien plus ancienne et plus puissante que la mienne. La réinitialisation, si elle fonctionne, sera plus efficace avec sa poudre.

Gwyndion lança un coup d'œil à Madgwick.

— Et maintenant, qu'est-ce qu'on fait ?

Ce fut Rig qui répondit.

— Maintenant, nous attendons de voir ce qui se produit. Nous ignorons combien de temps peut prendre le processus. Ça peut durer des heures, des jours ou même des années.

— C'est cool, s'exclama Jeff. Ça marcherait sur moi ?

— Non, répondirent Rig et Madgwick à l'unisson, tout en enfourchant leurs motos.

Madgwick alluma le moteur tandis que Jeff grimpait derrière lui.

— C'est encore loin ? demanda le garçon.

— Le lac Therreur est juste après cette côte, répondit Rig. Mais nous allons devoir contourner la vallée qui nous sépare du lac. Si les souvenirs de mes voyages à Drakmere sont exacts, cette vallée abrite les arbres mystiques que l'on appelle sang-de-dragon. Ils y sont si denses qu'il est impossible d'y passer, dit Rig en désignant l'horizon.

Madgwick en resta bouche bée.

— Les arbres sang-de-dragon. J'ignorais qu'ils existaient encore.

— Cendre et carton, cendre et carton, récita Jeff.

Depuis quelque temps, les mots « cendre et carton » tournaient en boucle dans ses pensées.

— Que dis-tu ? lui demanda Madgwick.

— Quand j'étais dans ma salle des rêves, j'ai entendu une voix qui chuchotait dans ma tête.

Il se tourna vers Gwyndion.

— Tu t'en souviens, je t'ai dit que quelqu'un avait appelé mon prénom.

— C'est bizarre. As-tu reconnu la voix ? demanda Rig en fronçant les sourcils.

— Non. C'est arrivé une nouvelle fois quand Gwyndion et moi nous sommes séparés, mais j'ai alors cru que la voix disait : « cendre et carton ».

— C'est bizarre, Jeff, fit Gwyndion d'une voix blanche.

— C'était sans doute Zorka, mais comment pourrait-elle murmurer dans ta salle ? Personne ne peut le faire, enfin… à part… commença Rig.

— Attendez, attendez, peut-être disait-elle « sang-de-dragon » après tout.

Jeff leva des yeux écarquillés vers les guerriers, comme s'il attendait de connaître le fin mot de l'histoire.

Madgwick tourna la tête vers Rig.

— Tu as dit : « à part »… Qui serait capable de chuchoter dans la tête de Jeff pendant qu'il est dans sa salle des rêves ?

— Si quelqu'un en est capable, alors c'est forcément Khrow. Crois-tu que les anciens essaient d'envoyer un message à travers Jeff ?

— Si c'était urgent, ils auraient essayé toutes les méthodes possibles pour nous contacter, dit Madgwick. Les arbres sang-de-dragon ont des propriétés curatives magiques. Je me demande si on peut s'en servir pour guérir Rhed...

Rig ne répondit pas, mais fit vrombir son moteur et prit la direction de la vallée des arbres sang-de-dragon. Madgwick le suivit, Jeff toujours bien accroché.

— Qui est Khrow ? lança-t-il à Madgwick.

— Un guerrier sandustien aux dons particuliers, répondit Madgwick en tournant la tête sur le côté pour se faire entendre malgré le vent.

Jeff resserra les bras autour du guerrier tandis qu'ils filaient à vive allure dans la forêt, droit sur la vallée. Ils sautèrent par-dessus les racines et traversèrent les torrents. Les dents de Jeff claquèrent lorsque la moto rebondit sur le sol. Il s'était déjà mordu la langue à plusieurs reprises. *La prochaine fois que je viens à Drakmere, je veux ma propre moto*, songea-t-il. Mais il garda la bouche fermée. Ils devaient rouler le plus vite possible, le temps était précieux.

Ils atteignirent le bord de la vallée et s'arrêtèrent pour regarder les arbres magiques en contrebas. Ils étaient si denses et poussaient si près les uns des autres qu'on aurait dit un tapis vert. De là où ils se tenaient, la cime des arbres leur semblait former des ombrelles à l'envers. Les troncs et les branches étaient solides et épais.

— Que cherche-t-on ? demanda Jeff.

— Je n'en sais rien, mais ce n'est pas en restant ici que nous le découvrirons, répondit Rig.

Sa moto se dissipa et la poudre élastique revint aussitôt dans ses mains. Ils se frayèrent un chemin entre les troncs, admirant les couronnes dont leurs cimes étaient coiffées. Des gouttes d'humidité glaciale se détachaient des feuilles tournées vers le ciel et le silence était inquiétant.

— Cherchez un arbre qui paraisse mystique, différent des autres, dit Rig.

Jeff se glissait entre les arbres et progressait vers le fond de la vallée.

Lorsqu'il jeta un œil dans son dos, il constata que Rig et Gwyndion se tenaient la main comme s'ils ne supportaient pas l'idée d'être à nouveau séparés. Le couple se dirigeait vers la droite.

Jeff plissa les paupières en jetant un œil autour de lui pour essayer de distinguer quelque chose qui sorte de l'ordinaire. La tâche était ardue, car tout ici était extraordinaire. Les rochers ovales étaient recouverts d'une substance orange. Jeff tendit la main pour l'effleurer. C'était doux et spongieux comme de la mousse.

Toutes les pierres avaient la même forme. Aucun rocher plat ni tranchant à l'horizon. Jeff prit une profonde inspiration. L'air était chargé et, mis à part un subtil parfum de citron, on sentait la terre fraîche et humide, comme s'il avait plu. Il atteignit le fond de la vallée et s'adossa contre un arbre en se retournant pour voir s'il apercevait Madgwick quelque part.

Oh ! Le tronc était tiède. Jeff retira vivement la main et la frotta contre son jean. Il posa précautionneusement sa paume sur l'écorce et sentit de nouveau la chaleur lui traverser le bras.

— Eh, je crois que j'ai trouvé quelque chose de mystique, appela-t-il tout bas, comme pour ne pas perturber ce qui sommeillait dans les profondeurs de la vallée.

Il leva les yeux et vit que les feuilles de l'arbre étaient parsemées de petites baies noires et rondes. Les baies étaient enveloppées d'un léger halo bordeaux.

— Je crois que nous y sommes. Si je me souviens bien des légendes sandustiennes à propos des arbres magiques, tu as trouvé la baie dotée de pouvoirs, murmura Rig en faisant le tour de l'arbre.

La poudre glissa des mains de Rig lorsqu'il façonna une petite échelle avec juste assez de barreaux pour que Jeff puisse atteindre les fruits sur la branche la plus basse.

— Voici une fiole, presse la baie pour libérer son jus, dit Madgwick.

Jeff monta sur le dernier barreau. L'échelle était stable et il tendit la main pour s'emparer du fruit. Refermant délicatement la main autour de la baie, il la détacha précipitamment. Le fruit palpitait, produisant un son caverneux : « tu-dum, tu-dum ».

— C'est dégoûtant, dit Jeff. J'ai l'impression de toucher quelque chose de vivant. Ça a le bruit et la sensation d'*un cœur*.

Jeff tira la langue.

— Assez perdu de temps, presse cette baie ! lança Rig d'un ton sec.

Jeff pinça les lèvres tandis que ses doigts se resserraient comme un étau autour du fruit. La baie éclata et une épaisse résine semblable à du sang se mit à couler, se déversant dans le flacon qu'il tenait en dessous.

— Beurk, on dirait vraiment du sang, et c'est chaud. Écœurant, j'en ai sur toute la main, gémit Jeff.

Une fois que la fiole fut remplie de résine tiède, Jeff vissa le bouchon et la remit à Gwyndion. Il vit le fruit éclaté se recoudre et irradier tout en prenant du volume, comme s'il respirait.

En descendant de l'échelle de poudre scintillante, Jeff entendait toujours le léger « tu-dum, tu-dum ».

36

Le sang de dragon bien à l'abri dans la sacoche de Madgwick, ils détalèrent dans la forêt.

Jeff regardait à gauche et à droite, les sourcils froncés. Quelque chose clochait dans cette forêt. Les arbres se balançaient, ondulaient, et les branches ne cessaient de s'agiter, produisant un bruit semblable au tonnerre chaque fois qu'elles s'entrechoquaient. Enfin, ils atteignirent la lisière du bois et firent une halte. Tout autour d'eux, des tas de grenouilles grouillaient en bondissant au hasard. Elles se cognaient les unes aux autres dans un concert de coassements.

Madgwick et Rig s'arrêtèrent net. Les motos de poudre se dissolurent brusquement et Jeff et Gwyndion retombèrent maladroitement sur leurs pieds. Jeff s'approcha lentement de Rhed. Il sentit ses yeux s'agrandir lorsqu'il aperçut l'expression figée sur son visage.

— Rhed ! hurla Jeff en agrippant le t-shirt de son ami pour essayer de le secouer.

Mais il était aussi rigide qu'une pierre. Ses yeux étaient clos et il ne réagit pas à la présence de Jeff, comme s'il était ailleurs. Jeff se laissa tomber à genoux devant Rhed et leva les yeux vers le sourire énigmatique sur les lèvres de son ami. Il ne semblait pas serein, mais plutôt effrayant.

— Nous arrivons trop tard. Nous avons mis trop de temps. Regardez ce qu'ils ont fait.

Jeff se tourna vers Angie et resta un instant interdit, clignant des yeux et secouant la tête. Il lui avait bien semblé reconnaître ses cheveux et sa voix, les deux seuls aspects de sa personne qui n'étaient pas métamorphosés.

— Tenez, j'ai le sang de dragon. Faites quelque chose !

— Du sang de dragon ? Quel dragon t'a donné son sang ? fit Angie, stupéfaite, en se retournant pour regarder Watroc dans le lointain.

Madgwick et Rig firent le tour de Rhed, la mine sombre. Ils semblaient dévastés par l'état du garçon.

Rig lança un regard noir en direction des arbres et il banda ses muscles avec hargne.

— C'est une sève qui provient des arbres sang-de-dragon mystiques, dit-il. Nous pensons que les anciens ont essayé de nous transmettre un message afin que nous l'utilisions pour guérir Rhed. Mais apparemment, il est trop tard.

Angie renifla en examinant Rhed.

— Hmm, les propriétés du sang de dragon, laissez-moi y réfléchir.

Elle se tourna alors vers Jeff, un sourire éclatant aux lèvres, et dit :

— Rien n'est jamais fini tant qu'une sorcière est sur le coup.

— Oh, mon Dieu, dit Jeff, les mains sur les joues, en dévisageant son ami.

Angie s'adressa à Gwyndion :

— Eh bien, c'est un plaisir de te retrouver enfin libre, jeune guerrière.

— Je ne suis plus une guerrière, trop de temps s'est écoulé. Regardez mes yeux, répondit Gwyndion d'une voix douce en baissant ses yeux rose clair comme si elle avait honte de les montrer.

Angie observa Gwyndion. Elle lui souleva les cheveux, inspecta ses narines et la regarda droit dans les yeux.

— Oh non, tu es toujours une guerrière, tout est là. Tes yeux retrouveront leur couleur si tu le leur demandes. Personnellement, je trouve que le rose, c'est très bien. J'adore le rose. Ooh, et voilà ta poudre. Qui te l'a donnée ? Rig ?

Elle examinait les oreilles de Gwyndion.

La jeune femme sourit et regarda le guerrier, qui lui tournait le dos. Il surveillait toujours la forêt. Lorsqu'il revint vers elle, il lui fit un demi-sourire et un clin d'œil, comme s'il ne réalisait toujours pas qu'elle était enfin de retour. Ils n'avaient pas encore eu le temps de discuter, mais ils se rattraperaient une fois que les enfants seraient hors de danger.

Watroc se dirigea vers le rivage, Phoebe toujours sur sa nuque.

— Jeff, tu es vivant. Où étais-tu passé ? s'écria-t-elle en se laissant glisser aux pieds de Watroc.

Elle jeta ses bras au cou de Jeff avec une telle force qu'il tituba.

Il lui rendit son étreinte sans parvenir à détacher les yeux du visage figé de Rhed et de son sourire niais. Phoebe souffla en chassant un oiseau qui voulait se poser sur la tête de leur ami.

Jeff admira le dragon dont les écailles vertes diffusaient plusieurs nuances sous le reflet du soleil. Il avait l'impression d'assister à un spectacle haut en couleur. Les piques de Watroc étaient aussi larges et épaisses que celles d'Azghar et couraient le long de son dos, jusqu'au bout de sa queue. Deux cornes blanches dépassaient de son front et ses yeux étaient aussi verts que l'eau du paysage, avec des iris jaune vif qui s'étrécirent lorsqu'ils se posèrent sur Jeff. Un flot constant de vapeur sortait de ses naseaux. Il avait l'air puissant et féroce.

Madgwick dit à Angie :

— Des ennuis nous guettent. Wiedzma envoie ses ombres frémissantes et ses criatures à nos trousses. Et elle se joindra sans doute à elles.

— Quant à Zorka, elle arrive avec ses spectrifiés, répondit Angie. Nous ne pouvons pas partir sans Rhed, donc nous devons nous préparer au combat. Contactons Azghar.

Elle sortit l'amulette, dont la pierre pivota lentement autour de l'anneau central.

— Azghar, Azghar… tu es là ? Terminé.

Jeff jeta un coup d'œil à Phoebe et chuchota :

— Terminé ?

— Je t'expliquerai plus tard, lui répondit-elle.

Il y eut une pause.

— Angie, je suis là. Terminé.

— Je me demandais si tu étais parti faire la fête ou quelque chose de ce genre, dit Angie en gloussant nerveusement. Terminé.

— Non, je m'ennuie. Que se passe-t-il ? Terminé.

— Wiedzma débarque avec ses ombres et ses criatures. Et Zorka, de son côté, est en marche avec ses spectrifiés. Rhed a été changé en arbre. À part ça, tout va bien. Terminé, dit Angie d'une voix claire.

— Par le tonnerre et les éclairs, Angie ! Ce sont de très mauvaises nouvelles. Nous nous occuperons de Rhed plus tard. Il est plus en sécurité sous sa forme d'arbre que sous sa forme humaine en sachant que Zorka arrive. J'ai bien réfléchi à son sujet, elle est plus dangereuse que n'importe qui. À moins qu'on ne l'en empêche, elle détruira Drakmere avant de passer à d'autres royaumes. Terminé.

— On ne peut pas la prendre au piège ? demanda Madgwick, avant d'ajouter précipitamment le mot « terminé » lorsqu'Angie haussa les sourcils.

— Bonne idée, mais il faut lui trouver une prison d'où elle ne peut pas sortir facilement. Terminé, dit Angie.

— Réfléchissons-y. Peut-être un endroit comme celui où je me trouve en ce moment. Emprisonné à jamais ? lança sèchement Azghar. Terminé.

Watroc tourna vivement la tête vers Angie et de la vapeur s'échappa de ses naseaux.

— Azghar ne peut pas sortir ? Je croyais que tu avais dit qu'il était en sécurité.

— Il faut dire le mot « terminé », souffla Phoebe à Watroc.

Watroc leva les yeux au ciel et ajouta :

— Terminé.

— En tout état de cause, je suis bel et bien en sécurité… à jamais. Par la faute d'Angie. Le sort que j'ai lancé a interféré avec le sien et, quand je me suis réveillé, j'étais là. Cet endroit est désert. C'est une prison pour les êtres magiques malfaisants, comme Zorka, je suppose. Mais je ne peux plus jamais en sortir. Terminé.

Angie enfonça son orteil dans le sol tout en marmonnant que ses beaux pieds s'étaient mis en travers de son chemin au moment où elle avait lancé le sort.

— Et peut-on cesser d'utiliser cette formulation ridicule : « à jamais » ? C'est si radical. Terminé, ajouta-t-elle à voix haute.

— Mais, attendez…

Gwyndion redressa ses épaules comme si elle venait de se rappeler quelque chose.

— Nous pouvons utiliser le sort d'échange. Je suis certaine de l'avoir vu quand j'ai feuilleté le livre des sortilèges de Wiedzma.

Le regard de Gwyndion alternait entre Madgwick, Rig et Angie.

— Quand as-tu feuilleté le livre des sortilèges de Wiedzma ? demandèrent-ils en chœur.

— Peu importe, te souviens-tu du sort ? demanda Azghar.

Dans son excitation, il en oublia le mot « terminé », mais Angie ne releva pas l'impair.

— Je ne me souviens pas du sort, admit Gwyndion, dont les yeux brillaient toujours.

— Oh, soupirèrent Angie, Azghar et Watroc.

— Mais je suis sûre que nous pouvons le retrouver.

Elle fouilla dans la sacoche de Madgwick et en sortit un livre épais.

— Comment ? demanda Azghar sur un ton morose, comme s'il était déçu.

— Jeff a volé le grimoire, dit Gwyndion en souriant, gratifiant le garçon d'une bourrade amicale.

À son tour, Madgwick lui donna un coup de coude.

— Jeff ! Ce n'est pas bien de voler, en règle générale. Mais bien joué !

Watroc leva les yeux au ciel d'un air excédé.

— Excellent ! Voyons ce que ça contient.

Angie feuilleta le livre.

— Voilà !

Elle lut à haute voix :

Quand l'amulette détient un être, il vit reclus pour l'éternité.
Nulle évasion, nul sortilège, pour toujours en captivité.
Mais tout espoir n'est pas perdu, car les rôles peuvent être inversés ;
Remplacez le détenu par un être que vous maudissez.
Quand frémit le rayon de lune, que l'eau coule comme la magie,
Que le soleil se fendille et que tremblent les étoiles de la nuit,
Le pouvoir des quatre alignés tournera l'équilibre de la pierre.
La magie fera son office pour échanger l'être qui y erre.

— Ça paraît simple. Nous ne pouvons pas faire sortir Azghar, mais nous pouvons le remplacer, dit Angie.

— Watroc, tu fais couler l'eau comme la magie, s'exclama Azghar. Angie, tu fais trembler les étoiles. Il va nous manquer un pouvoir. Mais je vais essayer de faire frémir le rayon de lune et de fendiller le soleil.

— Maintenant, il ne reste plus qu'à attendre que Zorka se joigne à notre petite sauterie.

Angie souriait de toutes ses dents.

37

— Oui, ça pourrait marcher. Mais comment allons-nous réussir à attirer Zorka suffisamment près ? demanda Madgwick.

— Il nous faut un piège, une chose sur laquelle elle pourrait se concentrer, dit Rig en cherchant autour de lui, sur le sol.

— Ou quelqu'un, ajouta Madgwick en jetant un coup d'œil à Phoebe.

Watroc se dressa sur ses pattes arrière et poussa un rugissement, projetant de la fumée par ses naseaux.

— Hors de question de la mettre en danger ! J'aurais dû tous vous manger quand j'en ai eu l'occasion. Venez, que je vous croque tous jusqu'au dernier !

Les yeux de Watroc étaient exorbités et menaçants. Madgwick recula et se plaça en position de combat.

— Personne ne va croquer personne, déclara Angie en s'avançant devant Watroc.

Elle lui tira la lèvre inférieure pour attirer son attention.

— J'ai faim, souffla Watroc contre sa main.

Rig lança un regard noir à Madgwick pour forcer le guerrier à se ressaisir, avant de dire :

— Écoutez ! Nous n'avons pas le temps de nous battre ou d'élaborer un plan complexe pour capturer Zorka, parce que Wiedzma, ses ombres frémissantes et ses criatures seront ici d'un instant à l'autre.

Angie jeta un regard circulaire, comme si elle s'attendait à les voir débouler de la forêt pendant qu'ils discutaient, et elle claqua des doigts pour ramener à elle l'attention générale.

— Zorka viendra au coucher du soleil, c'est le seul moment de la journée qu'elle peut tolérer et c'est notre seule et unique chance de la capturer. Si Phoebe n'est pas une proie assez facile pour attirer Zorka, alors la vieille harpie attendra simplement entre les arbres et elle laissera ses spectrifiés faire tout le travail.

Angie marqua une pause pour ménager son effet.

— Une fois que la nuit sera tombée, il sera trop tard. Son pouvoir augmente avec l'obscurité, souvenez-vous.

Watroc laboura le sol de ses griffes et Angie lui lança un regard sévère.

— Tu auras de quoi manger en abondance, des spectrifiés à profusion, Watroc…

— Pouah ! Tu manges des spectrifiés ? demanda Phoebe en tirant la langue comme si elle avait la nausée.

Watroc lui adressa un grand sourire et Jeff se sentit mal à l'aise.

— Ça a le goût des huitres. Je te laisserai essayer.

— Dégoûtant, Watroc, dit Phoebe.

Son appareil dentaire étincela lorsqu'elle sourit au dragon.

— J'ai dit la même chose, s'écria Angie. Mais peut-être que, si tu ajoutes quelques gouttes de…

— *Restez concentrés !* tonna Azghar depuis les tréfonds de l'amulette. Un combat se prépare, aussi inexorablement que le crépuscule arrive, et ce moment s'annonce très dangereux. Une seule morsure d'un spectrifié serait irréversible à la fois pour Jeff et pour Phoebe, et s'avérerait presque fatale pour un guerrier. Si c'est possible, j'aimerais bien sortir d'ici. Je m'ennuie, il n'y a rien à faire.

— Désolée, dit Angie en se tournant vers Watroc, les yeux écarquillés et les sourcils arqués comme si c'était lui le responsable de ces bavardages sans importance.

Watroc renifla avant de diriger vers eux un fin jet de vapeur verte.

— Nous aurons besoin de bouchons d'oreille.

Angie agita les mains et, aussitôt, des bouchons roses scintillants apparurent dans les oreilles de Phoebe et de Jeff.

— Roses, vraiment ? demanda Jeff en fronçant le nez.

Angie lui lança un regard exaspéré. Les bouchons dérivèrent vers Gwyndion et Jeff reçut une paire verte. Ils étaient si lumineux que leurs oreilles semblaient munies d'ampoules colorées.

Gwyndion ouvrit la bouche, mais Rig la devança :

— Tu vas en avoir besoin. Sa sirène est assourdissante. Même nous, nous devons porter ces bouchons.

Jeff entendit alors des brindilles craquer et il se tourna vers la lisière du bois. Il fit la grimace lorsque ses yeux survolèrent Rhed, toujours droit comme un piquet, qui oscillait doucement dans la brise.

Des formes noires émergeaient entre les arbres. Elles se déplaçaient si furtivement qu'il était difficile de les distinguer nettement. La vue de Jeff semblait lui jouer des tours.

Le garçon se demanda où il avait déjà vu de telles créatures. Soudain, la mémoire lui revint et il attrapa le bras de Madgwick.

— Il y a quelque chose dans la forêt. Regarde. On dirait des criatures, elles volent entre les arbres. L'une de ces choses m'a pris en chasse, près de chez moi.

Madgwick fit volte-face et se baissa pour scruter la forêt.

— L'heure des discours est officiellement terminée. Replions-nous vers le lac. Au moins, nous serons protégés sur un côté et Watroc aura toute sa liberté d'agir dans l'eau.

— Ne me dis pas où combattre. Je combattrai où ça me chante, gronda Watroc en guise de réponse.

Madgwick fit craquer les jointures de ses doigts.

— Ne commencez pas, Watroc et Madgwick, aboya Angie, dont les sourcils se rencontraient sur son front.

— Et Rhed ? demanda Jeff.

— D'entre nous, Rhed est celui qui court le moins de risques, lui dit Rig.

Jeff déglutit péniblement et jeta un œil à son ami.

— Je ne t'abandonnerai pas.

Il se tourna et cria dans la forêt :

— Vous ne l'aurez pas ! *Jamais !*

Les arbres se balancèrent effrontément, comme pour lui dire *bye-bye*. Après un dernier regard noir à l'attention de la forêt, Jeff tourna les talons et rejoignit les autres.

Gwyndion regardait vers l'horizon.

— Ce sont les ombres.

Le ciel était noir. On aurait dit qu'un volcan venait d'entrer en éruption et que des nuages mouvants s'en dégageaient.

— Attendez, nous n'avons pas de plan ! s'écria Azghar depuis la pierre de l'amulette.

— Nous improviserons au fur et à mesure, dit Angie. Essayer d'attirer Zorka et réciter le sort. Que pouvons-nous faire d'autre ?

Ils atteignirent la berge et Rig leva les mains pour créer une plateforme flottante à partir de sa poudre, mais Angie le bouscula.

— Je m'en charge.

Une estrade violette scintillante surgit de l'eau. Au centre se trouvait l'affreux sofa rose.

— Phoebe et Jeff, montez, ordonna Rig.

Phoebe se mordit la lèvre tout en contemplant la plateforme transparente.

— Pourquoi je ne peux pas rester avec Watroc ? se plaignit-elle.

— Parce que Watroc doit être libre pour se battre, plonger et voler. Tu seras toujours près de lui, personne ne t'atteindra.

— Je veux me battre sur la plage, déclara Jeff, les mains sur les hanches, en rejetant sa frange en arrière.

— Hors de question, répliquèrent en chœur Madgwick et Rig.

Gwyndion leva les mains.

— Ses pouvoirs se sont renforcés et il s'est battu courageusement dans le château. Laissez-le participer.

Rig dit alors à Jeff :

— D'accord, qu'il combatte, mais depuis la plateforme. Tu protégeras Phoebe.

Jeff avait laissé tomber Rhed, mais il se battait pour son amie. Il entraîna la jeune fille toujours bougonne vers l'estrade pailletée et escalada derrière elle. Elle semblait stable et il se campa fermement sur ses jambes.

Rig se tourna alors vers Gwyndion.

— Tu devrais y aller aussi.

— Mais… commença Gwyndion.

Rig l'interrompit :

— Tes pouvoirs ne sont pas encore revenus, ce qui signifie que tu es vulnérable. Un jour viendra où tu pourras reprendre les armes et où la grande guerrière qui sommeille en toi refera surface, mais ce moment n'est pas encore arrivé. Aide à protéger Phoebe.

Il frotta ses mains l'une contre l'autre et un bâton de poudre prit forme, qu'il donna à Gwyndion.

— C'était ton arme de prédilection, autrefois. Ce n'est pas ta poudre magique, mais elle fonctionnera entre tes mains, car je le lui ordonne.

Gwyndion prit le bâton et monta sur la plateforme, qui s'éloigna légèrement du rivage avant de s'arrêter dans un soubresaut, comme si une ancre avait touché le fond.

Phoebe était assise sur le sofa et fronçait les sourcils tout en se mordant les cuticules du pouce.

— Nous y voilà, déclara enfin Rig. Nous allons combattre les ombres frémissantes, les criatures et les spectrifiés. Angie, Harley et toi allez affronter Wiedzma et tout ce que Zorka te lancera. Watroc…

Watroc regarda Rig en clignant des paupières.

— Je me charge de *tous* les spectrifiés. C'est moi qui suis affamé.

Rig dévisagea Watroc, la bouche grande ouverte, et Madgwick tourna la tête pour masquer son sourire.

— Watroc, faites exactement ce que vous venez de dire. Éloignez le plus possible Zorka de sa cible, c'est-à-dire de Phoebe.

Watroc pataugeait. De la vapeur s'éleva de son corps massif et ses écailles vertes sifflèrent lorsqu'elles touchèrent l'eau, qui se mit à tourbillonner. Il inclina la tête et s'immergea sous la masse bouillonnante.

38

Angie, Harley, Rig et Madgwick se répartirent sur la plage, formant une demi-lune, et attendirent l'attaque des ombres frémissantes.

Madgwick poussa un cri.

— Le crépuscule sera bientôt là. Préparez-vous, en avant.

Il ouvrit les mains et sa poudre forma deux boules éclatantes qui restèrent en lévitation, une dans chaque paume. Quant à Rig, sa poudre dessina une épée dans l'une de ses mains, et un fouet dans l'autre. Madgwick sourit devant le choix traditionnel de son ami.

À son tour, il tendit les bras devant lui et croisa ses poignets, paumes vers l'extérieur. Sa poudre jaillit hors de ses mains pour créer un bélier qui alla s'enfoncer dans les ombres, les repoussant en bloc. Puis il recula d'un pas et lança un globe aussi lumineux qu'une boule de feu, qui vint fendre les ombres en provoquant hurlements et détonations. La tornade dans son autre main avait atteint son apogée et il la libéra. Elle aspira les ombres frémissantes, et celles qui n'implosèrent pas sous sa pression furent sectionnées en deux par l'épée de Madgwick au moment où elles s'extrayaient de l'œil du cyclone.

Des ombres, Jeff ne discernait que la brume noire indistincte et les yeux rouges, mais il entendait le claquement de leurs dents. Il vit Madgwick tournoyer en lançant dans la mêlée un éclair qui les coupa en deux. Le guerrier se déplaçait comme un danseur, sautant et s'accroupissant. Il avait toujours un mouvement d'avance sur les ombres.

Rig se fraya un chemin. Ses armes étaient redoutables et il bougeait si vite qu'il était difficile de le distinguer du scintillement argenté qui l'entourait. Les ombres s'évaporaient les unes après les autres en éclatant et en poussant des cris aigus.

Sur la plateforme, Gwyndion faisait tourner son bâton sans conviction. Elle sautillait nerveusement d'un pied sur l'autre tout en assistant au combat, les sourcils froncés.

— Ça va, Phoebe ? lança Jeff par-dessus son épaule sans détacher les yeux de la scène qui se déroulait sur la plage.

Comme il n'obtenait pas de réponse, il se retourna pour la regarder.

Phoebe était enfoncée dans le sofa. Elle se cramponnait si fort à un coussin que les jointures de ses deux mains avaient blanchi. Sa bouche était grande ouverte et elle grimaça en assistant à l'attaque des ombres.

— Ces ombres sont répugnantes. Ils auront bien besoin d'un bain quand ils auront terminé, s'exclama-t-elle.

Jeff donna un coup de coude à Gwyndion. Il tendit le doigt vers Angie, qui s'était éloignée des guerriers. Elle agitait les mains et criait des insultes aux créatures qui arrivaient. Ces dernières ressemblaient à des momies, avec des bandelettes noires qui flottaient derrière elles. Sautant d'arbre en rocher, elles atterrirent devant Angie.

Les cheveux d'Angie volèrent sur sa tête lorsqu'elle tordit ses poignets pour lancer des sorts aux créatures. Enveloppées dans des couches de tissu noir qui ressemblaient à des bandages détachés, elles tombèrent les unes sur les autres, fauchées par les incantations de la sorcière. La bandelette de l'une des criatures se coinça dans un sort lancé à pleine vitesse et elle tournoya comme une toupie tandis que le tissu déroulé tombait en tas sur le sol. Les mèches noires et vaporeuses aux allures de barbe à papa se détachèrent des criatures tourbillonnantes, formant comme un champignon atomique.

Jeff fit la grimace lorsque le soleil disparut au loin. À l'autre bout du ciel, les teintes roses et pourpres du crépuscule chassèrent les nuances orange et jaunes du couchant. C'était la tombée du jour. Il balaya les forêts du regard à la recherche de Zorka et son armée de spectres.

Jeff se tourna en entendant Phoebe étouffer un cri et il suivit son regard. Une brume sombre et sinistre s'avançait au-dessus de l'eau, en direction de leur plateforme. Ses volutes et ses remous les séparaient peu à peu du rivage.

— Qu'est-ce que c'est ? demanda-t-il en voyant le mouvement sur l'eau.

— Des spectrifiés ! lança Phoebe en pressant le coussin contre sa bouche pour étouffer son glapissement.

Elle regardait fixement les spectrifiés qui rampaient comme des vers de terre à travers la couche grise de brouillard. Ils semblaient glisser sur l'eau et leurs têtes apparaissaient hors de la brume par intermittence.

— Où est Watroc ? demanda Phoebe en se dressant sur le sofa, l'oreiller serré dans ses mains.

Jeff scruta l'eau à la recherche du dragon, mais à cause des panaches de brume, il lui était impossible de le voir.

— Tu crois qu'ils l'ont eu ? demanda-t-il à Gwyndion.

— Il ne vaut mieux pas plaisanter avec les dragons, lui répondit Gwyndion à mi-voix tout en cherchant à percer la brume.

— J'espère simplement qu'il sait ce qui se passe à la surface, dit Jeff en jetant un coup d'œil par-dessus son épaule en direction des guerriers sur la rive.

Aucun de leurs compagnons occupés sur la plage ne s'était rendu compte de ce qui se tramait sur l'eau. Ils avaient bien trop à faire avec les ombres frémissantes et les criatures.

— Là, chuchota Phoebe en désignant une bulle et une vaguelette sur l'eau, un peu plus loin.

Jeff et Gwyndion regardèrent l'endroit que leur montrait Phoebe. Il allait détourner le regard lorsqu'il vit un spectrifié disparaître sans un bruit sous la surface. Une bulle émergea et éclata.

— Watroc est ici, fit Gwyndion dans un souffle en brandissant son bâton.

— Regarde-les, dit Jeff.

On aurait dit que l'eau était devenue un épais tapis grouillant de spectrifiés qui se dirigeaient, lentement mais sûrement, vers la plateforme.

Jeff regarda de nouveau en direction du rivage. Il hésitait à crier pour attirer l'attention lorsque Watroc surgit en rugissant, juste sous les spectrifiés. Des gerbes d'eau chaude déferlaient de ses naseaux avec un débit spectaculaire. Ses mâchoires et ses dents claquèrent lorsqu'il attrapa les ennemis qui se dressaient sur son chemin pour les avaler d'un rapide mouvement de glotte. Les spectrifiés se tortillaient et se contorsionnaient pour lui échapper, mais il était plus rapide et il fendait l'eau avec agilité.

À présent, les spectrifiés avaient saisi les bords de la plateforme et essayaient de se hisser. Phoebe poussa un hurlement et Gwyndion fit tournoyer son bâton au-dessus de sa tête. Elle projeta son arme et les repoussa dans l'eau, où ils s'enfoncèrent avant de rebondir à la surface comme s'ils portaient des gilets de sauvetage. Inlassablement, ils revenaient à l'assaut de l'îlot de fortune.

— Qu'est-ce que je peux faire ? demanda Jeff à Gwyndion d'une voix forte.

— Tu es un attrapeur de rêves, alors *attrape un rêve* ! lança Gwyndion en percutant si violemment un spectrifié sous le menton qu'elle l'envoya voler dans le lac.

Phoebe s'époumonait tout en frappant un mort vivant en pleine face avec le coussin épais du sofa, la repoussant vers Gwyndion. La guerrière lui asséna un violent coup de bâton, qu'elle maniait comme une batte de baseball. Elle poussa un cri de satisfaction en touchant sa cible, lorsque le spectrifié retomba mollement dans l'eau.

Jeff s'arrêta et ferma les yeux. Il se précipita dans sa salle de simulation où il passa les rêves en revue avant de piocher une image. Soudain, il entendit un grondement menaçant derrière lui et se retourna vers la pièce baignée de lumière. Tout semblait normal, et pourtant il y avait quelque chose de sinistre dans les parages. Ce n'était pas le fruit de son imagination.

Il se figea en sentant ses cheveux se soulever lorsqu'une bourrasque d'air chaud lui effleura le cou. Une odeur de pourriture, comme des algues en décomposition, l'assaillit aux narines. Il rentra instinctivement le cou en comprenant qu'il était exposé aux morsures éventuelles. Lorsqu'il s'avança d'un pas, le souffle s'interrompit, surpris par le mouvement brusque du garçon. Puis Jeff entendit une brève inspiration et ressentit une douleur subite dans le dos. Sous le choc, il se cambra en hurlant. Il avait l'impression que des flammes se propageaient le long de son corps.

Va-t'en, pensa-t-il avec fureur tout en essayant de sortir de sa salle des rêves. On aurait dit que les ténèbres lui avaient collé les paupières et il éprouvait toutes les peines du monde à les rouvrir.

Lorsqu'il retourna enfin sur la plateforme, il frissonnait et ruisselait de transpiration. À bout de souffle, il regarda autour de lui pour voir si une quelconque atrocité l'avait suivi hors de la salle de simulation.

Son dos lui piquait. Soudain, un hurlement strident près de lui ébranla tous ses sens. Il poussa un grognement et chassa la douleur de ses pensées. Dans ses mains, il tenait une arme qui ressemblait à une mitrailleuse. Elle palpitait de magie. L'arme était lourde et Jeff ignorait à quoi servaient toutes ces lumières et tous ces boutons, mais il comptait bien le découvrir. Il se mordit la lèvre pour calmer sa respiration, puis il pointa sa mitrailleuse vers un spectrifié avant de presser la détente.

Jeff poussa un cri lorsque l'arme lui échappa des mains en crépitant. Sous l'impact des balles, les spectrifiés basculèrent dans l'eau. Avant que Jeff se rende compte qu'il était à court de munitions, le pistolet cliquetait déjà. Il enclencha un autre bouton et appuya sur la gâchette. Une détonation envoya un spectrifié par le fond, directement dans la bouche de Watroc. Les yeux du dragon étonné s'ouvrirent et il referma les mâchoires.

— De rien, lança Jeff avant de se tourner pour ouvrir le feu sur les spectrifiés qui se grimpaient les uns sur les autres dans leur hâte de monter à bord.

— Tenez bon, cria Jeff en repoussant les ombres frémissantes qui l'entouraient.

C'est alors qu'un spectrifié arracha le coussin des mains de Phoebe. Il se pencha sur elle, bras tendus. Jeff ne pouvait pas prendre le risque d'utiliser l'arme alors que Phoebe était si proche. Il poussa un cri de rage et fonça tête baissée sur le spectrifié, qu'il parvint à déstabiliser et à faire tomber de la plateforme. Mais le spectrifié s'accrocha et entraîna Jeff dans sa chute.

39

En percutant la surface de l'eau, Jeff sentit son dos l'élancer. Le spectrifié l'attira vers lui pour le mordre. Le garçon lança un violent coup de pied et entendit un craquement lorsqu'il percuta une mâchoire. Il continua de se débattre pour empêcher le spectrifié de refermer la main sur lui. Lorsqu'il revint à la surface, il prit une grande inspiration, mais fut aussitôt entraîné sous l'eau. Distribuant des coups de poing frénétiques, il parvint à se retourner.

Jeff regarda le visage narquois du spectrifié qui se rapprochait. La créature avait un sourire diabolique. L'instant d'après, son ennemi avait disparu, remplacé par une rangée de dents blanches. Watroc passa devant Jeff, qui s'agrippa à une pique et se laissa emporter. Il sentit son t-shirt se déchirer, arraché par les griffes des spectrifiés, et il enroula ses bras autour de la pointe dorsale du dragon, qui fendait les eaux avec une telle rapidité que le garçon peinait à garder les yeux ouverts sous la pression.

Watroc jaillit hors de l'eau sans le moindre effort et souleva Jeff dans les airs. Ce dernier atterrit sur le dos du dragon et déglutit devant le spectacle qui se déroulait en contrebas. L'eau grouillait de spectrifiés. Ce qui leur avait paru un lieu sûr pour Phoebe était devenu un piège mortel. Gwyndion ne pourrait jamais les empêcher de monter sur la plateforme.

— Il faut libérer Phoebe et Gwyndion, lança Jeff à Watroc qui rugit en crachant de l'eau bouillante.

— Occupe-toi de Gwyndion, moi je me charge de Phoebe, s'écria une voix près de son oreille.

La frayeur faillit lui faire lâcher prise. Juste à côté de lui, Angie chevauchait Harley.

Jeff tendit la main vers Gwyndion qui l'avait vu arriver. Lorsqu'elle laissa tomber le bâton, la poudre se désintégra et rejoignit aussitôt les mains de Rig. Gwyndion bondit au bord de la plateforme. Leurs mains se rencontrèrent et Jeff la hissa derrière lui. Watroc décrivit un demi-tour. Il ne restait plus que Phoebe sur l'îlot flottant.

— Attrapez-la ! cria Jeff à Angie, qui voletait nonchalamment tout en grommelant à voix basse.

Son cœur cognait dans sa poitrine. Sans Gwyndion, les spectrifiés étaient remontés à l'assaut du radeau, s'escaladant les uns les autres dans leur hâte de mettre la main sur Phoebe.

— Angie, tu perds du temps, gronda Watroc.

Phoebe était montée sur le dossier du sofa, le visage blanc comme un linge. Terrorisée, elle regardait les spectrifiés qui l'entouraient de toute part.

— Watroc ! hurla Jeff. Descends. Vas-y, on peut encore le faire ! *Angie*, mais qu'est-ce que vous faites ? *Attrapez-la !*

Un vrombissement strident retentit, semblable aux moteurs d'un avion à réaction, et Jeff fit volte-face pour voir ce qui arrivait. Dans sa vision périphérique, il aperçut une traînée de fumée blanche qui zébrait le ciel, se dirigeant droit sur eux.

La traînée ralentit en atteignant la plateforme et Zorka s'y posa d'un pas léger, comme si c'était une promenade de santé. Elle sourit à Phoebe et ses cheveux gris ondulèrent, portés par une douce brise.

— Phoebe ! hurla Jeff.

Il s'apprêtait à lâcher Watroc pour sauter dans l'eau lorsque Phoebe, toujours debout sur le vilain sofa rose, s'évanouit dans un nuage de poudre violette. Jeff ouvrit de grands yeux ébahis et regarda à gauche et à droite pour repérer son amie, mais elle avait disparu. Zorka restait toute seule. Son sourire se changea en soupe à la grimace lorsqu'elle pivota sur elle-même à la recherche de la jeune fille.

40

Watroc vola jusqu'à la plage, où il s'ébroua. Gwyndion et Jeff perdirent leur appui et dégringolèrent sur le sol.

— Ces spectrifiés m'appartiennent, n'envisage même pas de les toucher, lança Watroc à Madgwick en soufflant une vapeur verte par ses naseaux.

— Pourquoi le ferais-je ? répondit Madgwick sur un ton dédaigneux avant de couper en deux une autre ombre frémissante.

La plateforme était bondée. Les spectrifiés ne cessaient d'y affluer. Zorka se tourna vers le rivage et scruta les environs à la recherche de sa proie.

Jeff gémit en se relevant. Juste à côté de lui, Gwyndion haletait. Pas de Phoebe à l'horizon.

— Phoebeee, hurla-t-il.

Angie riait gaiement sur la berge. Elle lança quelques mots et les ombres furent balayées, soufflées par une explosion qui leur était spécialement destinée. Ensuite, Angie agita les mains et un mur pailleté se dressa entre les guerriers et les ombres frémissantes.

Profitant de ce répit bienvenu entre deux attaques, Rig se tourna vers Gwyndion, un sourcil levé. Il respirait péniblement, mais paraissait toujours vaillant.

— Je suis plus que douée. Cela faisait si longtemps que je n'avais pas combattu comme une guerrière, siffla-t-elle en souriant, repoussant ses cheveux dorés sur son épaule.

Rig eut un petit sourire en coin avant de se diriger vers Madgwick, qui avait posé un genou à terre. Il souleva précautionneusement le bras du guerrier, mordu par une ombre.

— Ils sont en surnombre. Je me demande comment nous allons nous en tirer, dit Madgwick alors que Rig lui enduisait le bras de potion à base de morve d'escargot qu'il avait récupérée dans la sacoche du blessé.

Jeff regarda froidement Angie et désigna la plateforme du doigt.

— Où est Phoebe ? s'écria-t-il.

— Silence ! tonna la sorcière. Tu me donnes la migraine. Maintenant tais-toi ou je te change en crapaud, ou en arbre, tu as le choix.

Jeff ferma aussitôt la bouche, mais ses narines palpitaient toujours sous le coup de la colère.

Angie se tourna vers Zorka.

— Maintenant, dit-elle.

Watroc était tout près d'Angie. Lui aussi fixait Zorka du regard. La sorcière leva les bras et la voix tonitruante d'Azghar retentit dans l'amulette lorsqu'ils se mirent à réciter le sort.

Le gloussement de Zorka se propagea à la surface de l'eau. Rien ne s'était produit. Elle se trouvait toujours sur l'îlot flottant. Angie baissa les bras et agita les mains. La plateforme flotta jusqu'au bord. Zorka essaya de descendre, mais son pied butait contre une paroi invisible.

— Qu'est-ce que c'est ? demanda-t-elle en tentant de jeter un spectrifié par-dessus bord.

Lorsque ce dernier rebondit, elle fit un pas de côté pour l'éviter.

— Qu'est-ce que c'est ? répéta-t-elle.

Elle venait de comprendre qu'elle était prise au piège sur la plateforme flottante.

— Libérez-moi !

— Non, je ne pense pas, répondit sèchement Angie.

L'air devint flou et un affreux sofa rose fit brusquement son apparition. Phoebe était toujours assise sur les coussins. Elle était livide et ses yeux bruns exorbités semblaient avoir dévoré son visage. Hébétée, elle tenta de descendre, mais Angie leva la main pour interrompre son mouvement.

— Reste sur le sofa, s'il te plaît, Phoebe. Tu es en sécurité.

Phoebe s'enfonça sur le siège et ramena ses jambes contre son corps.

Depuis le fond de l'amulette, Azghar prit la parole :

— Je ne pense pas que notre pouvoir soit suffisant. Terminé.

Zorka rejeta la tête en arrière et éclata de rire.

— C'est évident qu'il n'est pas suffisant. Je connais ce sort et il faut quatre pouvoirs pour le tisser. Dès que je me libère de cette prison flottante, je me venge !

Les yeux de Zorka quittèrent le visage de Phoebe pour se poser sur celui de Jeff.

— Donnez-moi la fille et je laisse la vie sauve à l'attrapeur de rêves.

— Bien sûr ! Comme si vous comptiez épargner l'un de nous, aboya Madgwick.

Zorka sourit.

— Alors il ne vous l'a pas dit ? Comme c'est gentil.

— Nous dire quoi ? demanda Rig.

Jeff haussa les épaules et leva les mains.

— Je ne sais pas du tout de quoi elle parle.

— Non ? L'attrapeur de rêves n'en a aucune idée. Alors laissez-moi éclairer sa lanterne. Il croit qu'il est spécial, qu'il a des capacités spéciales. Et je suppose qu'il s'est servi de ces capacités... abondamment.

Elle regardait Jeff, qui se contenta de répondre :

— Et alors ?

Madgwick se tourna vers Jeff. Le garçon semblait dubitatif.

— Oui, et alors ?

— Alors, répéta Zorka. Alors voilà, être un attrapeur de rêves comporte des inconvénients. De terribles inconvénients.

— Que voulez-vous dire ? lança Rig d'un ton sec.

Il chercha des explications du côté d'Angie, qui gardait le silence. Zorka leva les mains et, comme pour expliquer les règles d'un jeu à des enfants de six ans, elle articula :

— Chaque fois que cet attrapeur de rêves entre dans son « simulateur », comme il l'appelle, un monstre est libéré. Je le sais, parce que *j'étais* dans cette pièce et qu'il *m'en a* libérée. D'autres monstres ainsi délivrés auront d'autres ambitions que les miennes.

— Monstres ? Ambitions ? demanda Jeff d'une voix aiguë.

— Moi, je ne veux que la fille, mais les nombreux monstres qu'il a libérés ne veulent qu'une seule chose : l'attrapeur de rêves. Détruisez-le et les liens qui les retiennent seront coupés. Ils seront lâchés dans la nuit. Et ils s'en prendront à *toi*, Jeff, tu ne pourras pas te cacher. Ils te *connaissent*. Ils sont *en* toi.

Jeff tressaillit.

— C'est vrai.

— Comment ça ? demanda Madgwick.

Sa voix habituellement patiente était devenue sèche.

— Crache le morceau, Jeff. Qu'est-ce qui est vrai ?

Jeff déglutit.

— J'ai toujours remarqué qu'il y avait quelque chose dans la pièce quand j'y entrais, mais je n'ai jamais rien vu. Une respiration forte et cette sensation d'être épié. La dernière fois que je m'y suis rendu, voilà ce qui m'est arrivé.

Il se retourna et souleva son t-shirt pour révéler de fines rayures rouges, comme si son dos avait été griffé. Les traces n'étaient pas assez profondes pour saigner, mais elles étaient toujours douloureuses.

— Jeff ! s'exclama Madgwick. Pourquoi n'as-tu rien dit ?

Il fouilla dans sa sacoche et en sortit la fiole remplie de la substance blanchâtre que Rig lui avait appliquée sur le bras.

Gwyndion prit une inspiration et s'empara de la bouteille dans les mains de Madgwick. Elle commença à étaler la morve d'escargot sur les plaies de Jeff.

— Je n'en ai pas eu le temps, et puis ce n'est pas si grave, dit-il en sentant le rouge lui monter aux joues.

— Oh, Jeff, soupira Gwyndion en secouant la tête.

Depuis la plateforme, Zorka prit la parole :

— Les cauchemars te gagneront, attrapeur de rêves, et ils te mâcheront tant et si bien que tu ne pourras plus jamais leur échapper.

— Elle essaie juste de te faire peur, dit Rig en fronçant les sourcils.

— Est-ce que je te fais peur, mon garçon ? Tu ferais mieux d'avoir peur. Cependant, je peux les renvoyer dans les prisons d'où ils viennent. Je sais comment faire et j'en ai le pouvoir. Tout ce que je veux, c'est la fille, et tu auras la vie sauve. Tu pourras vivre sans crainte.

Tout en proférant ses menaces, Zorka poussait contre le verre invisible. Elle ne doutait pas un seul instant que sa requête lui soit accordée.

Jeff regarda la sorcière ridée aux cheveux gris et redressa les épaules. Lorsqu'il parla, sa voix était sans appel.

— Je me fiche bien de ce qui m'arrive, mais vous ne toucherez jamais Phoebe.

Le sourire de Zorka s'effaça. Elle avait cru que Jeff saisirait l'opportunité qui lui était offerte.

— Je suppose que ta vie n'a aucune importance, dans ce cas. Une fois que j'aurai dévoré la fille, tu regretteras de ne pas avoir accepté mon offre, jeune attrapeur de rêves.

Elle rivait sur Jeff les trous noirs béants qui lui servaient d'yeux et il eut l'impression qu'elle essayait de lire dans son âme. Il frissonna en voyant sa bouche se retrousser pour révéler ses dents tranchantes comme des lames de rasoir. Son sourire n'avait rien de naturel. Elle agita une main fripée.

— Viens, Wiedzma ; viens prendre à mes côtés la place qui te revient.

Jeff étouffa un cri et fit volte-face, les traits figés. Wiedzma s'approchait, caressant d'une main affectueuse les ombres frémissantes coincées derrière la barrière d'Angie. Elle tapota négligemment la tête des quelques criatures qui se pressaient autour d'elle. Wiedzma rejoignit la barrière et s'y appuya, mais la paroi invisible tenait bon et la repoussa doucement.

41

— Bonjour, Zorka.

Wiedzma regarda autour d'elle et ses yeux s'attardèrent un instant sur Jeff.

— Viens me libérer de cette affreuse plateforme flottante. Cette sorcière lui a jeté un sort de détention et maintenant il y a des murs invisibles que je ne peux pas pénétrer. Annule ce sort, Wiedzma, et je te laisserai garder le garçon que tu désires tellement. Je t'autoriserai même à rester dans ton château, même si je récupère celui de Drakmere. Tu trouveras un nouveau royaume à gouverner, car Drakmere m'appartiendra jusqu'à ce que tout se soit transformé. Tu pourras y revenir une fois que j'en aurai fini avec cet endroit et que j'aurai trouvé un nouveau terrain de chasse.

Zorka sourit. Ses lèvres rouges se recourbèrent en un rictus répugnant.

— Vous m'y *autoriserez* ? Après tous mes efforts pour m'établir en tant que chef de Drakmere et le temps qu'il m'a fallu pour créer et perfectionner mes ombres frémissantes et mes nouvelles criatures ? Vous dites que vous m'*autoriserez* à rester dans mon château, mais que je dois quitter Drakmere ? C'est ce point qui me chagrine.

Wiedzma fit la grimace.

— Drakmere est à moi et je ne le céderai pas. À personne. Pas même à toi.

Wiedzma se leva, les mains sur les hanches dans une posture

héroïque. Ses criatures flottaient derrière elle et regardaient par-dessus son épaule. Les ombres frémissantes se gonflaient comme un nuage noir et palpitaient, cherchant à imiter ses battements de cœur.

— Drakmere n'est à toi que tant que je te l'accorde, reprit Zorka. J'ai été libérée de ma prison magique par l'attrapeur de rêves et personne ne peut m'y renvoyer. Ils ont déjà essayé et ils ont échoué.

Elle désignait Angie de la tête, les lèvres pincées.

Wiedzma s'adressa alors à Jeff d'une voix grave :

— Comment as-tu enchanté mon château ?

Cette fois, son grain de beauté était au beau milieu de son front et ses cheveux bleus serpentaient au sommet de son crâne. De temps à autre, elle plissait le nez comme si elle reniflait quelque chose.

Jeff sentit des frissons lui parcourir le dos. Ne sachant pas quoi lui dire, il garda le silence.

— Peux-tu mettre un terme à ces enchantements ? demanda-t-elle.

— Quels enchantements ? se récria Angie.

Ses grands yeux verts étincelaient, alternant entre Jeff et Wiedzma.

— Mon château est à l'agonie. Il saigne et suppure partout : vert, jaune, noir, toutes les couleurs. Les statues ont pris vie et me hurlent dessus, elles m'ont même lancé des étoiles. Et mes miroirs ne me permettent plus de voir ce qui se passe de l'autre côté, s'exclama Wiedzma.

Angie se tourna vers Jeff en haussant les sourcils.

— C'est toi qui as fait ça ?

Jeff hocha la tête et pouffa en répondant d'une voix si basse que Wiedzma ne pouvait pas l'entendre :

— C'est réversible, ce ne sont pas des enchantements ni rien, juste des farces et attrapes, et un peu de peinture en spray.

— Tu me diras comment réparer ça ? demanda Angie du bout des lèvres sans quitter Wiedzma des yeux.

Jeff acquiesça.

— Les enchantements lancés sur votre château peuvent être retirés, déclara Angie.

— Si je vous aide, restaurerez-vous mon château, le libérerez-vous de ces enchantements ? demanda Wiedzma.

Zorka s'écria d'une voix forte :

— Parlez plus fort ! Je veux savoir ce que vous dites !

Ses yeux n'étaient plus que deux fentes fines. Wiedzma l'ignora.

— Si vous acceptez de rompre le charme que vous avez lancé sur mon château, alors je serai votre quatrième pouvoir. Je ferai frémir le rayon de lune, souffla Wiedzma à Angie.

— Vous nous aiderez à vaincre Zorka ?

La mine de Wiedzma s'éclaircit. Elle avait pris sa décision. Redressant les épaules, elle adressa à Angie un bref hochement de tête.

Angie leva alors le menton et dit :

— Je ne vous laisserai pas prendre l'attrapeur de rêves ni aucun de ses amis.

— Je m'en doute, pas aujourd'hui, du moins. Mais je n'aurai de cesse de chercher à le capturer. Peut-être demain, peut-être un jour, j'y arriverai.

— Il faudra me passer sur le corps, s'exclamèrent en chœur Madgwick, Rig et Gwyndion.

Ils échangèrent un regard, amusés par leur synchronisation parfaite.

Jeff croisa les bras et regarda Wiedzma d'un air étonné.

— On ne peut pas lui faire confiance, Angie, déclara Rig en essayant de parler suffisamment bas pour que Zorka ne l'entende pas.

— Je vous donne ma parole, conformément à l'Ordre des Sorciers, jura Wiedzma.

— Et j'accepte votre parole, un serment d'après l'Ordre des Sorciers est un contrat magique, acquiesça Angie.

Wiedzma inclina la tête sur le côté et regarda Angie plus attentivement.

— Vous avez l'air différente, c'est frappant. Qu'avez-vous fait ?

Angie secoua la tête.

— Je voulais des brillants à dents et le sort a tout fait de travers, c'est un échec total… j'ai même perdu des orteils !

Zorka se mit à hurler de frustration en voyant Angie et Wiedzma échanger des messes basses.

— Libère-moi de cette prison flottante dans la minute, Wiedzma, sinon je te punirai et je détruirai tes précieuses ombres et tes criatures, tempêtait Zorka, comme si elle savait que leurs manigances la concernaient.

— Je ne crois pas, Mère, lui répondit Wiedzma.

— Mère ? s'écria Jeff.

D'après les cris étouffés et les exclamations qui fusèrent autour de lui, il comprit que la surprise était générale.

— Vous acceptez de combattre votre propre mère ? demanda-t-il.

— Elle veut détruire *mes* ombres, *mon* château et *mon* royaume. Quel genre de mère ferait ça ?

Wiedzma agita les mains et ses ombres frémissantes se rassemblèrent en un épais nuage. Bientôt, elles disparurent dans la forêt. Les criatures se retirèrent en même temps que les ombres, mais elles s'arrêtèrent à l'orée du bois pour attendre, comme si elles surveillaient Wiedzma.

Angie annula les effets de sa barrière. Madgwick et Rig levèrent les mains, prêts pour une attaque-surprise. Rien ne se produisit, car les ombres frémissantes et les criatures avaient disparu. Wiedzma s'approcha sereinement d'Angie.

Depuis la plateforme, Zorka lui hurla :

— Espèce d'ingrate, je ne te laisserai pas faire ça. Tu m'appartiens, je suis ta mère. Ton royaume est à moi. D'accord, comme tu voudras ! Donne-moi la fille et je te laisserai gouverner où ça te chante. Libère-moi, laisse-moi me battre et utiliser mes pouvoirs !

Les quatre voix entonnèrent les paroles magiques. Angie et Wiedzma tendirent les bras pour faire frémir le rayon de lune et trembler les étoiles de la nuit.

Watroc leva la tête et fit couler l'eau comme par magie. Dans un craquement retentissant, une vive lumière fendit le soleil en deux moitiés.

Jeff mit une main devant ses yeux pour les protéger de l'éclat éblouissant, sans rater une miette du spectacle. Une forme volumineuse s'approchait d'eux d'un pas pesant, clignant des paupières dans la lumière.

Azghar ! Alors qu'il se rapprochait, Zorka fut soulevée dans les airs et se mit à tournoyer. Elle donna des coups de pied en hurlant contre la corde invisible qui l'entraînait en sens inverse, le long du chemin par lequel Azghar était apparu. Dans un dernier claquement sonore, les deux côtés se percutèrent et le hurlement de Zorka s'éteignit instantanément. La pierre dans l'amulette commença à tourner.

Azghar poussa un rugissement et libéra une puissante flamme bleue dans le ciel. Puis il posa sur Angie un regard perplexe :

— Qu'est-il *arrivé* à...

— C'est un sort, d'accord ? Juste un sort ! l'interrompit Angie.

Azghar renifla et se tourna vers Watroc.

— Reste-t-il des spectrifiés ? demanda le dragon avec espoir.

— À foison, lui répondit Watroc, et ils sont tout frais. Si nous ciselons quelques bottes de persil et les arrosons de jus de citron, alors... oooh !

Les dragons s'élancèrent pour achever les spectrifiés qui flottaient toujours à la surface de l'eau ou rampaient sur la plage.

Wiedzma se tourna vers Jeff :

— Et maintenant, dans mon château.

Angie fit un pas devant le garçon.

— Je m'assurerai que votre château soit remis en bon état une fois que l'attrapeur de rêves sera en lieu sûr. Vous avez *ma* parole.

Wiedzma s'éloigna pour rejoindre les criatures qui se massaient à la lisière de la forêt, impatientes de la ramener au château. Elle lança par-dessus son épaule, sans se retourner :

— Oh, et quand vous restaurerez mon château, vous me direz quel sort vous avez utilisé pour ces brillants à dents invisibles. J'en veux, moi aussi.

Rig et Madgwick regardèrent Wiedzma s'en aller. Sa générosité soudaine ne les inspirait pas.

Angie demanda :

— Où est Harley ?

— Je ne l'ai pas vu depuis l'arrivée de Wiedzma, observa Rig.

— Harley ! s'écria Jeff.

— Par ici, s'exclama Phoebe, guillerette à présent qu'elle n'avait plus à craindre Zorka.

Elle désignait les arbres, où Harley voletait autour de Rhed.

Jeff et Phoebe agitèrent frénétiquement la main en direction des deux dragons qui volaient et plongeaient, de plus en plus loin, deux petits points dans le ciel et l'eau.

— Où vont-ils ? demanda Phoebe en tendant la main au-dessus de sa tête dans un dernier geste d'adieu.

Jeff haussa les épaules.

— Où vont tous les dragons ? Telle est la question. Je ne savais même pas que les dragons existaient avant de venir à Drakmere.

42

Ils rejoignirent Rhed à l'orée du bois. Tout en marchant, ils évoquèrent les monstres qui rôdaient dans la salle de simulation de Jeff.

— Qu'en pensez-vous ? demanda Madgwick à Angie.

— J'en parlerai à Azghar, mais je pense que tu devrais t'abstenir d'ouvrir d'autres portes tant que nous n'en saurons pas plus.

Jeff frissonna en songeant à ce qui pouvait bien être rattaché aux ongles qui lui avaient labouré le dos.

Madgwick insista :

— C'est sérieux, Jeff. Tu n'ouvres aucune porte, sous aucun prétexte, ni pour les sauvetages, ni pour t'amuser, jamais, c'est compris ?

— Oui, bien sûr.

Jeff soupira. Comment allaient-ils sortir de Drakmere sans portail ?

Lorsqu'ils arrivèrent auprès de Rhed, ce dernier était toujours pétrifié. Il se balançait légèrement dans la brise, avec le même sourire ingénu. Le chœur des crapauds était assourdissant. Ils bondissaient dans tous les sens comme s'ils jouaient à la marelle. Ils s'écartèrent du chemin et le silence se fit parmi leurs rangs lorsque le grand bouleau blanc sortit de la forêt.

Les racines du bouleau s'arrachaient du sol, soulevant des mottes de terre avant de s'enfoncer profondément, s'ancrant comme si elles avaient poussé là. L'arbre blanc parla d'une voix mélodieuse.

— Je présente mes salutations à Angie, la sorcière. Cela faisait des années que nous n'avions pas discuté et les années vous ont été favorables, vous avez l'air *plus jeune.*

Angie esquissa une révérence.

— Bonjour, ô ma reine, dit-elle en faisant signe à ses compagnons de s'incliner à leur tour.

— Cet arbre est sa marraine ? demanda Madgwick à Rig du bout des lèvres.

— Je crois plutôt que cet arbre est la reine des bois, répondit Rig en s'inclinant respectueusement.

Angie leur lança un regard noir, mais ne dit rien.

Jeff se sentait ridicule de faire ainsi la révérence devant un arbre. Il jeta un coup d'œil à Rig et Madgwick et il réprima un rire en constatant que les guerriers n'étaient pas plus ravis que lui de cette mascarade.

— Votre balai, ou plutôt Harley, est venu me voir et m'a parlé de la situation critique dans laquelle se trouve Twigwig. C'est un malheureux concours de circonstances. S'il vous plaît, rendez à ces grenouilles leur apparence d'arbres, Angie. Ils sont troublés. Ils sont censés se dresser et osciller dans la brise, et non pas sautiller en coassant.

La voix était douce et suave, comme portée par le vent.

— Je suis ravie de vous revoir, ma chère, ce n'est qu'un sort pour brillants à dents qui a mal tourné, rien de plus.

Angie hocha poliment la tête, mais elle grinçait des dents.

— Je suis d'accord, les arbres ne devraient pas être des grenouilles et les grenouilles ne devraient pas être des arbres. Tout comme un garçon devrait être un garçon, et non un arbre. J'aimerais récupérer le garçon. Il est fait pour grandir, crier et, un jour, devenir un homme, non pas pour rester ici et se balancer dans le vent.

— Êtes-vous certaine qu'il a envie de retrouver sa forme humaine ?

— Il a de la famille et des amis à qui il manquera.

C'est alors que la voix tonitruante du prince résonna dans la forêt, comme s'il les épiait à distance.

— Ne me retirez pas mon ami, nous nous amuserons avec lui, s'il reste un arbre toute sa vie.

Le bouleau blanc se tourna vers l'origine de la voix.

— Ces rimes vont me rendre folle ! Arrête ça tout de suite ou j'ordonne à la sorcière de *te* transformer en grosse grenouille couverte de pustules ! Tu me tapes sur les feuilles, jeune arbre ! aboya la reine.

Jeff et Phoebe tressaillirent au son brusquement caverneux de sa voix.

— Il se trouve que je n'ai aucune envie d'annuler la malédiction. Mon fils l'apprécie déjà beaucoup et il a besoin d'un nouvel ami. Je peux sentir l'énergie de Twigwig, elle abonde avec chaleur. Il vivra longtemps et heureux en tant qu'arbre dans la forêt de Drakwood. Il restera, mais vous et vos compagnons devrez vous en aller. Je suppose que vous aimeriez partir par la porte de la forêt. Je peux faire une exception et vous y autoriser l'accès.

Sur ces mots, un gros arbre se dressa. Il trembla jusqu'à ce que son tronc se déchire pour révéler un petit tunnel obscur.

— Je ne partirai pas sans Rhed, déclara Angie, les mains sur les hanches.

— Alors vous ne quitterez pas la forêt de Drakwood.

Le bouleau blanc tourna ses racines. Un arbre imposant sur la gauche se pencha en avant et tendit les branches vers Angie. Lorsqu'il fut suffisamment proche pour la toucher, il se détendit comme un ressort et la frappa d'une telle force qu'elle voltigea dans les airs et alla atterrir sur les fesses quelques mètres plus loin.

Madgwick et Rig se baissèrent en position de combat, face à la forêt. Gwyndion et Phoebe se précipitèrent vers Angie, l'aidèrent à se lever et époussetèrent les feuilles de sa jupe vert émeraude.

— Ça, c'était une erreur, dit Rig d'un ton calme.

Harley se rua vers Angie et resta suspendu devant elle.

— Je vais bien, Harley, merci.

Une pause s'ensuivit.

— Vraiment ? Tu es un balai si intelligent.

Angie sourit, mais ses lèvres rouges habituellement charnues demeuraient blanches et pincées. Elle tourna le dos à la forêt et regarda le lac Therreur où Watroc et Azghar batifolaient toujours. D'un bloc, les deux dragons sortirent la tête de l'eau et se tournèrent vers Angie, comme s'ils avaient entendu son appel silencieux.

La sorcière s'approcha des guerriers et fit signe à Jeff, Phoebe et Gwyndion de les rejoindre.

***

Galagedra était debout dans la salle devant le globe brillant. Il essayait de glaner quelques nouvelles de Drakmere lorsque les portes s'ouvrirent en grinçant.

Khrow gravit le large escalier d'une démarche claudicante. La couleur nacrée de la lumière étincelait autour de lui, envoyant des prismes colorés sur les murs. Les coussins argentés en forme de lunes flottaient près de Khrow, comme s'ils savaient qu'il était blessé, prêts à amortir sa chute à la moindre défaillance. Khrow se glissa au premier rang et s'affala sur le banc.

— J'ai essayé. Je sais que le mot « sang de dragon » a traversé, mais j'ignore si le garçon a compris ce qu'il signifiait, ânonna Khrow, comme si le seul acte de parler était une torture.

Galagedra inclina la tête et examina Khrow.

— Vous ne pouviez faire mieux, je vous remercie, Khrow.

Les portes s'ouvrirent à la volée et Jozephus l'Ancien remonta l'allée centrale au pas de course, en agitant les bras.

— Le balai d'Angie a envoyé un message à la porte runique. Ils ont besoin d'un portail coulissant sur les rives du lac Therreur. C'était un message urgent.

Galagedra jeta une pincée de poudre dans les airs et s'écria :

— Les anciens, venez vite !

Alors que la poussière argentée retombait en pluie fine sur le sol de la salle, les anciens commencèrent à apparaître. Portés à travers l'espace et le temps par la poudre magique, ils se matérialisèrent dans la salle.

**

— Harley a communiqué avec la porte runique de la chambre de Sandustian. Les anciens vont ouvrir une ébauche de portail d'une minute à l'autre. Maintenant, écoutez-moi bien, voilà ce qui va se passer.

Angie avait pris un air solennel et les regardait tous comme pour s'assurer qu'elle avait bien leur pleine et entière attention.

— Je vais extraire les racines de Rhed tout en lançant des boules de feu en direction de la forêt. Rig et Madgwick, vous devez dégager Rhed et l'emmener au bord du lac, poursuivit-elle. Jeff, fais en sorte de badigeonner tout son visage avec du sang de dragon. Gwyndion, tu dois t'assurer que Phoebe et Jeff seront à la porte lorsqu'elle s'ouvrira.

— Et moi ? s'indigna Phoebe.

— Hmm, toi, veille à ce que Watroc ne mange pas Madgwick, dit Angie en souriant. Vous êtes prêts ?

Madgwick sortit de sa sacoche la fiole de sang de dragon et la tendit à Jeff.

— Mais… commença Jeff.

Les guerriers s'éloignaient déjà en faisant sauter des boules de poudre scintillante dans leurs mains.

Gwyndion entraîna Phoebe hors de portée des arbres.

— Viens, Jeff, lança-t-elle.

— Maintenant, j'ai un score à battre, murmura Angie.

Elle tapa dans ses mains et sa poudre violette crépita dans les airs. D'un geste ample du bras, elle projeta sa poudre comme une torpille, droit sur l'arbre qui l'avait bousculée. La poudre explosa à son contact et l'arbre se hérissa en chancelant.

Partout, ce fut le chaos. Les arbres s'avancèrent en formation serrée, secouant leurs branches et frappant tout ce qui se dressait sur leur chemin. Rig et Madgwick envoyaient des boules de poudre magique dans la forêt et se baissaient pour éviter les branches ennemies avant de préparer la salve suivante. Les boules de feu calcinaient la cime des arbres. Dans l'obscurité de la forêt, les cibles atteintes avaient des allures de lampions de fête.

Angie grommela tout bas et jeta de la poudre violette en direction de Rhed. La poudre l'enveloppa et, dans un « pouf » étouffé, les racines de Rhed furent arrachées du sol. Elles avaient toujours l'apparence de pieds normaux. Rhed se balança et commença à vaciller. Son visage figé affichait toujours le même sourire énigmatique.

Rig et Madgwick se ruèrent vers Rhed et l'emportèrent sur leurs épaules comme une bûche. On aurait dit que la forêt rugissait, stupéfaite que leur Twigwig leur soit ainsi dérobé. Les arbres se rapprochèrent. Un craquement assourdissant retentit lorsque des racines se dégagèrent de la terre et serpentèrent vers Rig et Madgwick. Les branches s'entrechoquaient et frappaient le sol, qui tremblait autour des fuyards.

— Jeff, verse ce sang de dragon sur Rhed, hurla Angie en évitant d'un bond le passage en rase-mottes d'une racine.

Une branche percuta Jeff de plein fouet, le projetant sur le côté. Il perdit l'équilibre et la fiole lui échappa des mains. Il fit un bond désespéré et ses doigts se refermèrent autour de la bouteille encore chaude. Enfin, il se tourna juste avant de toucher le sol et lança la fiole vers son ami.

Le flacon frappa Rhed au visage et le verre éclata dans un craquement sec, l'éclaboussant de liquide rouge. La lumière du feu de forêt se refléta dans les gouttes de sang, lui donnant un air démoniaque.

Jeff atterrit et recula aussitôt pour éviter un arbre qui frappait le sol juste devant lui.

— Azghar, Watroc, maintenant. C'est maintenant ! cria Angie en lançant une autre boule de feu violette par-dessus son épaule en direction des bois avant de détaler vers le rivage.

— Redressons-le. Pauvre gamin, dit Madgwick.

Ils s'empressèrent de placer Rhed en position verticale. Les dragons rejoignirent Rhed, et Azghar huma ses cheveux.

— Il ferait un excellent cure-dents après les spectrifiés, grommela Watroc.

Les deux dragons soufflèrent au visage de Rhed. L'air expulsé par Azghar était bleu et les dreadlocks de Rhed se soulevèrent dans la brise bleutée. Celui de Watroc était turquoise et son souffle tourbillonna comme une vague avant de venir fouetter son visage. Puis ils reculèrent et observèrent Rhed.

— Que se passe-t-il ? demanda Jeff en regardant derrière lui.

La forêt progressait toujours en agitant ses branches. Chaque fois que les arbres les arrachaient, les racines se rapprochaient en soulevant des poignées de terre.

Enfin, Angie les rejoignit. Son visage était rouge, elle semblait avoir beaucoup aimé leur combat de boules de feu.

— Maintenant, à moi de jouer. Le mélange du sang de dragon avec l'essence de nos forces de vie va déclencher la guérison.

Elle se pencha en avant et souffla sur Rhed. L'air qui se déposa comme un nuage autour du garçon était violet. Il s'estompa en dérivant.

Jeff fit volte-face pour guetter sur le visage de Rhed des signes de changement, tout en surveillant la progression des racines. Les arbres n'étaient plus qu'à quelques pas et ils gagnaient du terrain. Jeff brandit le poing en l'air et son ami cligna des yeux. Il y eut un craquement et le corps de Rhed sembla s'assouplir. Aussitôt, ses genoux se dérobèrent. Rig lança une pluie de poudre pour le réceptionner avant qu'il ne s'écrase sur le sol.

— Rhed ! s'exclama Jeff.

Soudain, il se pencha en apercevant une vive lumière. Un portail venait de s'ouvrir juste devant eux sur la plage du lac Therreur. On aurait dit un passage étroit au ras du sol. Ils allaient devoir ramper s'ils voulaient s'y faufiler. Jeff distinguait de vagues ombres noires de l'autre côté, mais il avait du mal à discerner ce qu'il voyait tant la lumière était éblouissante.

— C'est le passage coulissant, allez, allez ! s'écria Rig en faisant signe à Gwyndion d'aider Phoebe.

Gwyndion n'hésita pas une seconde et entraîna la jeune fille au sol. Elles se mirent à ramper. À peine leurs pieds eurent-ils disparu que Madgwick s'y engagea, suivi de Rig qui tirait Rhed avec lui. La bouche du garçon était grande ouverte et il regardait autour de lui en clignant des paupières.

— Que se passe-t-il ? demanda-t-il d'une voix rauque.

Madgwick marmonna une réponse tout en l'entraînant. Jeff jeta un dernier coup d'œil vers la forêt, qui martelait le sol de ses racines avant de se faufiler à son tour dans le passage.

Les boules de feu déferlaient toujours. Angie faisait de son mieux pour maintenir les arbres à distance du passage coulissant.

— Angie ! lança Jeff en regardant par-dessus son épaule.

— Viens, Jeff, elle trouvera un moyen de rentrer. Et puis, elle est avec les dragons, tout ira bien, lui dit Madgwick.

— Rampe, Jeff ! ajouta Rig d'un ton sec en voyant le garçon hésiter.

Le passage commençait à se refermer derrière eux et Jeff s'empressa de rejoindre les guerriers qui avançaient tant bien que mal, tirant et poussant Rhed avec eux.

Ils débouchèrent enfin de l'autre côté, en plein cœur d'une forêt. Le passage coulissant se referma en claquant. Le soleil filtrait à travers les arbres, et les aiguilles de pin embaumaient l'air d'un parfum familier et apaisant.

43

Des mains délicates hissèrent Jeff sur ses pieds et il se retourna pour découvrir le visage rayonnant de son grand-père.

— Je suis si heureux de te voir, jeune homme, mais tu sais que ta mère va te punir, n'est-ce pas ?

Jeff sourit et serra son grand-père contre lui. La chaleur qui émanait du vieil homme lui faisait l'effet d'un stimulant. Rig et Madgwick soutenaient Rhed. Le garçon regardait autour de lui, ébahi. Jeff se tourna alors pour constater que Phoebe était prise en charge par les anciens, qui avaient passé une cape sur ses épaules. Mais son sourire était triste.

— Et Watroc ? Je ne peux pas partir sans dire au revoir à Watroc, dit Phoebe d'une voix calme.

— Ni à Azghar, Angie et Harley, renchérit Jeff.

— Je dirai à Watroc, Azghar et Angie que tu leur fais tes adieux. Ne t'inquiète pas, jeune fille, dit Galagedra en caressant Phoebe sur la tête comme un petit chien.

L'ancien repoussa alors sa capuche et serra tendrement Gwyndion dans ses bras, comme un père étreindrait la fille qu'il croyait avoir perdue. Il murmura quelque chose dans son oreille et la mine de Gwyndion s'éclaira.

Rig et Madgwick échangèrent un sourire. Jeff voulait demander ce qu'avait dit Galagedra, mais il surprit le regard de Madgwick, qui secouait légèrement la tête.

Galagedra n'était pas seul, il était entouré de guerriers. Horrigan sortit d'entre les arbres et se tourna vers Rig et Madgwick. Il serra le poing et se frappa la poitrine, au niveau du cœur, pour accueillir les guerriers.

Rig sourit et tapota le sac en cuir qui pendait autour de son cou, sous sa chemise.

— J'ai de la poudre qui t'appartient, elle est un peu fatiguée d'avoir accompli une mission si courageuse, mais elle est bien vivante, dit Rig.

Le visage habituellement grave d'Horrigan s'illumina, révélant toutes ses dents.

— Ma poudre ? Tu l'as gardée en vie ? Merci.

— Jeff, Phoebe, s'écria Rhed d'une voix cassée en titubant vers eux.

Ses mouvements étaient encore raides, mais il tenait debout. Ses lunettes étaient de travers et ses dreadlocks, toujours parsemées de petites feuilles, volaient dans toutes les directions comme des spaghettis.

— Rhed !

Jeff éclata de rire en étreignant son ami et Phoebe se joignit à eux. Ils poussèrent des cris de joie tout en sautant en cercle, dans les bras les uns des autres. Ils devaient soutenir Rhed, dont l'équilibre n'était pas encore parfait. Les guerriers les regardèrent avec stupéfaction, comme si les enfants venaient brusquement de perdre la tête.

— Tu es vivant, dit Rhed à Jeff.

— Et toi, tu n'es pas un arbre, s'écria Jeff.

— Et je n'ai pas perdu mon sang, ajouta Phoebe.

— Mon vieux, tu as tout raté ! raconta Jeff. Tu aurais dû voir Madgwick et Rig se battre. Ils ont été formidables.

Phoebe poursuivit :

— Angie, Harley et Watroc n'étaient pas mal non plus. Watroc a mangé tous les spectrifiés. C'était dégoûtant !

— Je veux tout savoir, mais... ajouta-t-il à voix basse. Qui est cette jolie fille avec Rig ?

Phoebe leva les yeux au ciel.

Ensemble, ils prirent le chemin de chez Jeff, en se racontant et s'échangeant des histoires, se bousculant comme s'ils avaient oublié que les anciens et les guerriers se tenaient dans la forêt et les regardaient bouche bée.

Thirza secoua la tête avant de suivre les enfants. Ils allaient devoir fournir quelques explications, et Rhed avait encore besoin d'être surveillé de près.

***

Jeff s'accroupit dans un coin pour essayer de ne pas se faire repérer. Les claquements de dents et les grognements dans la salle obscure qu'il appelait simulateur étaient plus menaçants que jamais. Des créatures malveillantes s'affrontaient violemment, savourant la liberté hors de leurs prisons. L'un des monstres se dressa de toute sa hauteur, surplombant les autres ombres qui reculèrent craintivement.

— Silence.

Ses paroles étaient souples et fluides. On aurait dit qu'une épaisse huile noire se déversait de sa bouche.

Le silence se fit dans la salle, à l'exception de quelques bruits de pas et autres reniflements. On entendait faiblement la voix de Zorka, qui semblait leur parvenir depuis un lointain tunnel.

— Je suis enfermée dans cette prison, mais ces imbéciles ne m'ont pas retiré mes pouvoirs. Maintenant, je vais tisser un sortilège pour vous libérer dans le monde. Vous traquerez l'attrapeur de rêves.

L'écho de sa voix résonna lorsqu'elle se tut et le corps de Jeff se crispa.

— Faites-lui tout ce que vous voulez. Torturez-le si le cœur vous en dit, mais il doit rester en vie jusqu'à ce qu'il me remette la fille.

Une fois de plus, ses mots retentirent dans la salle : « torturez-le, torturez-le, en vie, la fille… »

— Emmenez la fille à la Caverne des Rêves perdus. Elle seule a le pouvoir dont j'ai besoin pour obtenir l'immortalité.

Jeff frissonna. Il plaqua ses mains sur ses tempes lorsqu'un vent violent se leva avec fracas avant de décroître aussitôt, comme par déférence pour la sorcière qui reprenait la parole :

— Je vous libère par ce sort, déclara-t-elle.

Puis elle récita :

Dans les ténèbres, mes Mortcenaires, je vous libère.
Coupez les liens qui vous retiennent dans la lumière,
Cherchez l'attrapeur de rêves sans répit,
Traquez-le jusqu'au bout de la nuit.
Vous êtes liés à moi par la magie,
Une soumission que nul ne peut détruire.
Je vous ordonne, mes Mortcenaires, de m'obéir.

Jeff se réveilla en sursaut. Il haletait et son visage était trempé de sueur. Lentement, il s'approcha de la fenêtre et regarda le jardin baigné par la lune. La nuit était silencieuse, même les chouettes s'étaient endormies. Tout était calme, et pourtant Jeff savait qu'il n'avait pas rêvé. Il y avait quelque chose, là dehors. Les Mortcenaires l'attendaient.

www.ingramcontent.com/pod-product-compliance
Lightning Source LLC
Chambersburg PA
CBHW030419180626
46812CB00005B/2080